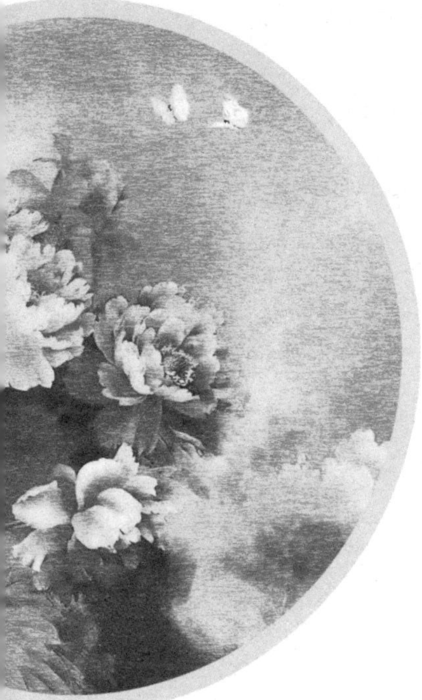

我看唐诗多繁华

那时青荷 著

合肥工業大學出版社

图书在版编目(CIP)数据

我看唐诗多繁华/那时青荷著 .—合肥:合肥工业大学出版社,2023.7

ISBN 978-7-5650-6387-9

Ⅰ.①我… Ⅱ.①那… Ⅲ.①唐诗—诗歌欣赏 Ⅳ.①I207.227.42

中国国家版本馆 CIP 数据核字(2023)第 135809 号

我看唐诗多繁华

WO KAN TANGSHI DUO FANHUA

那时青荷 著

责任编辑	疏利民(24 小时咨询热线 13855170860)
出　　版	合肥工业大学出版社
地　　址	(230009)合肥市屯溪路 193 号
网　　址	press.hfut.edu.cn
电　　话	理工图书出版中心:0551-62903018 营销与储运管理中心:0551-62903198
开　　本	880 毫米×1230 毫米 1/32
印　　张	10.625
字　　数	204 千字
版　　次	2023 年 7 月第 1 版
印　　次	2023 年 7 月第 1 次印刷
印　　刷	安徽联众印刷有限公司
书　　号	ISBN 978-7-5650-6387-9
定　　价	48.00 元

序

唤醒唐诗沉睡的灵性

沈喜阳

唐诗宋词，向称双璧。中国璀璨的古代文化孕育了这双珍璧，而这双珍璧又形塑了此后千百年来中国人的心灵。只要是一个粗通文墨的中国人，就没有不会吟诵三五首唐诗宋词的；即使是一字不识的山野村夫，也会脱口而出一两句来自唐宋的诗词名句，虽然他极可能不知道诗人词家的姓名。可以说今天任何一个中国读书人，都受过唐诗宋词的浸润和滋养，从而在生命中烙上特有的唐诗之繁华和宋词之妩媚的印痕。吾友疏利民兄有一个雄心勃勃的背诵计划，要让三千首古诗词脱口而出。这三千首古诗词中，唐诗必然要占一千首以上。作为责任编辑，他已助推那时青荷的《我见宋词多妩媚》顺利问世，现在又紧锣密鼓地编审着那时青荷的《我看唐诗多繁华》。我曾以《料宋词见我应如是》为那时青荷的《我见宋词多妩媚》作弁言，现在再对那时青荷的《我看唐诗多繁华》略加序引，也是顺理成章之事。

《我看唐诗多繁华》分为七卷，把每一卷中的一个字提取出来，就成了“琴棋书画诗酒花”。琴随心动，李商隐在锦瑟中无端细思华年；世事如棋，许浑在花间竹里听棋声幽然；书卷多情，刘禹锡于一盏秋灯下静夜苦读；天开图画，李白把自己的一生氤氲成浪漫飘逸的大写意；诗泣鬼神，杜甫当仁不让说诗是吾家事；酒不醉人，韦应物要以一瓢酒远慰风雨之夕；女人如花，薛涛把相思写在花开花落之时。唐诗之繁华，就贯通在这“琴棋书画诗酒花”中。在一般人眼里，琴棋书画诗酒花和柴米油盐酱醋茶是截然对立的，但是在唐人心目中，柴米油盐中散发着琴棋书画之雅致，而琴棋书画中飘逸出柴米油盐之芬芳。简言之，唐人把生活过成了诗，把诗生活化了。诗生活化使诗具有万家灯火的亲切美好，诗化生活使眼前的苟且上升到诗意的境界。人不能离开柴米油盐，但人可以从柴米油盐的现实世界中提升出来，进入琴棋书画的诗世界、梦世界和美世界。“诗人”在今日是一个特定的称谓，在唐代，可以说人人皆是诗人，人人皆可口吐莲花，无论帝王将相，达官贵人，还是贩夫走卒，仆役歌伎，都能把自己的生活和生命吟咏成一首首繁华夺目的诗。

在把生活演绎成诗歌的过程中，唐人丰富了自己的生存世界，也美化了自己的生命境界，亦即唐人通过写诗提升了自己的生命向度。我们今天读唐诗，就是要通过唐诗，通过唐人的眼睛和心灵，来感受生活中的柴米油盐酱醋茶和生命中的琴棋书画诗酒花，来丰富自己的生活世界并提升自己的生命向度。写诗和读诗是相反的过程——写诗是把生活演绎成艺术，读诗是把艺术还原到生活。举例来说，那时青荷不仅把李白的诗或杜甫的诗还原成李白或杜甫的生活，而且把我们带入李白或杜甫所创造的情境中，从而把李白或杜甫的诗融汇到我们的生活中，把李白或杜甫的情感嵌入到我们的生命中。这样打上那时青荷烙印的唐诗，就不仅是唐人的诗，也是我们自己的诗。在唐诗的世界中，王勃月下调琴琴声可销别恨，松风流水中陆龟蒙猛然彻悟棋禅一味，深柳读书堂里刘昚虚读出桃源旧梦，孟浩然在故人庄里发现一幅水墨画，玉人吹箫声中杜牧感受春风十里之诗，白居易的红泥小火炉醉倒几多英雄豪杰，王维的辛夷坞里辛夷花千百年来自开自落。可以说，上述王勃之琴、陆龟蒙之棋、刘昚虚之书、孟浩然之画、杜牧之诗、白居易之酒、王维之花，它们原本静静地沉睡在方块字中，而那时青荷唤醒了它们的灵性，使它们在我们眼前弹奏舞蹈，挥毫泼墨，痛饮绽放。那时青荷用她摇曳生姿的文字，更以她灵心慧眼的体悟，引领我们进入唐诗的情韵之中，仿佛为我们复制了与唐人一样的眼睛和心灵，让我们从常见的风景中看见了不一样的美，感受了不一样的梦，发现了不一样的诗。

中国古典诗词是冰美人，需要千百年来无数的读者以自己的生命去温暖它们，才能把它们唤醒并在读者的心中复活。一方面那时青荷应该感谢唐诗，是唐诗拓展了她的现实世界；另一方面唐诗应该感谢如那时青荷一样用心阅读并唤醒唐诗沉睡的灵性的人。而我们，一方面感谢那时青荷引领我们进入唐诗的情韵悠长之中，另一方面也要感谢责编疏利民兄让这本书到达万千读者手中。写作不易，出版尤难，难怪韩昌黎感叹千里马常有，而伯乐不常有。乃以一绝赠疏利民兄：心疏利禄鹏程远，志在诗书逸兴长。眼底包河清澈水，无丝莲藕万家香。

此序起笔于2022年12月15日，因感染新冠病毒，两月来读书写作几废，今日收拾精神草成此篇。特此附记，以志雪泥鸿爪。

2023年2月14日淝上蜀望楼

作者简介

沈喜阳，安徽池州人，河南平顶山学院文学院教师，副编审职称。华东师范大学思勉人文高等研究院中国古代文学专业学术型博士，获得博士生国家奖学金和上海市优秀毕业生称号。曾任出版社编辑，所责编图书获中国图书政府奖一次、中华优秀出版物奖提名奖两次等奖项。在《文艺报》《中华读书报》《文汇报》《文汇读书周报》《文学报》《南方周末》和《世界文学》《香港文学》《当代文坛》《俄罗斯研究》《九州学林》《古代文学理论研究》《文化与诗学》《文化研究》《中国文化》《文化中国》《艺术评论》等报刊发表文章多篇，在上海科学技术文献出版社出版《江南文》、上海教育出版社出版《论王元化》，并在安徽文艺出版社和安徽少年儿童出版社出版图书，在合肥工业大学出版社出版《两地书　父子情》和《一位博士生父亲写给本科生儿子的48封信》。

目　录

第三卷 手倦抛书，不觉已春深

第四卷 天开图画，青山郭外斜

第五卷　落笔成诗，流水十年间

第六卷　典衣沽酒，同销万古愁

第七卷 锦上添花，酒醒一瓯茶

第一卷　江上调琴，一弦清一心

琴是高山流水，
琴是明月清风，
琴是空谷幽兰，
琴是丘壑烟霞。
每个人的心灵，
都可以与琴两相知音，
每个人的心中，
都回荡着一曲美妙的琴音。

常建：在唐朝的江上调琴

应是一个晴朗的春日，杨柳依依，惠风和畅，一江春水潺潺而流。你来到大唐的楼台之上，临风抒怀，调琴吟诗，琴音也如潺潺流水，静静流淌在耳际心田。

一阵柔和的清风，自江面徐徐吹来，轻拂着你的青衫，远山近水，旷野平畴，尽收眼底。这是一片唐朝的山水，天地如诗一般开阔，江水如诗一般浩荡。雨过天青，云水相映，一望无垠的绿色，亦诗一般地在生长，一直蔓延到苍茫的远方。

千年之前的春日，你在遥远的江上轻调玉琴，每调一回弦，就是清一回心。你将泠泠七弦弹遍，周边林木愈发澄碧清幽。清雅的琴音，自你指间不断流淌出来，像习习的谷风，像陈年的美酒，像新煎的春茶……才知这桐木做的古琴，金质琴徽古朴厚重，光芒沉静圆融，何其雅致，何其珍贵。你随心而弹，随兴而写，一首《江上琴兴》信手拈来，让人眼前一亮：

江上调玉琴，一弦清一心。泠泠七弦遍，万木澄幽阴。
能使江月白，又令江水深。始知梧桐枝，可以徽黄金。

千年之后的黄昏，当我屏息凝神，聆听你诗中不绝如缕的琴音，但觉琴声愈发清越悠扬，江月愈发清白，江水也愈发幽深。你的琴台，不是在雅舍，不是在林间，而是在唐朝的江上。这琴境，这氛围，倏然就开阔美妙起来。

江边人来人往，帆影重重，在那遥远的春日，你以一曲琴音、一壶春茶，和新朋旧雨雅集，吟诗作画；在那如梦的清秋，你亦以七弦宫商、一纸诗文，与天地万物交谈，物我两忘。

在悠悠的清江上，在不绝的琴音中，我看到一个意气风发的你，一个琴兴正浓的你，一个情致隐逸的你，一个诗心悠远的你。

遥望大唐开元盛世，在星光璀璨的诗坛中，你只有一个普通的名字——常建，连字号都不详。只知你与王昌龄是同榜进士，曾任盱眙尉，禀性耿介自守，无意仕途，后隐居鄂州武昌山水之间，一生清寂幽邃，襟怀淡泊。从少年时起，第一次读你的诗《题破山寺后禅院》，就被一种空无的寂静所吸引：

清晨入古寺，初日照高林。曲径通幽处，禅房花木深。

山光悦鸟性，潭影空人心。万籁此俱寂，但余钟磬音。

如今多年后，我渐渐懂得这样的寂静，是可以深入灵魂的。无论古寺钟磬之音，还是江上七弦之音，都是一种诗性的禅，一种生命的禅，回荡在时间的曲径上，能使江月白，又令江水深。

古往今来江水有多远，你的琴声就有多远；江水流到哪里，你的琴声就流到哪里。江水若幽深，你的琴声也幽深；江水若空灵，你的琴声也空灵；江水如澄澈，你的琴声亦澄澈；江水如苍茫，你的琴声亦苍茫……

我知道，那一江不舍昼夜的春水，是你的心；这一张始于梧桐的玉琴，是你的心；还有唐朝那方碧蓝如洗的长天，那片一望无垠的绿野，一样是你的心。一曲曲琴声是采采流水，是蓬蓬远春；一片片月影是水流花开，是好风相从。

我在你的琴声里，看到更古远的从前。一个“琴”字，博大精深，源远流长，几乎蕴藏着中华上下五千年的历史；一张古琴，神秘玄奥，典雅宏阔，无不倾诉着有关三皇五帝的传说。

相传伏羲神农作琴，黄帝唐尧造琴，琴面弧形为天，琴底平直为地，寓意天圆地方。琴身长三尺六寸五分，代表一年三百六十五天。琴有十三徽，代表一年十二月及闰月。起初虞舜定琴为五弦，象征金木水火土。五弦配五音，宫商角徵羽。后来文王增一弦，武王增一弦，从此天地间，有了一张文武七弦琴。

诗者，天地之心也。琴者，天地之韵也。诗境和琴境，总与天地融为一体，玄阔静谧，清和悠远。古人制琴本为治身修心，削桐为琴，束丝为弦，丝桐合为琴，中有太古声。琴能感天地以致和，养中正平和之性。琴能致虚极，守静笃，万物并作，吾以观复。每一张优美的古琴，都是一个不朽的传奇。

当年琴师伯牙善鼓琴，樵夫子期善听。高山流水两相遇，一客荷樵，一客弹琴，所谓情性所至，妙不自寻，这就是天涯相知，这就是知音相赏。人世山水迢迢，总有一种邂逅相逢，让人怦然心动，总有一种惺惺相惜，令人相见恨晚。后子期病故，伯牙谓世再无知音，乃破琴绝弦，终身不复鼓。

春秋孔子精擅琴艺，历聘诸侯，诸侯莫能任，作古琴曲《幽兰操》自感生未逢时，发出“何彼苍天，不得其所。逍遥九州，无所定处”的喟叹。后来唐朝韩愈作同名诗篇唱和，以“兰之猗猗，扬扬其香”，比喻君子之德，以“荠麦之茂，荠麦之有”，诠释君子之守，与孔子进行一场相隔千年的心灵对话。

魏晋名士嵇康，自幼禀赋奇才，生得龙章凤姿，超凡脱俗。精于笛艺，更擅弹琴，喜欢抱琴行吟，以琴诗自乐，常目送飞鸿，手挥五弦，一身真正的名士风度，若孤松之独立，虽九死而不悔。一曲《广陵散》高亢悲壮，回荡天地，响绝千古。一篇《琴赋》博雅旷远，代代相传，冠盖古今。一张琴就是他的胆，更是他的魂，演绎着生命的庄重绝美。

还有明人陈继儒，他在一个明媚春日，望着门外汤汤的春水，江边初生的水芹，欣然赋诗“春水渐宽，青青者芹。君且留此，弹余素琴”，向知己良朋发出诚挚邀请：我采好了鲜嫩如玉的水芹，快来小酌几杯；且留下吧，若不弹琴一曲，岂不辜负了美景良辰——如此别致情怀，怎不叫人莫名欢喜？这是一帖来自春天的美意，也是一腔相酬知音的美意，风雅了岁月，温暖了时光。

江上调玉琴，一弦清一心。我喜欢与琴有关的故事，喜欢与琴有关的词语：瑶琴、素琴、焦尾琴、琴棋书画、鸣琴而治、琴心剑胆、琴瑟相通……天地万物，就是一张七弦琴，光阴更迭，亦是一张七弦琴。琴是高山流水，琴是明月清风，琴是空谷幽兰，琴是丘壑烟霞。每个人的心灵，都可以与琴两相知音，每个人的心中，都回荡着一曲美妙的琴音。

江上调玉琴，弦弦可清心。如果时光可以流转，我愿去往古老的春江，看渐宽的春水，采青青的水芹，再听君弹琴一曲，细品这泠泠千年的光阴。琴音山一般清越，云一般悠远，直随江水缓缓流向天际，而江月依旧那么洁白，江水依旧那么幽深。

王勃：那月，那琴，那相思

抚一曲千年的古琴，穿越时光的长廊；吟一回唐诗的风采，领略璀璨的华章。愿你俊采星驰，不坠青云之志；愿你出走半生，归来仍是少年。

在初唐诗坛上，有这么一名白衣胜雪、才华横溢的翩翩少年，他不是诗仙诗圣，也不是诗佛诗豪，可他却是一位旷世奇才。“落霞与孤鹜齐飞，秋水共长天一色”是他的生命底色，“海内存知己，天涯若比邻”是他的洒脱胸怀，而“月下调鸣琴，相思此何极”则是他的缠绵深情。

他就是“初唐四杰”之首王勃。“月下调鸣琴，相思此何极”，出自其《寒夜思友三首》：

久别侵怀抱，他乡变容色。月下调鸣琴，相思此何极？

云间征思断，月下归愁切。鸿雁西南飞，如何故人别？

朝朝翠山下，夜夜苍江曲。复此遥相思，清樽湛芳绿。

人生最苦是离别。古时交通不便，一旦分离再会难期，天涯海角水阔山长，就连通信也非易事。江淹《别赋》云："黯然销魂者，唯别而已矣。"面对离愁别绪，潇洒如王勃也是柔肠百转，夜夜相思。他说白云隔断征途的思念，月下归家的愁绪越发急切。鸿雁也直往西南飞去，为何我与故人仍然别离？

人生最苦是相思。如此久别的思念，侵扰人的心胸，独居他乡的惆怅，令人憔悴不堪。只有在月下弹琴相慰，这样的相思何时是尽头？他每天清晨站在翠山之下，每个夜晚来到苍江之滨，吟唱思乡的曲子，思念远方的亲友，盼望早点归去，能够一起围坐芳树下，喝新酿的绿酒。

所谓"渔舟唱晚，响穷彭蠡之滨；雁阵惊寒，声断衡阳之浦"，所谓"关山难越，谁悲失路之人；萍水相逢，尽是他乡之客"，在生命里的一个个寒夜，王勃彻夜难眠，思念着远方的亲友，唯有"月下调鸣琴"，以慰"相思此何极"，这样刻骨铭心的思念，让人吟咏之间，悄然动容：

北山烟雾始茫茫，南津霜月正苍苍。
秋深客思纷无已，复值征鸿中夜起。
复合重楼向浦开，秋风明月渡江来。

故人故情怀故宴，相望相思不相见。

明月白露，光阴往来，与子之别，思心徘徊。这种远在异乡的羁旅之愁，抚琴怀友的客心之思，借琴销恨的游子之吟，在《羁游饯别》中表现得更加淋漓尽致：

客心悬陇路，游子倦江干。槿丰朝砌静，筱密夜窗寒。
琴声销别恨，风景驻离欢。宁觉山川远，悠悠旅思难。

当然，这一切与王勃的人生经历息息相关。据《旧唐书》记载，王勃出身儒学世家，自幼聪敏好学，才华早露，六岁即能作文，文笔流畅，被赞为神童。九岁读颜氏《汉书》，撰《指瑕》十卷纠正其错。十六岁应试及第，授职朝散郎，成为最年少的朝廷命官，作《乾元殿颂》，雄浑绮丽，妙笔生花，直令唐高宗惊叹不已："奇才，奇才，我大唐奇才!"其诗文清新刚健，才情斐然，堪称一时之最，于开创唐诗新气象，作用可谓举足轻重。王勃在四杰中，才气和成就首屈一指，相传他写诗作文不打草稿，先磨墨数升，然后静卧，待深思熟虑后，忽然坐起奋笔疾书，不易一字，时人谓之打"腹稿"。

王勃与杨炯、卢照邻、骆宾王齐名，世称"初唐四杰"，他们以"长风一振，众荫自偃，积年绮碎，一朝清廓"的文风，奠定了在中国文学史上的地位。历代学者论述中国文学史，尤其唐代文学史，没有不讲到"王杨卢骆”的。

只是出众的才华，给王勃带来无限精彩的同时，也带来更多的不幸。别人尚在寒窗苦读之际，年未弱冠的王勃，即一举成名，青云直上，在沛王府任修撰，颇得沛王欢心。可以说，那是他一生中最春风得意的时光。

然天有不测风云，人有旦夕祸福，一个意外的打击转瞬即来。当时长安风行斗鸡游戏，诸王也以斗鸡取乐。一次，沛王李贤与英王李哲斗鸡，王勃毕竟年轻气盛，难免恃才傲物，于是他戏作一篇《檄英王鸡文》讨伐英王鸡，以此为沛王鸡助兴。

不料这篇戏作被高宗看到，怒曰：“歪才，歪才！二王斗鸡，王勃身为修撰不去劝诫，反倒作檄文，据此是交构之渐。”意思是说如把此文作为证据，那就是诸王互相构陷的开始，并下诏废除王勃官职，立即斥出沛王府。天才王勃的锦绣前程，就这样毁于一旦。

此后王勃开始了辗转流徙的生涯，历时三年游览巴蜀山川，写下大量羁旅之作，后求补得虢州参军。在参军任上，因私杀官奴二次被贬。据载王勃此次遭祸，有人怀疑为同僚所嫉，设计陷害。幸亏遇大赦未被处死，但仕途终是彻底终结，并且连累其父王福畴，从雍州司功参军被贬为交趾县令，远谪南荒之外。

上元三年（676）夏季，王勃出狱后，自交趾探望父亲渡海返回时，因风急浪高，不幸溺水而亡，时年二十七岁。一个不可多得的天才，生命的琴弦戛然而止，如流星陨落长空，教人唏嘘不已，而他所流传下来的诗文，却星光灿烂，熠熠生辉，让人赞不绝口。

时光也许会老去，天才永远不会老去，总是那么风华正茂，白衣飘飘，纵然出走千载，归来仍是少年。且不说脍炙人口的《滕王阁序》，也不说耳熟能详的《送杜少府之任蜀川》，随手拈来一组《赠李十四四首》，便是几多蕴藉风流，清隽有致，令人爱赏有加：

野客思茅宇，山人爱竹林。琴樽唯待处，风月自相寻。

小径偏宜草，空庭不厌花。平生诗与酒，自得会仙家。

乱竹开三径，飞花满四邻。从来扬子宅，别有尚玄人。

风筵调桂轸，月径引藤杯。直当花院里，书斋望晓开。

相传当《滕王阁序》传遍长安时，一天唐高宗读到这篇序文，不禁拍案叫绝："此乃千古绝唱，真乃罕世之才，罕世之才！当年朕因斗鸡文逐斥了他，是朕之错也。"于是忙问王勃现在何处，要召他入朝。结果得知王勃已落水而亡，唐高宗扼腕长叹，为大唐痛失天才而唏嘘不已。

殊不知，等大唐下一位天才李白横空出世，已是闲云潭影，物换星移，恍然几十度春秋之后了。

李白：一琴一世界，一诗一相逢

我想象在千年前的深山中，在秋霜后的松林下，李白结趺而坐，听蜀僧弹琴，该是怎样一种空灵之境，一种古雅之美：

蜀僧抱绿绮，西下峨眉峰。为我一挥手，如听万壑松。
客心洗流水，余响入霜钟。不觉碧山暮，秋云暗几重？

那位法名为濬的蜀僧，怀抱一张绿绮琴，从峨眉峰一路西下而来，为我挥手弹奏一支名曲，我犹如听到万壑澎湃的松涛，心灵像被流水遍遍洗涤，袅袅余音融入秋天霜钟。不知不觉青山已披暮色，秋云也似乎暗淡了几重。

相传中国古代有四大名琴：齐桓公有琴曰号钟，楚庄王有琴曰绕梁，司马相如有琴曰绿绮，蔡邕有琴曰焦尾，皆名器也。因而，李白以“绿绮”形容蜀僧之琴很名贵。

世外高僧，一出场就与众不同，着一袭僧袍，携一张名琴，像一位腾云驾雾的仙人，飘然而至。一出手更不同凡响，琴弦上轻轻一挥手，那阵阵松涛便滚滚而来。真是一指空灵，云青青兮欲雨；一指清远，水澹澹兮生烟；一指气度，飞流直下三千尺；一指绝响，奔流到海不复回。

斯时天地是琴台，万籁同归寂静。三千尺是滔滔风云，漫卷过如画的层峦叠嶂；三千尺是朗朗霜钟，回荡在如梦的空谷深潭。一曲空灵的琴声，从蜀僧的指间，一直流淌到李白的诗里，势如行云流水，让人心旷神怡。

正如嵇康《琴赋》所言：“伯牙挥手，钟期听声。”这就是高山流水，知音相遇，这就是余音绕梁，生生不绝。伯牙善鼓琴，钟子期善听。伯牙鼓琴，志在高山，钟子期曰：“善哉，峨峨兮若泰山！”志在流水，钟子期曰：“善哉，洋洋兮若江河！”

据载，《听蜀僧濬弹琴》乃天宝十二年（753）李白在宣州期间所作，且有学者认为“蜀僧濬”，即李白《赠宣州灵源寺仲濬公》中的仲濬公：

敬亭白云气，秀色连苍梧。下映双溪水，如天落镜湖。
此中积龙象，独许濬公殊。风韵逸江左，文章动海隅。
观心同水月，解领得明珠。今日逢支遁，高谈出有无。

天宝元年（742），因玉真公主等人推荐，李白被唐玄宗召至长安任翰林供奉，文章风采，名动一时，颇为世人所赏识。后因不能见容于权贵，在京仅三年，他就弃官而去，继续飘荡四方。一路漫游到安徽境内，也许就在宣州灵源寺，与云游到此禅修的蜀僧濬，不期而遇。

在李白的感觉中，白云深处的敬亭山，青翠秀美，连绵不断，一直连到苍梧山。逶迤的山光云影，倒映在双溪水中，沉落在镜湖里面。山中佛门龙象聚集，濬公独占鳌头。不凡气韵传遍江左，高妙文章震动海隅。观心明如水中朗月，解悟而得菩提明珠。今日得逢高僧，一番高谈妙论，让人如饮醍醐，心清目明。

李白是在四川长大的，绮丽的川山蜀水，开阔了他浪漫的胸怀，孕育了他诗仙的气度。那峨眉山月，时常出现在他的诗里。仗剑去国、辞亲远游的他，一直很怀念故乡，对于来自故乡的高僧琴师，当然也倍觉亲切。这人生不经意的相逢，不禁让人诗兴盎然，所以他感慨："观心同水月，解领得明珠。今日逢支遁，高谈出有无。"

佛经云："唯观心一法，总摄诸法，最为省要。"心为万法之本，无一事漏于心，观心即观察一切。水月，是大乘常用的譬喻。此处指观照自心，如同水月，非有非无。李白用"观心同水月"，称赞仲濬心如水月，能洞察一切事理。将仲濬比作东晋高僧支遁，亦有称扬之意。表明两人高谈的境界，如切如磋，如琢如磨，从而领悟佛法妙义，有水月在心，自拈花一笑。

当年在峨眉山中听高僧弹琴，“为我一挥手，如听万壑松”，不觉就听到碧山暮色深浓，秋云暗淡下来。如今在宣州敬亭山，竟然能与高僧久别重逢，那时泠泠的琴声，今日犹在耳在心，怎能不令人感怀？

于是两人相对而坐，像当年一样听琴品茶，山无言，心亦静，好一派闲逸景致。众鸟高飞尽，孤云独去闲，这种他乡遇故知的喜悦，抑或就是“相看两不厌，只有敬亭山”所包含的另一层意蕴了。

一琴一世界，一诗一相逢。夫天地者，万物之逆旅也；光阴者，百代之过客也。而浮生若梦，为欢几何？古人秉烛夜游，良有以也。潇洒不羁如诗仙李白，深知光阴浩渺而人生有限，于是他五岳寻仙不辞远，一生好入名山游。要么在春夜的桃李园宴饮赋诗，与兄弟开怀畅叙，忘却人生浮沉荣辱；要么在大好河山间饱览风景，借一曲绝妙的琴音，洗去一身奔波疲惫，吐纳满腔壮志豪情。

在李白一生的漫游当中，不仅曾在山中听蜀僧濬弹琴，还曾在月夜听卢子顺弹琴：

闲坐夜明月，幽人弹素琴。忽闻悲风调，宛若寒松吟。
白雪乱纤手，绿水清虚心。钟期久已没，世上无知音。

一琴一故事，一诗一缅怀。李白不仅喜欢听琴，也善于抚琴。同为“酒中八仙”的好友崔宗之，曾相赠李白一张古琴。后来宗之亡故，李白见琴思人，伤感不已。想来人生斯世，宛若轻尘，譬如朝露，去日苦多。当年宗之潇洒俊逸，皎如玉树临风，如今却上穷碧落下黄泉，两处茫茫皆不见。于是研墨蘸笔，作诗悼念故友，写下《忆崔郎中宗之游南阳遗吾孔子琴抚之潸然感旧》：

昔在南阳城，唯餐独山蕨。忆与崔宗之，白水弄素月。
时过菊潭上，纵酒无休歇。泛此黄金花，颓然清歌发。
一朝摧玉树，生死殊飘忽。留我孔子琴，琴存人已殁。
谁传广陵散，但哭邙山骨。泉户何时明，长扫狐兔窟。

李白一生走南闯北，广泛交朋结友，形式不拘一格，从僧人道士到达官贵族，从博学鸿儒到布衣白丁……可以说，在唐朝的茫茫人海之间，处处皆有青莲居士的朋友，在千年的五湖四海之内，处处皆有动人心弦的琴声。

万籁俱寂，水月在心，只有那琴声不绝如缕。或如空谷幽兰，或如万壑松涛，或如雁落平沙，或如龙潜深潭。倏忽一拨，即是永恒的高山流水；铿锵一指，即是千年的沧海桑田。

杜甫：一生中能有几个这样的夜晚

那是一个春风沉醉的夜晚。一痕新月斜挂苍穹，风吹林叶簌簌作响，清露沾衣，凉意沁人，恍惚间不觉夜已深沉。可在左氏庄夜宴上，杜甫和朋友们仍逸兴正浓，不愿散去。有人弹着古琴，琴声清越入耳，大家不由得端坐聆听。夜空幽蓝，春星灿烂，映带出草堂的剪影。流水潺潺，花影满径，散发着缕缕的清香。

一曲琴音沉寂后，杜甫和友人纷纷提笔，写就首首新诗。众人在灯下共赏奇文，看剑饮酒，相互频频举杯，一时间心里升起满腔豪情。就在那一刻，杜甫忽闻得席间有人以吴音咏诗，顿时勾起他不久前泛舟吴越的记忆，于是即事兴感，又写下这首《夜宴左氏庄》：

林风纤月落，衣露净琴张。暗水流花径，春星带草堂。
检书烧烛短，看剑引杯长。诗罢闻吴咏，扁舟意不忘。

纤月，新月也。两头纤纤月初生，若隐若现如玉钩，可见这是农历初三四的春夜。此间草堂，不是成都杜甫草堂，而是左氏庄草堂。

至于左氏庄地理位置，我们不得而知。只知这是杜甫早期诗作，当为开元二十四年（736）之后，杜甫壮游齐赵时所写。杜甫自弱冠之年开始先游吴越，再游齐赵。当年他还是踌躇满志、意气风发的少年郎，可谓“放荡齐赵间，裘马颇清狂。春歌丛台上，冬猎青丘旁”，作诗自然别具一种青春情趣。

话说开元二十年（732），二十岁的杜甫开始历时数年的吴越之游，他登金陵、下姑苏、渡浙江、游鉴湖、泛剡溪，遍览诸多名胜古迹，领略江南水乡之美。他曾追忆吴越之游，内心充满对江南的眷恋之情。比如“东下姑苏台，已具浮海航。到今有遗恨，不得穷扶桑”，再如“越女天下白，鉴湖五月凉。剡溪蕴秀异，欲罢不能忘”等等。可以说吴越之游，给他留下分外深刻美好的印象。或者说，吴越已经成为他心中的一方乐土。此时在相距千里的齐赵之地，忽然听到吴音吟哦，好生亲切熟稔，回忆起自己泛舟吴越、饱览山水的情景，他顿时抑制不住地激动起来，心情久久不能平静。

一生中能有几个这样的夜晚？特别在杜甫琴剑飘零的

生涯里，不是人生不相见，动如参与商，就是烽火连三月，家书抵万金，像这样出游翰墨场，诗酒趁年华的时光，实在太过珍贵。

在这个寂静春夜，我为能读到如此温馨的诗篇，一样心怀感慨，激动不已。诗句含蓄清新，妙不可言，这种和谐动人之美，既应景又情真意切，让人不禁陶醉其中，欣喜莫名。我看到一个不一样的杜甫，在开元盛世的那场春日夜宴上，杜甫还是那样风华正茂，他的朋友也一样朝气蓬勃，烛光下一张张青春的笑颜，听到一缕缕吴音时的沉醉，定格成诗意的永恒。

人和天地阔，主雅客来勤。且看一诗之中，可谓“良辰、美景、赏心、乐事”四美俱全，写景婉转浓致，结意跌宕深远。美景有林风、清露、花径、春星、纤月，乐事则有鼓琴、看剑、赋诗、检书、饮酒。在那个迷人的夜晚，诗客们聚集在一起，美好时光岂能辜负，所有的幸福快乐，俨然行云流水一般在绵延，漫溢着愉悦温暖的气息。

多么希望杜甫的一生，可以停留在那样的大好年华，少一些生活奔波、离乱痛苦，多一些琴诗雅韵、书剑风流。

如果说左氏庄草堂的夜宴，那时的星光和琴声，印证着杜甫少年游的快乐时光，那么写于成都杜甫草堂的《绝句漫兴九首》，则是杜甫中年时的一段日常写照，那是他一生中最为安稳的日子。其中两首如此写道：

手种桃李非无主，野老墙低还似家。
恰似春风相欺得，夜来吹折数枝花。

熟知茅斋绝低小，江上燕子故来频。
衔泥点污琴书内，更接飞虫打着人。

这是杜甫寓居成都草堂次年，即上元二年（761）。多年辗转漂泊，让他尝尽生活悲辛，直到眼下这个春天，在秀丽的浣花溪畔，终于得以短暂安定。他亲手种植桃李，修葺泥墙，为妻小搭建遮风挡雨的家。他说江上燕子，都非常熟悉他那低矮草堂，因此常来书斋筑巢。衔来的春泥，弄脏了琴书不算，还不停地追逐飞虫，甚至碰着了人。

可爱的燕子频频飞入草堂，是对书斋的喜爱和对诗人的亲昵。诗中无不洋溢着浓厚的生活气息，流露出安居草堂的喜悦悠闲，呈现出一份悲大悯人的深情。而眼下三春欲尽，岁月相欺，真是令人肠断。早年是“林风纤月落，衣露净琴张”，如今是“衔泥点污琴书内，更接飞虫打着人”。当年的一张琴，纤尘不染，如今的一张琴，燕泥点点。

人生就是这么梦幻，一个青春少年，恍惚便是惆怅中年。少年是豪气干云，饮酣视八极，检书烧烛短，看剑引杯长；中年是沉郁顿挫，苍苔浊酒杯，眼见客愁愁不醒，无赖春色到江亭。

“二月已破三月来，渐老逢春能几回。莫思身外无穷事，且尽生前有限杯。”诗人太珍惜这个美好的春天了，他时常拄着杖藜漫步江头，站在景物鲜妍的芳洲上，只见颠狂柳絮随风而去，轻薄桃花逐水东流，一如匆匆往事，一如漫漫时光。

王维：一位佛系诗人的琴心

一个人独处时，喜欢静静听一曲古琴，打开一卷唐诗慢慢来读。琴声似石上清泉，不断流淌在耳际，散落在心头，有真水无香的洁净，有清和简约的从容。

窗外春色疏淡，薄雾氤氲，从昨夜的远方飘然而至，水墨一般落在草木间，素然如诗行；桌上一杯绿茶，茶汤盈盈，带着几许故乡山野的清香，和琴声悠然融为一体，又缓缓洇开。

读书随处净土，闭门即是深山。只觉得每一曲琴音，都是高山流水，每一首唐诗，都是琴棋书画。只需一个平仄，就可通往梦里的唐朝，将千山万水走遍。只消一缕茶香，就可曲径通幽，云水禅心，走近王维的竹里馆，遇见辋川的辛夷坞。

在锦绣盛唐，有极为耀眼的三位诗人：道家逍遥之诗仙李白，儒家济世之诗圣杜甫，佛家出世之诗佛王维。王维生性好静，崇尚自然，是位不折不扣的佛系诗人。他是幸运的，出身高贵，温文尔雅，妙年洁白，风姿郁美，多才多艺，惊为天人。他又是不幸的，少年丧父，中年丧妻，老年丧子，可他依然能够“行到水穷处，坐看云起时”，能够“偶然值林叟，谈笑无还期”。

王维三十一岁时，妻子因病去世，此后三十年，他一直独居不娶。禁肉食，绝彩衣，长斋奉佛，日饭十数名僧，以玄谈为乐。有事便上朝，无事便脱下官服，至净室焚香独坐，以禅诵为事。斋中无所有，唯茶铛、药臼、经案、绳床而已，完全过着禅修的生活。其诗《饭覆釜山僧》便是他对自己饭僧日常的描绘：

> 晚知清净理，日与人群疏。将候远山僧，先期扫弊庐。
> 果从云峰里，顾我蓬蒿居。藉草饭松屑，焚香看道书。
> 燃灯昼欲尽，鸣磬夜方初。一悟寂为乐，此生闲有余。
> 思归何必深，身世犹空虚。

王维一生注定与佛结缘。相传他母亲在生他之前，梦见维摩诘走进她的房间。所以给他取名维，字摩诘。维摩诘是著名佛教居士，一尊在家菩萨，深通大乘佛法，却又有家财万贯，过着亦僧亦俗的生活。维摩诘，意译为净名、无垢尘，意思是洁净、没有染污的人。冥冥之中，因缘前定，这几乎也是王维半仕半隐的人生写照。

所谓“小隐于野，中隐于市，大隐于朝”，王维淡泊名利，纵情山水，在朝堂之外觅得一方净土，直把蓝田的辋川别业，变成了自己的世外桃源。

他有时在竹里馆弹琴：“独坐幽篁里，弹琴复长啸。深林人不知，明月来相照。”有时在辛夷坞看花：“木末芙蓉花，山中发红萼。涧户寂无人，纷纷开且落。”有时在鹿柴漫步：“空山不见人，但闻人语响。返景入深林，复照青苔上。”有时在漆园怀古：“古人非傲吏，自阙经世务。偶寄一微官，婆娑数株树。”

他独自坐在幽静竹林里，时而信手弹琴，时而仰天长啸，只与山水互作伴，只与日月共清欢。那份沉静自得的情怀，有如苍翠的寒山；那份澄澈透明的心境，恰似潺湲的秋水。

所有的浮名虚利都放下，所有的刻骨相思都无言。只以诗之无我，化解生命的悲哀，以佛之空境，堪破世事变幻无常，享受山林幽寂之乐。

他的山总是那样空无。空山不见人，空山新雨后，夜静春山空。或者说，他的心就是一座空山。山路元无雨，空翠湿人衣。兴来每独往，胜事空自知。寂寞柴门人不到，空林独与白云期。一生几许伤心事，不向空门何处销。总是那么空空如也，虚无一物，空出了境界，空出了禅机。

他在辋川闲居，或倚杖柴门外，临风听暮蝉，或复值接舆醉，狂歌五柳前。在“白云回望合，青霭入看无”的路上，在“渡头余落日，墟里上孤烟”的黄昏，经常与他酬唱往来的，只有那位秀才裴迪。一册《辋川集》，便是他与裴迪闲暇时的唱和诗赋，亦见证着一份诗情画意，且患难与共的友谊。用王维自己的话来说，就是“携手本同心，复叹忽分襟。相忆今如此，相思深不深”。他们两人一样性情淡泊，喜好山水，相互引为知己，而且裴迪曾救过王维一命，堪称生死之交。

此事说来话长，当年安史之乱，安禄山攻进长安，唐玄宗仓皇出逃。一番混乱之中，王维被叛军抓获。安禄山早就对王维的大名如雷贯耳，便让他当官为自己效力。王维身在曹营心在汉，进退两难之际，只得偷服药物，称病装成哑巴，于是被送至菩提寺软禁起来。

一日，安禄山在凝碧池摆设庆功宴，逼迫唐宫乐人表演节目，乐师雷海青摔碎乐器拒演，跪在地上失声痛哭，连声高呼“明皇万岁”。安禄山怒不可遏，将乐师雷海青肢解，以示警戒。王维知道此事后无比痛心，是时适逢裴迪冒险来看他，于是隐晦地向裴迪赋诗《凝碧池》一首，表达他的悲苦心境。

没想到正是这首诗，后来救了王维一命。彼时唐玄宗已禅位于唐肃宗，乱军被平定后，所有在安禄山手下当过伪官的人，都要治罪。王维之弟王缙时任刑部侍郎，他请求削职为民为兄赎罪。这时裴迪匆匆赶来，将王维的赋诗呈给唐肃宗，并细细陈述事实原委。唐肃宗一看，顿时怒气平息。“万户伤心生野烟，百僚何日更朝天？秋槐叶落空宫里，凝碧池头奏管弦。”足以见证王维对大唐的忠贞气节，就这样王维被赦免死罪，得以释放。

饱尝风雨尘世的苦难，历经生死攸关的考验，王维开始堪破放下，一心寄情于山水，沉醉于诗画。从此归去，作个闲人，对着一张琴，一壶酒，一溪云，过起超然物外的生活。

其实早年的王维，原也是意气风发的少年。十五岁初至长安，写下“新丰美酒斗十千，咸阳游侠多少年。相逢意气为君饮，系马高楼垂柳边”的豪情诗句，从而崭露头角。二十一岁即成为风光一时的状元郎。在张九龄任相时，他对现实人生是充满希望的。作为开元盛世最后一位名相，张九龄曾提拔王维为右拾遗。

然而好景不长，张九龄被罢相贬官，朝政大权落到奸臣李林甫手中。面对日趋黑暗的时局，王维无能为力，理想也随之落空。他恬淡好静，潜心向佛，凡事随遇而安，唯一的愿望，就是归隐山林田园，重返平淡自然。且看他在《酬张少府》如此写道：

晚年唯好静，万事不关心。自顾无长策，空知返旧林。
松风吹解带，山月照弹琴。君问穷通理，渔歌入浦深。

有资料称此中张少府，当指张九龄。想来这样的知心话，王维也只会是说给张九龄的吧。山月旧林之间，渔歌入浦之时，除了张九龄之外，还有谁能心领神会，懂得一位佛系诗人的琴心呢？

白居易：于一张素琴里见山见水

江山风月，本无常主，闲者便是主人。世间最美的风景，是自然山川草木；世间最美的人，有恬淡闲逸之心。闲心如流水，闲境生幽情，天下好诗，多自闲中得来。半日清闲，可抵十年尘梦；一曲琴音，可忘千年忧伤；几首好诗，可销万古愁心。

想来白居易是爱琴懂琴之人。他的琴诗，是唐代诗人中最多的。自谓本性好丝桐，尘机闻即空，一声来耳里，万事离心中。且看他在《清夜琴兴》里如此写来：

> 月出鸟栖尽，寂然坐空林。是时心境闲，可以弹素琴。
> 清泠由木性，恬澹随人心。心积和平气，木应正始音。
> 响余群动息，曲罢秋夜深。正声感元化，天地清沉沉。

山中秋夜寂静，众鸟都已归巢，月亮慢慢升起，是时心境悠闲，可以弹素琴，也可以读诗书。琴声清泠澹然，自有一种草木清气，正好随和人的心境。一曲终了，余音袅袅，秋夜愈加深沉寂远，心情也愈发安稳素闲，直融化在天地里，物我两忘，一片澄澈。

古人有琴心，爱月，爱闲。无事最可贵，有闲方从容。“闲”字，古人是怎样写的呢？“闲”之繁体为“閒”，真美呀——在门里，就能望见天上的月亮，就能呼吸草木的气息。一份琴心，就是一份闲心，一份诗心，在秋夜清凉地舒展，天地清明静阔，在春日自然地生长，万物明朗清新。

张潮《幽梦影》有云：“春听鸟声，夏听蝉声，秋听虫声，冬听雪声，白昼听棋声，月下听箫声，山中听松声，水际听欸乃声，方不虚此生耳……凡声皆宜远听，唯琴声则远近皆宜。”

习琴有道，琴道无涯，倘能心手合一，自能发现古琴之美。唐代琴家薛易简在《琴诀》中提出：“琴之为乐，可以观风教，可以摄心魄，可以辨喜怒，可以悦情思，可以静神虑，可以壮胆勇，可以绝尘俗，可以格鬼神。此琴之善也。”

所以说，士无故不撤琴瑟。在古代，弹琴是修身养性的必需，文人士子的日常。作为诗人的白居易，是极懂琴音的，他的一生左琴右书，诗酒相伴；他所寻觅的，正是这样一份逸致闲情。

他于一张素琴里见山见水，见闲境闲心。他一边弹琴，一边写下诸多琴诗。比如《废琴》《弹秋思》《听幽兰》《听弹古渌水》等等。我喜欢读他的《对琴酒》，处处透着一种闲适自在：

西窗明且暖，晚坐卷书帷。琴匣拂开后，酒瓶添满时。
角樽白螺盏，玉轸黄金徽。未及弹与酌，相对已依依。
泠泠秋泉韵，贮在龙凤池。油油春云心，一杯可致之。
自古有琴酒，得此味者稀。只应康与籍，及我三心知。

他不仅对琴待月："竹院新晴夜，松窗未卧时。共琴为老伴，与月有秋期。玉轸临风久，金波出雾迟。幽音待清景，唯是我心知。"还曾船夜援琴："鸟栖鱼不动，月照夜江深。身外都无事，舟中只有琴。七弦为益友，两耳是知音。心静即声淡，其间无古今。"于白居易而言，琴是他生活里最诗意的存在，既可安顿身心，也可寄寓性灵。

中国传统文化认为，天上有五星，地上有五行，世上有五音，因此便有了五弦。一张琴造型沉稳优美，气质古雅高贵，音色深邃宏远，琴境与自然融为一体，静谧玄阔，恬淡悠远，琴心里蕴藏有无穷秘密，琴弦上振动着千古风骚。

欲将心事付瑶琴。知音少，弦断有谁听？

《红楼梦》里，黛玉曾与宝玉探讨琴理，直道："琴者禁也。古人制下，原以治身，涵养性情，抑其淫荡，去其奢侈。若要抚琴，必择静室高斋，或在层楼上头，在林石里面，或是山巅上，或是水涯上。再遇着那天地清和之时，风清月朗，焚香静坐，心不外想，气血和平，才能与神合灵，与道合妙。所以古人说：知音难遇。若无知音，宁可独对着那清风明月、苍松怪石、野猿老鹤抚弄一番，以寄兴趣，方为不负了这琴。”

那日秋深，宝玉和妙玉离了蓼风轩，走近潇湘馆，忽听得叮咚之声，甚觉音调凄切忧伤。宝玉知是黛玉在抚琴悲感往事，于是在山石边坐着静听。只听得黛玉低吟道：

风萧萧兮秋气深，美人千里兮独沉吟。
望故乡兮何处，倚栏杆兮涕沾襟。
山迢迢兮水长，照轩窗兮明月光。
耿耿不寐兮银河渺茫，罗衫怯怯兮风露凉……

黛玉孤标傲世，多愁善感，一份悲怀可裂金石，直痴痴地弹至弦断。知音者唯有妙玉，一样的素心如月、冰清玉洁，一样的兰心蕙质、玉貌仙姿。

无论琴声，还是诗句，皆可还原本真自我。在一张琴里出发归来，在一张琴里见山见水，遇见最美的诗和远方。

佛家曾以诗入禅，阐释禅宗三境：“落叶满空山，何处寻行迹”，此第一境也；“空山无人，水流花开”，此第二境也；“万古长空，一朝风月”，此第三境也。

三境中，都有个“空”字，却各有不同意蕴。第一境为“寻”，乃追问寻求，喻示天地茫茫寻禅不得，还未登堂入室；第二境为“无”，乃破除我执，于空寂之境中澄心静虑，初涉有无妙义；第三境为“悟”，乃智慧观照，永恒即刹那，刹那即永恒，达到天人合一之境。

如此禅宗三境，也可援引到琴音三境上来。琴境亦简单，亦奥妙，想来宝玉听琴，是第一境；黛玉抚琴，是第二境；而妙玉悟琴，是第三境。

有道是“信意闲弹秋思时，调清声直韵疏迟。近来渐喜无人听，琴格高低心自知”，可见琴即诗人，诗人即琴，一样的落寞，一样的高洁。

是时心境闲，可以弹素琴。幽音待清景，唯是我心知。琴声空灵悠远，是默默的诉说，是淡淡的情怀，是抚慰心灵的良药，是悲欣交集的人生。

孟浩然：以孤琴的姿势等你

这是一场诗意的等候，发生在唐朝的一个黄昏。在静寂山寺边，在幽深萝径上，孟浩然独自抚着琴，静静等候他的友人。这位朋友姓丁名凤，排行老大，故称丁大。

那日孟浩然住在业师山房，丁大约好前来和他共宿长谈。只是久等不至，直到日暮时分，丁大还迟迟不见人影。于是他抱一张琴走出寺庙，于山径旁一边弹琴，一边耐心等待：

夕阳度西岭，群壑倏已暝。松月生夜凉，风泉满清听。
樵人归欲尽，烟鸟栖初定。之子期宿来，孤琴候萝径。

只见夕阳越过西边山岭，千山万壑渐渐昏暗静寂。月照松林生出阵阵凉意，弥漫整个山间，习习晚风拂过山石流泉，满耳清幽之声。暮色四合，一片烟霭，山中樵夫几乎走尽了，鸟儿也开始各自归巢。只是“之子期宿来”，友人迟迟不至，从而“孤琴候萝径”，直把自己等成一张孤单的古琴。

此时山中那么幽静，等待也那么幽静。原来等一个人，可以如此闲适诗意，像一幅静谧的画。你来或者不来，我都在这里等你，不悲也不喜；你至或者不至，我就在这里抚琴，不焦也不急。因为友谊地久天长，一切美好都住在我们心底，不增不减。我就在这里默默等你，以孤琴的姿势等你。

在静寂的黄昏，在无人的山径，你曾有过这样的等待吗？

至于那个黄昏，孟浩然是否等到了丁大，我们无从知晓。只知丁大是他的挚友，和他一样，都是有才华而不得志之人。他们命运相似，心境相似，一样爱寺院清寂，喜与僧人往来。在那个傍晚的山中，诗人抱琴而弹，期待丁大到来同宿山房，来一次倾心长谈。

特别这句“孤琴候萝径”，以“孤”修饰“琴”，尽显孤清之感。孤琴的形象，兼有期待知音之意。以“萝”修饰“径”，同样反衬诗人的孤独。因为藤萝总是互相攀援，枝蔓交错而生。而孤琴般的诗人，伫立在洒满月色的萝径上，望眼欲穿地等待着……那样生动的画面，有种寂静且独特的美。

酒逢知己饮，诗向会人吟，相识满天下，知心能几人？不过作为盛唐山水田园派诗人，孟浩然泛舟五湖，交游四方，还是遇到过一些朋友的，比如李白、杜甫、王维，比如张说、王昌龄、张子容……所以他有时“宿业师山房待丁大不至”，有时又“送张子容进士举”，有时“晚春卧病寄张八”，有时又“夏日南亭怀辛大”：

山光忽西落，池月渐东上。散发乘夕凉，开轩卧闲敞。
荷风送香气，竹露滴清响。欲取鸣琴弹，恨无知音赏。
感此怀故人，中宵劳梦想。

夏日向晚时分，常来南亭纳凉，微风送来荷塘清香，竹林萧萧露声清脆，想要取出鸣琴弹奏一曲，可惜没有知音前来欣赏。如此良辰美景，让人更加思念故交老友，整夜都在梦中苦苦怀想。

在孟浩然一生中，这些一期一会的情怀，诚然都是美好的，因为有诗，有琴，有友人。但也因为写诗，抑或饮酒，发生过一些尴尬的事情。

唐朝文人除科举求取功名之外，还有一条入仕晋升的终南捷径，那就是广交权贵能臣，干谒公卿名流，以此提升自身知名度，从而被朝廷赏识录用。然每当幸运降临时，孟浩然总失之交臂，错失良机。

有一回，采访使韩朝宗约孟浩然一起赴京，准备上朝时寻机举荐他。韩朝宗善于识拔人才，“生不用封万户侯，但愿一识韩荆州”，连才高八斗的李白，也写下《与韩荆州书》，希望得到赏识后获得重用，足见韩朝宗的威望声名。不料临行那天，孟浩然家里来了客人，于是他设宴招待，以诗酒相酬。朋友提醒他，你与韩公有约，还是尽快启程吧！孟浩然不为所动，说酒兴正酣呢，哪有空管他老韩的事！韩朝宗闻讯大怒，但仍前来催促，但孟浩然依然不管不顾，韩朝宗只好独自上路。这次举荐之机，因为孟浩然的任性，就此搁浅了。

直到开元十六年（728），孟浩然已年近不惑，然而科举不中，还未取得功名，便留在长安等待机遇。他曾在太学赋诗，以“微云淡河汉，疏雨滴梧桐”之句名动公卿，同时结识了王维，成为至交好友。一日，两人正在王维值班处交谈，不料玄宗驾到，孟浩然惊避床下。王维不敢隐瞒，据实奏闻，睿智的王维心想真是天赐良机，正好举荐孟浩然。玄宗早听说孟浩然很有才学，命他快出来一见，让他自诵其诗，孟浩然吟诵了一首《岁暮归南山》：

> 北阙休上书，南山归敝庐。不才明主弃，多病故人疏。
> 白发催年老，青阳逼岁除。永怀愁不寐，松月夜窗虚。

不料玄宗听至“不才明主弃”，颇为不悦：“卿自不求仕，朕未尝弃卿，奈何诬我?”于是拂袖而去，因命放归南山，终身不仕。事后孟浩然懊悔不已，王维问他为何不背那首《望洞庭湖赠张丞相》，既有盛世气象，又有报国宏愿，皇上横竖都会满意的。

待丁大不至，孤琴候萝径，是诗意的；南亭怀辛大，欲取鸣琴弹，亦是美好的；而玄宗不期而至，真是天大的尴尬，让人永怀愁不寐。说到怀才不遇，孟浩然没有李白豁达，说到浪迹天涯，一样没有李白潇洒。孟浩然一时情急，放着满满正能量的诗不背，偏偏来这么一首牢骚满腹的诗，可谓错失良机，自断仕途。以致在时光的旷野，在功名的渡口，他以孤琴的姿势，空等了大半生，不免让人为之叹息。

只是谁一生没有几回尴尬事呢？孟浩然也不例外。好在他经过一番痛苦过后，尚能自重，接受现实的失意。从此便漫游吴越，归隐林泉，开始了琴剑飘零的生涯，在如诗如画的山水间，吟唱着动人的田园牧歌。

李商隐：聊将锦瑟记流年

自古文人七件宝，琴棋书画诗酒茶。人生开门七件事，柴米油盐酱醋茶。琴居首，茶居末。琴仅有一张，而茶有两种：一种是“柴米油盐酱醋茶”的茶，一种是“琴棋书画诗酒茶”的茶。

茶，是人在草木间，是一朵素心花。琴，是人在天地间，是一种生活禅。

一张琴，是一意孤行的，一生等待的是缘分，是山河知己；一张琴，是容止若思的，永远是心灵的皈依，是野鹤闲云；一张琴，总是那么静谧空灵，纤尘不染；一张琴，总是那么古朴典雅，恬淡从容；一张琴，始终孤芳自赏的姿态，又始终虚怀若谷的胸襟，如行云流水，无所不至，如空谷幽兰，扬扬其香。

鹦鹉杯中浮竹叶，凤凰琴里落梅花。每每夜听古琴，只觉时光静好，万物有情，脑海中不禁浮现一幅绝美画面：云雾缥缈的山水间，一张古色古香的琴，静置于朴素雅致的琴台上。一位容颜清丽的佳人，一袭白衣胜雪，气质淡若出尘，一双柔荑素手，款款抚弦而弹。琴声清越，恰似潺潺清泉，缓缓沁入心扉，令人心旷神怡，神思邈远。

正如刘长卿《弹琴》诗云："泠泠七弦上，静听松风寒。古调虽自爱，今人多不弹。"七弦琴上流出泠泠音韵，静静聆听着古曲《风入松》，看山色入帘，携琴卧绿，任松风吹梦，满枕生凉。诗人说他虽喜爱这种古调，但今人多已不再弹奏。古调冷落，不为世人所重视，世少知音，回首已是曲中人。天高地阔，云水苍茫，只有他一个人，遗世独立在晚风中，那么的孤独、寂寥，犹如一朵清醒的莲花，有慈悲喜舍的饱满，又有静水流深的丰盈。

清风明月本无价，流水高山自有情。一切皆这般清灵入心，妙不可言。喜欢司空图《二十四诗品·典雅》里的这种诗境：

玉壶买春，赏雨茅屋。坐中佳士，左右修竹。
白云初晴，幽鸟相逐。眠琴绿阴，上有飞瀑。
落花无言，人淡如菊。书之岁华，其曰可读。

以玉壶载酒游春，在茅屋赏雨自娱。坐中有高雅名士，左右是青翠修竹。天气初晴白云飘动，深谷飞鸟互相追逐。绿荫下倚琴而眠，山顶上瀑布飞珠。飞花轻落，寂静无声，幽人恬淡，宛如秋菊。这样的胜境写入诗篇，一定是可读可品的佳章。

锦瑟华年谁与度，聊将锦瑟记流年。曾几何时，每诵读李商隐《锦瑟》，总被一种缠绵悱恻的情怀所打动。一篇《锦瑟》解人难，然而又何须解？追忆也好，感伤也好，寄托也好，哀愁也好……有一种美，注定是多愁善感的，无端繁复而动人，但又是沉默无言的，令人失落和惆怅。每个人心中，都住着一位李商隐；每个人心中，都有一首《锦瑟》：

锦瑟无端五十弦，一弦一柱思华年。
庄生晓梦迷蝴蝶，望帝春心托杜鹃。
沧海月明珠有泪，蓝田日暖玉生烟。
此情可待成追忆，只是当时已惘然。

《诗经》有言："琴瑟在御，莫不静好。"古人发明琴瑟，旨在顺畅阴阳之气和纯洁人心。琴与瑟，均由桐木制成，琴有七弦，瑟有二十五弦。琴瑟二字均从"珏"，意为"二玉相碰之声"。一起合奏声音和谐，悦耳动听，多用来比喻融洽的感情。所谓琴瑟相通，琴瑟和鸣，琴与瑟，注定是三生三世、形影不离的一对，是莫失莫忘、不离不弃的知音。

曾几何时，每临摹苏轼《行香子·述怀》，总令人莫名感叹，又遐想无穷。想来东坡值此良辰美景，把酒对月，只觉月光皎洁，夜气清新，自当感慨万千：

清夜无尘，月色如银。酒斟时、须满十分。浮名浮利，虚苦劳神。叹隙中驹，石中火，梦中身。

虽抱文章，开口谁亲。且陶陶、乐尽天真。几时归去，作个闲人。对一张琴，一壶酒，一溪云。

一切有为法，如梦幻泡影，如露亦如电，应作如是观。人生天地间，若白驹过隙，忽然而已。名利皆如浮云，让人徒然劳神费力，不如携一张琴、一壶酒归去，在山水田园之间，做一朵悠闲自在的云。每个人心中，都住着一位苏轼；每个人心中，也都有一张琴，一壶酒，一溪云。

都说人在年轻时，莫不希望这一生就是琴棋书画诗酒花，可终究还是逃不过柴米油盐酱醋茶。左手是梦想的玫瑰，右手是现实的白菜。琴仅有一张，而茶有两味。一种是“柴米油盐酱醋茶”的滋味，一种是“琴棋书画诗酒茶”的滋味。

曾几何时，我也那般年少轻狂，幻想把万水千山都走遍，一生琴棋书画诗酒花。而当繁华万千都落尽，生活只是柴米油盐酱醋茶。那仅有的一张琴，在山长水阔的天地间，在浮生若茶的滋味里。

锦瑟无端五十弦，一弦一柱思华年。空山无人，水流花开。万古长空，一朝风月。一蔬一饭，喜乐平安。在一张琴里归去，愿此情可待，愿此心永恒，愿每个寻常的流水今日，都是最美的明月前身。

尽管这归去的路，一候相去万余里，马萧萧车辚辚；二候道路阻且长，山一程水一程；三候人生忽如寄，风一更雪一更——那么再遥远一点也好，我们可以将所有的懂得，一生一世紧握手心。

我相信有一种美好，是当繁华落尽，唯有素心不改。哪怕历经千山万水，归去依旧春风少年。从此静窗闻细韵，琴声长伴读书人。纵是琴诗酒伴皆抛我，雪月花时最忆君。这样的长相思，宛如人生初见；这样的长相忆，仿佛梦里来生。

归去，做一朵素心花，对一张琴，一壶酒，一溪云；归去，是一种生活禅，也无风雨也无晴，看水还是水，看山还是山。曾几何时，在暮色四合的黄昏，我曾写下这样的诗句：

我愿以黄昏的光芒，结绳记事
记下山依旧水依旧，今夕是何夕
记下所念人所感事，西风独自凉
记下流年的辗转，还有如梦的浮生
手握一把黄昏，适合煮酒听琴

更适合，坐在柴米油盐的香气里
读几页线装书，安于日常的朴素安稳

君子于役，不知其期——
琴声寂寂，一如旷野辽阔无涯
手握一把黄昏，我是诗经里的那个妇人

第二卷　世事如棋，江村事事幽

世事如棋，
棋如人生。
一局棋盘就是一场杀伐输赢，
天圆地方之内，
自有风云弥漫。
一局棋盘就是一份闲适日常，
布衣蔬食之余，
流年岁序安然。

王维：在春园里和万物对弈

想那古典遥远的从前，四季是那么缓慢，生活是那么悠然。从前没有高楼大厦，手机网络，但有琴棋书画，风月无边，有笔墨纸砚、诗酒茶花的风雅，有山川草木、田园风光的迷人，有仗剑天涯、四海为家的浪漫，有开轩赏景、共话桑麻的日常。

不到园林，怎知春色如许；不临山水，怎知天地之宽；不读诗词，怎知中文之美；不经繁华，怎知平淡是真。我喜欢杜丽娘那声吟唱："可知我常一生儿爱好是天然。"我喜欢芸娘那句感言："今得见天地之宽，不虚此生矣！"

我喜欢王维诗中"行到水穷处，坐看云起时"的从容，"白云回望合，青霭入看无"的缥缈，"大漠孤烟直，长河落日圆"的雄浑，"渡头余落日，墟里上孤烟"的幽美。

我亦喜欢王维诗中“日落江湖白，潮来天地青”的旷远，“人闲桂花落，夜静春山空”的清寂，“竹喧归浣女，莲动下渔舟”的灵动，还喜欢《春园即事》这般的闲适：

宿雨乘轻屐，春寒着弊袍。开畦分白水，间柳发红桃。
草际成棋局，林端举桔槔。还持鹿皮几，日暮隐蓬蒿。

此诗是王维早期作品，当写于开元二十年（732）前后，王维隐居辋川时的一个春天。春园，春天的田园；即事，以当前事物为题材作诗；桔槔，井上汲水的工具。

一夜春雨过后的清晨，春寒料峭，地面潮湿。诗人穿起旧日棉袍，蹬上轻便木屐，挖开田畦，清水流入畦垅之间，在阳光映照下闪着白光，绿柳丛中，盛开着几树鲜妍的红桃，好一片春意盎然的景象。

值此良辰美景，他有时在草地之上画出棋枰对弈，有时于树林一端用桔槔汲水浇园。黄昏后还拿来鹿皮小几，凭倚它隐身蓬蒿之外，听听流水，看看晚霞。只做一粒自由行走的棋子，在春园里和万物对弈，在阡陌上与天地谈心，怡然自得，其乐融融。

好一首《春园即事》，赏心悦目的美景，闲适恬淡的情怀。直以生动形象的语言，呈现隐者的日常生活，意境清新淡远，自然脱俗，然又写景如画，色彩鲜明。

诗佛王维多才多艺，写诗作画，参禅悟理，是少有的全才。尤长五言，多咏山水田园，书画特臻其妙，后人推为南宗山水画之祖。其诗如画卷，美不胜收，情景交融，浑然天成。他擅于将绘画的精髓，带进诗歌的天地，以灵性的语言，生花的妙笔，为我们描绘出一幅幅精妙之作。

王维即景即事的抒情诗，比比皆是，此乃一位佛系诗人的生活禅。譬如《淇上田园即事》《寒食城东即事》，再如这首《山居即事》：

寂寞掩柴扉，苍茫对落晖。鹤巢松树遍，人访荜门稀。
绿竹含新粉，红莲落故衣。渡头烟火起，处处采菱归。

人若能享受孤独，寂寞也就是一种美了。是独坐幽篁里，弹琴复长啸，亦是雨中山果落，灯下草虫鸣；是春去花还在，人来鸟不惊，亦是明月松间照，清泉石上流。

不禁想起《红楼梦》里的贾宝玉，倒也是佛系公子的文艺范。且说富贵闲人宝玉，自打搬进大观园来，心满意足，再无别项可生贪求之心。每日只和姊妹丫鬟们一处，或读书，或写字，或弹琴下棋，作画吟诗，以至描鸾刺凤，斗草簪花，低吟浅唱，拆字猜枚，无所不至，倒也十分快意。他曾有几首四时即事诗，虽不算好，却是真情真景，且看《春夜即事》如斯写来：

霞绡云幄任铺陈，隔巷蟆更听未真。
枕上轻寒窗外雨，眼前春色梦中人。
盈盈烛泪因谁泣，点点花愁为我嗔。

自是小鬟娇懒惯，拥衾不耐笑言频。

总感觉贾宝玉和王维，颇有一些相似之处：都是世间有情之人，灵魂澄澈之人；都是红尘浊世的翩翩佳公子，且有决绝红尘的慈悲喜舍心；都有过刻骨铭心的真爱，有过惊心动魄的伤痛；都有份真性情，也有份小痴好；都有大起也有大落，有大喜也有大悲……

贾宝玉历尽烟柳繁华，堪破红尘缘法，究竟是到头一梦，万境归空。最后情极而毒，悬崖撒手，身披大红猩猩毡的斗篷，兀自跟随一僧一道，遁入空门。一心了却尘缘，皈依青埂峰下，落得个白茫茫大地真干净，是一份深远痴绝的佛性。

王维历尽红尘世事，尝遍酸甜苦辣，一样褪尽繁华，从绚烂之极，归于平淡自守。自中年时爱妻亡故后，便一直独居不娶。与生俱来一份维摩诘的造化，在山水田园之间参禅悟道，一生半仕半隐，寄情翰墨丹青。以般若法门，观照命运无常，以空灵诗画，抵达人生妙境，终成一代诗佛，一代画宗。

且看晚唐五代诗人韦庄，在《和友人》里如此写来：

闭门同隐士，不出动经时。静阅王维画，闲翻褚胤棋。
落泉当户急，残月下窗迟。却想从来意，谯周亦自嗤。

诗中的褚胤，是一代弈坛奇才，南朝宋文帝时期的围棋国手，棋艺为当时第一人。七岁围棋即入高品，弈棋之妙，冠绝古今。宋文帝曾将褚胤的棋艺，列入当时“五绝”之一，真是自古英才出少年，后遂用为咏棋艺卓绝之典。

韦庄直把“静阅王维画，闲翻褚胤棋”，作为两样最美的人生享受。说在安静的时候，赏阅王维的诗画，体悟一回佳境；于闲暇的日子，翻翻褚胤的棋经，精进一下棋艺；再邀三两好友，对月小酌一杯，当户对弈一局，皆为人生赏心乐事也。

由此可见，韦庄对王维诗画的爱赏之情，到了何等痴绝的地步，堪称高山流水的知音。

许浑：若在花间竹里，自有棋声幽然

作为“琴棋书画”四大雅趣之一，下棋既能修身养性，又可开启心智，自古以来就是文人儒士的一种雅好。或于松云之下、石桌之上，或于乡居之所、村舍之间，一局棋盘就是一场杀伐输赢，天圆地方之内，自有风云弥漫；一局棋盘就是一份闲适日常，布衣蔬食之余，流年岁序安然。

近日读唐诗，读到许浑《村舍》二首，字里行间农家气息颇浓，别具一番情趣，流露出乐于田园、淡于名利的逸致：

自翦青莎织雨衣，南峰烟火是柴扉。
莱妻早报蒸藜熟，童子遥迎种豆归。
鱼下碧潭当镜跃，鸟还青嶂拂屏飞。

花时未免人来往，欲买严光旧钓矶。

尚平多累自归难，一日身闲一日安。
山径晚云收猎网，水门凉月挂鱼竿。
花间酒气春风暖，竹里棋声暮雨寒。
三顷水田秋更熟，北窗谁拂旧尘冠。

白日春风送暖，正好花间饮酒，竹下弈棋，真是身闲心安，日日皆好。傍晚潇潇春雨，打在竹叶之上，清音入耳，生出几丝寒意。村舍之外，有三顷水田一年两熟，足够全家人饱暖。旧年官服，搁置在北窗下落满尘土，谁还顾得去打扫它。

许浑，晚唐极具影响力的诗人之一。题材以怀古、田园诗为佳，一生不作古诗，专攻律体。句法纯熟工稳，诗律自成一格，多写水景雨景，故有“许浑千首湿，杜甫一生愁”之说。

若在花间竹里，自有棋声幽然。喜欢“花间酒气春风暖，竹里棋声暮雨寒”这如画的景象、如梦的清幽，让人爱赏留连。下句“竹里棋声暮雨寒”，直令我想起《红楼梦》大观园试才题对额时，宝玉所拟的那副对联：“宝鼎茶闲烟尚绿，幽窗棋罢指犹凉。”

是这样一段优美描写：“于是出亭过池，一山一石，一花一木，莫不着意观览。忽抬头见前面一带粉垣，数楹修舍，有千百竿翠竹遮映。众人都道：‘好个所在！’于是大家进入，只见进门便是曲折游廊，阶下石子漫成甬路，上面小小三间房舍，两明一暗，里面都是合着地步打的床几椅案。从里间房里，又有一小门，出去却是后园，有大株梨花，阔叶芭蕉，又有两间小小退步。后院墙下忽开一隙，得泉一派，开沟尺许，灌入墙内，绕阶缘屋至前院，盘旋竹下而出。贾政笑道：'这一处倒还好，若能月夜至此窗下读书，也不枉虚生一世。'”

宝玉将此处雅舍匾额，题为“有凤来仪”。这里凤尾森森，龙吟细细，是大观园里最幽静的地方，此乃后来黛玉的居所潇湘馆。宝鼎茶闲，幽窗棋罢，可谓黛玉幽居大观园的诗意写照。那斑竹林里，那沁芳桥边，娉婷而来迤逦而去的，总是黛玉仙子般飘逸的身影。女子之美，美在才气，美在灵气，黛玉更美在一份仙气。

而上句“花间酒气春风暖”，亦令人想起《红楼梦》里那句“花气袭人知昼暖”。袭人，本名花珍珠，宝玉因她姓花，便引用陆游诗句“花气袭人知骤暖”，将她改名“袭人”。曹雪芹将“知骤暖”改为“知昼暖”，不是笔误，而是有意翻新。意即袭人只知白昼间，即荣国府鼎盛煊赫时的暖热，而经不起黑夜里，即贾家衰败没落晚景的考验。

话说许浑还有两首描写驿楼的诗，首首有棋有酒，有山水风光。一首《韶州驿楼宴罢》，情境美妙如斯：

檐外千帆背夕阳，归心杳杳鬓苍苍。

岭猿群宿夜山静，沙鸟独飞秋水凉。

露堕桂花棋局湿，风吹荷叶酒瓶香。
主人不醉下楼去，月在南轩更漏长。

另一首《夜归驿楼》则这般娓娓道来：

水晚云秋山不穷，自疑身在画屏中。
孤舟移棹一江月，高阁卷帘千树风。
窗下覆棋残局在，橘边沽酒半坛空。
早炊香稻待鲈鲙，南渚未明寻钓翁。

所谓世事如棋，变幻莫测，有时“露堕桂花棋局湿”，有时“窗下覆棋残局在”，有时“花间酒气春风暖”，有时“山雨欲来风满楼”。而名句“山雨欲来风满楼”，正是语出许浑代表作《咸阳城西楼晚眺》：

一上高城万里愁，蒹葭杨柳似汀洲。
溪云初起日沉阁，山雨欲来风满楼。
鸟下绿芜秦苑夕，蝉鸣黄叶汉宫秋。
行人莫问当年事，故国东来渭水流。

若是山雨欲来，自是风满西楼。一切景语皆是情语，诗人言眼前景，便是语心中情。此景别致而凄美，此情愁苦而悲怆，此意蕴藉而苍凉，此境雄阔而高远，令人印象深刻。

此诗约写于大中三年（849），可谓唐人登临诗篇之佳作。当时许浑任监察御史，一个秋天的傍晚，他登上咸阳古城高高的城楼，举目向南望去，远处烟笼蒹葭，雾罩杨柳，很像江中的汀洲。半世游宦长安，远离家乡多年，一旦登临远眺，心中自是万里乡愁。

只见阁后夕阳沉落，溪边乌云乍起，山雨即将来临，满楼风声飒飒。秦苑汉宫一片荒凉，鸟儿落入乱草之中，林叶枯黄秋蝉悲鸣，行人还是莫问前朝旧事，只有渭水，还如昔日一样不断东流。

彼时大唐王朝已日薄西山，江河日下，农民起义此起彼伏，政治腐败时局动荡，正是风雨飘摇之秋。因而诗人以云、日、风、雨层层推进，以鸟下绿芜、蝉鸣黄叶步步渲染，勾勒出一种萧条凄凉的意境，借秦苑汉宫的荒废，钩沉历史，感古伤今，抒发对家国衰败的万千感慨，以及对历史兴亡的深刻愁思。

杜甫：世事如棋，棋如人生

常言道："人生如梦，世事如棋。"世界上的事情，不过一盘棋而已，然而每局都充满传奇。我们皆是棋子，有人砥砺前行，有人举棋不定，有人落子不悔。一切总是那么变幻莫测，愿有人陪你颠沛流离，闲看人间二三事，但见山河岁月长风浩荡，总有千百般悲欣交集，不因岁月而凋零。

一个人行走在漫漫时光中，有多少个繁花似锦的春天如期而至，就会与多少个落叶纷纷的深秋劈面相逢。当秋意渐深、满目风烟之时，临摹一回杜甫《秋兴八首》，最是慰人肝肠。仿佛千山万水走遍，忽然他乡遇故知，一刹那万千滋味，齐齐涌上心头：

闻道长安似弈棋，百年世事不胜悲。
王侯第宅皆新主，文武衣冠异昔时。
直北关山金鼓振，征西车马羽书驰。
鱼龙寂寞秋江冷，故国平居有所思。

听说长安政局，就像一盘未下完的棋局，波谲云诡，反复不定。想起百年世事辗转，动乱流亡，让人不胜悲哀。那些王侯贵族宅第，不知换了几任新主，文武大臣衣冠，也是变来变去，国运今非昔比，贤臣良相更成泡影。

你看塞北关山金鼓雷动，兵戈四起挥舞，而征西战事车马正紧，告急文书飞驰而来。在这国破家残、秋江清冷时节，江中鱼龙也蛰伏了去，再不见那盛世景象。想起长安昔日的锦绣繁华，百姓安居乐业的景象，叫我如何不忧叹，如何不凄苦？

那是大历元年（766）深秋，大唐已经由盛转衰，江河日下，深陷于内忧外患、兵荒马乱之中。持续八年的安史之乱方才平息，吐蕃外族便乘虚而入，藩镇拥兵割据，以致国无宁日，民无定所。

置身跌宕乱世，无从选择的杜甫，已弃官七年之久，离开成都杜甫草堂，生活彻底失去依凭。暮年多病的他，像一片苍黄的秋叶，沿江东下一路漂泊，经嘉州、戎州、渝州、忠州、云安，到达夔州。由于夔州都督柏茂林的照顾，方得滞留暂住下来，租得一点公田，带着家眷一起下田劳作，聊以养家糊口，勉强为生。

当此秋风萧瑟之时，站在夔州的旷野上，杜甫回首遥望长安，知交多零落，壮志亦难酬，那种寂寞抑郁的心境，可想而知。他不免触景生情，悲从中来，于是写下如斯诗句：

玉露凋伤枫树林，巫山巫峡气萧森。
江间波浪兼天涌，塞上风云接地阴。
丛菊两开他日泪，孤舟一系故园心。
寒衣处处催刀尺，白帝城高急暮砧。

夔府孤城落日斜，每依北斗望京华。
听猿实下三声泪，奉使虚随八月槎。
画省香炉违伏枕，山楼粉堞隐悲笳。
请看石上藤萝月，已映洲前芦荻花。

千家山郭静朝晖，日日江楼坐翠微。
信宿渔人还泛泛，清秋燕子故飞飞。
匡衡抗疏功名薄，刘向传经心事违。
同学少年多不贱，五陵衣马自轻肥。
……

世事如棋，棋如人生。一切都在变幻，但总有一些东西，坚似磐石，韧如蒲苇，会长久地沉淀在历史长河中，不为时光裹挟而去。想来杜甫这样沉郁顿挫之人，大抵是把满怀的家国忧思和刻骨的悲悯深情，都寄寓在《秋兴八首》之中了。

一卧沧江惊岁晚，万里风烟接素秋。诗人因秋而感发诗兴，故曰“秋兴”。寒风瑟瑟，落木萧萧，一片秋愁无可依傍，往事历历在目，层层如剥蕉心，直抵灵魂深处，顿生悲凉心境。位卑未敢忘忧国，但愿苍生俱饱暖。可以说，一组《秋兴八首》是以诗寄情，以诗感怀，以诗写史，是一部千古诗圣的悲欢回忆录，一支波澜起伏的生命交响曲，一幅浓墨重彩的历史工笔画。

从“同学少年多不贱，五陵衣马自轻肥”的诗酒豪情，到“丛菊两开他日泪，孤舟一系故园心”的乡思离愁，从“花萼夹城通御气，芙蓉小苑入边愁”的惆怅无依，到“关塞极天唯鸟道，江湖满地一渔翁”的孤独沧桑，首首都是秋寂之景，处处皆见索寞之情。那种暮年多病、身世飘零之悲，那种忧国忧民、故园难返之思，何等深切饱满，何其厚重苍凉。

有道是年光似鸟翩翩过，世事如棋局局新。人在青春年少时，多是渴望能像李白那样仗剑走天涯，一腔满满的豪情理想。自信天生我材必有用，总是俱怀逸兴壮思飞，时而“大鹏一日同风起，扶摇直上九万里”，时而“长风破浪会有时，直挂云帆济沧海”，时而“人生得意须尽欢，莫使金樽空对月”，时而“仰天大笑出门去，我辈岂是蓬蒿人”。

在命运的棋局中，在岁月的征途上，谁的前半生不曾裘马轻狂，一心想攀登到理想的巅峰，会当凌绝顶，一览众山小。只是不知不觉人到中年，酸甜苦辣都尝过，有时午夜梦醒，蓦然回首往事，感觉直如一粒棋子，在命运之手的推搡下，亦步亦趋地一路向前，趟过时光的楚河汉界。一个过河的卒子，只能把所有的阴晴冷暖，默默记在心间了。当秋风倏忽来去，人早已远在异乡，此时就会与杜甫猝然相遇，一见如故。

鲁迅曾说："杜甫是中华民族的脊梁……我总觉得陶潜站得稍稍远一点，李白站得稍稍高一点，这都是时代使然。杜甫似乎不是古人，就好像今天还活在我们堆里似的。"

杜甫一生命途多舛，一世深情慈悲，饱经风雨沧桑，世事变迁，却依旧一颗赤子之心，一腔报国之志。他心系苍生，胸怀国事，民间有多少疾苦，笔底就有多少波澜。人到中年，读一读杜甫的诗，其间浓缩的精神风骨，让人感佩不已，令人肃然起敬；而个中深刻的人生况味，又如逢隔世知己，如遇风雪故人。

落叶飘零的深秋，每读一回《秋兴八首》，只觉世事瞬间苍老，人间恍惚千年，万物顿生霜意。千年之外，白云悠悠，谁主沉浮，谁问沧桑，唯有秋风万里远，山川岁月长；唯有他逆风而立，站在中年的路口，来不及道一声"别来无恙"，就已经泪眼蒙眬。

孟郊：谁不是世间的烂柯人

有个典故“观棋烂柯”，可谓耳熟能详，寓意深刻。此典出自《述异记》：“信安郡石室山，晋时王质伐木至，见童子数人棋而歌，质因听之。童子以一物与质，如枣核，质含之不觉饥。俄顷，童子谓曰：‘何不去?’质起，视斧柯尽烂，既归，无复时人。”

是说晋时有名叫王质的樵夫，一天去石室山砍柴。看到几个童子坐在山石边下围棋，于是放下斧子驻足观看。看了多时，童子说你该回家了。王质起身拿斧子，只见斧柄烂尽，锋利的斧头也锈蚀不堪了，王质非常奇怪。回到家乡后，发现一切早已大变样，无人认得他。他所提起的事，老人们都说是几百年前的事了。原来王质在石室山打柴，误入仙境，遇到了神仙，仙界一日，人间百年。

在围棋文化史上，“观棋烂柯”是个引人遐想、令人感叹的传说。他将围棋变幻无穷、神秘莫测的特点和弈者殚精竭虑、欲穷造化的特点，生动夸张地表现出来。因此后人便把石室山称为烂柯山，并把烂柯作为围棋别称之一。一些围棋古典弈谱，不少根据“烂柯”而定书名。至今“烂柯”一词，在国内外棋刊上仍屡见不鲜。日本高段棋手还常将“烂柯”两字书于扇面，用以馈赠亲友。

此外围棋还有黑白、方圆、楸枰、手谈、坐隐、忘忧、木野狐等诸多别称。特别“木野狐”之别称，最为生动，最具魅力，是说围棋变幻多端，令人痴迷，犹如妖魅灵狐所幻化的美女一般，人们一旦受其迷惑，便难以自拔，沉醉不已。

烂柯山位于浙江衢州境内，道书称其为“青霞第八洞天”，为神州七十二福地之一。当年诗人孟郊两试进士不第，潦倒失意之际到烂柯山游玩，只见山明水秀，风景优美，远眺烂柯主峰，如一座巨大石桥，鬼斧神工蔚为奇观。于是赋诗《烂柯石》，抒发对岁月易逝、人事无常的感慨：

仙界一日内，人间千载穷。双棋未遍局，万物皆为空。
樵客返归路，斧柯烂从风。唯余石桥在，犹自凌丹虹。

山中一局棋，历世越千年。仙人已去，仙界难期。面对依稀的烂柯仙迹，既孤芳自赏，又不甘沉寂的诗人，心情复杂而矛盾，不禁生出世事变幻迅疾、命运难以把握的喟叹。在世事的棋局中，在命运的河流上，有人棋逢对手，将遇良才；有人一着不慎，满盘皆输；有人深思熟虑，步步为营……

许浑《送宋处士归山》诗云："卖药修琴归去迟，山风吹尽桂花枝。世间甲子须臾事，逢著仙人莫看棋。"崔涂亦有《樵者》诗云："行山行采薇，闲翦蕙为衣。避世嫌山浅，逢人说姓稀。有时还独醉，何处掩衡扉。莫看棋终局，溪风晚待归。"刘禹锡曾引用"观棋烂柯"典故，写下著名的《酬乐天扬州初逢席上见赠》：

巴山楚水凄凉地，二十三年弃置身。
怀旧空吟闻笛赋，到乡翻似烂柯人。
沉舟侧畔千帆过，病树前头万木春。
今日听君歌一曲，暂凭杯酒长精神。

那是宝历二年（826），刘禹锡罢和州刺史返回洛阳，同时白居易从苏州返洛阳，两人在扬州相逢。白居易席间赋诗《醉赠刘二十八使君》："为我引杯添酒饮，与君把箸击盘歌。诗称国手徒为尔，命压人头不奈何。举眼风光长寂寞，满朝官职独蹉跎。亦知合被才名折，二十三年折太多。"对刘禹锡虽才华横溢，却怀才不遇的命运深表同情，同时为友人坎坷遭遇而愤愤不平，将矛头指向满朝官吏和当权者，抱怨他们不珍惜人才。刘禹锡遂题诗《酬乐天扬州初逢席上见赠》酬答，一来一往，推心置腹，一片赤诚，溢于言表。

白诗最后四句，在感叹刘禹锡不幸命运的同时，又称赞其才气名望，同情之中饱含赞美，显得十分委婉。刘诗开头四句，即感慨自己谪居于巴山楚水凄凉之地，算来已经二十三年，如今归来许多老友都已去世，只能吹笛赋诗，空自惆怅。回到家乡更是物是人非，仿佛一个烂柯之人。只见沉舟侧畔千帆竞发，病树前头万木逢春，今日听你高歌一曲，暂借杯酒振作精神。

佛经云："一弹指六十刹那，一刹那九百生灭。"在漫长的岁月里，在无常的命运中，谁不是世间的烂柯人，谁又不是异乡的游子呢？

"百亩庭中半是苔，桃花净尽菜花开。种桃道士归何处，前度刘郎今又来。"写下《再游玄都观》的刘禹锡如此；"慈母手中线，游子身上衣。临行密密缝，意恐迟迟归。谁言寸草心，报得三春晖。"写下《游子吟》的孟郊亦如此。

南山石上有棋局，曾使樵夫烂斧柯。想当年孟郊连续两次落第，失意之余游览烂柯山，写下《烂柯石》，心情自是无尽落寞。及至四十六岁那年高中进士，终于扬眉吐气，真是说不尽的畅快。人逢喜事精神爽，挥笔而就一首《登科后》，那种蟾宫折桂的荣耀，那份按捺不住的欢欣，真是心花怒放，非比寻常：

昔日龌龊不足夸，今朝放荡思无涯。
春风得意马蹄疾，一日看尽长安花。

古人云，人生有四大喜事：久旱逢甘霖、他乡遇故知、洞房花烛夜、金榜题名时。出身贫寒的孟郊，勤学苦读三次应试，年近五旬方得进士登第，其心中的喜悦，可想而知。

因为这首诗，从而有了两个为人熟知的成语：春风得意、走马观花。一千多年过去了，我们仿佛还能看到孟郊那神采飞扬的身影，策马奔腾于春风骀荡的长安大街上。那日阳光明媚，春花烂漫，诗人踌躇满志，一路洋洋得意，满目盛世繁华……

杜牧：一局棋散后，孤枕雁来初

如果说当年杜甫寓居成都浣花草堂，信手拈来“江村”为题，吟出“老妻画纸为棋局，稚子敲针作钓钩”，洋溢着一份难以抑制的愉悦之情，那么后来杜牧被贬黄州，写下《齐安郡晚秋》，一句“雨暗残灯棋散后，酒醒孤枕雁来初”，则传达出无限的冷寂落寞之况。

杜甫的《江村》，写于上元元年（760）。那时杜甫经过四年流亡生活，从同州经由绵州，来到西南富庶之乡成都，在亲友故旧的帮助下，于郊外浣花溪畔盖了一间草堂。饱经离乡背井的苦楚，备尝颠沛流离的艰辛，终于有了暂时安居的栖身之所。时值初夏，浣花溪畔清江淙淙，万物葱茏燕鸥齐飞，好一派恬静幽然的田园景致。可以想象，此时诗人心情是何等惬意，于是放笔咏怀：

清江一曲抱村流，长夏江村事事幽。
自去自来堂上燕，相亲相近水中鸥。
老妻画纸为棋局，稚子敲针作钓钩。
但有故人供禄米，微躯此外更何求。

而杜牧的《齐安郡晚秋》，写于会昌二年（842）。齐安郡，即湖北黄州。彼时四十岁的杜牧，因受当时宰相李德裕排挤，被外放为黄州刺史，其后又转池州、睦州等地。由于杜牧为人倜傥，不拘小节，故与李德裕理念不合；而且牛李党争，杜牧与牛僧孺私交甚好，可能被李德裕认为是牛党。杜牧外放黄州约两年半时间，人到中年仕途受挫，壮志难酬，又远离家乡亲人，其内心忧郁自是难以言表，唯有以诗遣怀：

柳岸风来影渐疏，使君家似野人居。
云容水态还堪赏，啸志歌怀亦自如。
雨暗残灯棋散后，酒醒孤枕雁来初。
可怜赤壁争雄渡，唯有蓑翁坐钓鱼。

一局棋散后，孤枕雁来初。晚秋时节寒风瑟瑟，柳影渐渐稀疏了去，野外的居所，愈发寂静苍茫。游览黄州山水，闲云倒映在水中，让人赏心悦目，闲来吟啸抒怀，日子倒也闲适自得。残灯暗淡的雨夜，一起下棋的友人已经散去，酒醒后孤枕难眠，又看到北雁南飞。当年英雄豪杰争雄的赤壁还在，而如今，只有我这样的蓑翁在此垂钓。

在中国历史上，黄州、赤壁，都是极为熟悉的地名。且首先令人想到的，就是大文豪苏轼。宋元丰三年(1080)，四十四岁的苏轼因“乌台诗案”劫后余生，被贬为黄州团练副使，职务相当低微，毫无实权，甚至不得签书公事，成了彻头彻尾的闲人。生活困顿不堪，只好带领家人开垦城东坡地，种田帮补生计，自谓“东坡居士”。苏轼赴任后心情郁闷，曾多次到黄州城外赤壁山游览散心，写下《前后赤壁赋》《念奴娇·赤壁怀古》等诸多名作。可以说，黄州是苏子人生的转折点，前半生是苏轼，后半生是苏东坡。

古代文臣武将一旦犯错，或不容于朝廷，都会被贬往偏远之地，黄州当时就是这么一个地方。在贬谪生涯当中，在古老赤壁之上，苏子发出“故国神游，多情应笑我，早生华发。人生如梦，一樽还酹江月”的千古慨叹。而此前两百多年，杜牧亦写下“雨暗残灯棋散后，酒醒孤枕雁来初。可怜赤壁争雄渡，唯有蓑翁坐钓鱼”的无尽感怀。

杜牧生活于晚唐时期，目睹盛唐气象不再，他痛心疾首，励精图治，一心济世匡民，渴望一展身手。身为高门士族之后的他，风度翩翩才情万种，博通经史天资过人。因在家族中排行十三，根据唐人习惯，故被称为“杜十三”。杜牧十几岁时，正值唐宪宗讨伐藩镇，振作国事。他在读书之余关心军事，后来曾专门研究《孙子》，写过十三篇《孙子》注解，也写过许多策论咨文。特别有次献计平虏，被宰相李德裕采用，大获成功。

当时杜牧已经颇有名气，作品广泛流传。二十三岁作《阿房宫赋》，以史鉴今将批判锋芒直指大唐；二十五岁写下长篇古诗《感怀诗》，表达他对藩镇问题的见解；二十六岁进士及第，同年考中贤良方正直言极谏科，被授弘文馆校书郎、试左武卫兵曹参军；三十三岁由扬州赴长安就任监察御史。可惜他壮志未酬，一番宦海沉浮过后，便被外放为黄州刺史。从其诗句“臣实有长策，彼可徐鞭笞。如蒙一召议，食肉寝其皮”，可以看出他不为朝廷重用的失落愤懑之情。

唐朝有位围棋国手王逢，与杜牧交谊甚厚。两人常常一起对弈，切磋棋艺，“绝艺如君天下少，闲人似我世间无。别后竹窗风雪夜，一灯明暗覆吴图”，即是杜牧对王逢棋艺的赞佩和对命运无奈的自嘲。在送别王逢时，杜牧曾写下情思细腻、感人至深的《送国棋王逢》：

玉子纹楸一路饶，最宜檐雨竹萧萧。
羸形暗去春泉长，拔势横来野火烧。
守道还如周伏柱，鏖兵不羡霍嫖姚。
得年七十更万日，与子期于局上销。

周伏柱，指道家创始人老子，老子曾做过周朝柱下史；霍嫖姚，指西汉名将霍去病，霍去病曾为嫖姚校尉。杜牧将典故信手拈来，以老子修道以静制动，以霍去病出征战无不胜，突出王逢下棋动静相宜，攻防有序，棋艺稳健高超。

彼时檐前雨声淅沥，窗外竹叶萧萧，宜闲谈，宜对弈。我摆上精美的棋盘，向您讨教棋艺，您是国手，让我一子。您的棋艺着实绝妙，扶弱起危好似潺潺春泉，滋润万物生长；攻势纵横犹如拔旗斩将，疾似野火燎原。如能活到七十岁，尚有万余日，期待能与您在弈棋中消磨时光。

其实即使身处黄州，但杜牧并没有忘记胸中抱负，曾以《郡斋独酌》表明志向："平生五色线，愿补舜衣裳。弦歌教燕赵，兰芷浴河湟。腥膻一扫洒，凶狠皆披攘。生人但眠食，寿域富农桑。"尤其这首《赤壁》堪称传世名篇，与苏轼《念奴娇·赤壁怀古》有异曲同工之妙：

折戟沉沙铁未销，自将磨洗认前朝。
东风不与周郎便，铜雀春深锁二乔。

诗人行走在江边，看见一支折断的铁戟，沉没在水底沙中，还没有销蚀掉。于是将之拾起，经过一番磨洗，发现这是当年赤壁之战的遗物。倘若东风不与周瑜方便，结局恐怕是曹操取胜，二乔被关铜雀台。所谓天下大势分久必合，合久必分，东汉末年那场著名的赤壁之战，又何尝不是一盘足智多谋的棋局，以少胜多，以弱敌强，孙刘联手大破曹军，奠定了三国鼎立的基础。可谓乱石穿空，惊涛拍岸，卷起千堆雪，江山如画，一时多少豪杰。

会昌四年（844）九月，杜牧离开黄州迁任池州刺史，回忆在黄州的两年多经历，曾有感而发，写下一首《忆齐安郡》：

平生睡足处，云梦泽南州。一夜风欺竹，连江雨送秋。
格卑常汩汩，力学强悠悠。终掉尘中手，潇湘钓漫流。

由于黄州地处云梦泽之南，因此称为“云梦泽南州”。杜牧本来是个很有抱负的人，而被贬黄州后常借酒消愁，说这里是他平生睡眠最充足的地方。自认为情绪过于消极，诗文格调不够高雅，并盼望能摆脱尘务，过上悠然闲适的隐逸生活。

此乃杜牧自谦警省之语。事实上在黄州期间，他是佳句迭出，不乏名篇的。后来苏轼读到此诗极为欣赏，且化用前两联写下“二子缘诗老更穷，人间无处吐长虹。平生睡足连江雨，尽日舟横擘岸风”之句。

一夜风欺竹，连江雨送秋。想来黄州的凄风苦雨，从春到秋连绵不绝，个中萧瑟况味与茫然感伤，两百多年后的苏轼，一样感同身受。浸淫其内心深处的，则是字字寒湿的《寒食帖》，让人不忍卒读：

自我来黄州，已过三寒食。年年欲惜春，春去不容惜。
今年又苦雨，两月秋萧瑟。卧闻海棠花，泥污燕支雪。

暗中偷负去，夜半真有力。何殊病少年，病起须已白。
春江欲入户，雨势来不已。小屋如渔舟，濛濛水云里。
空庖煮寒菜，破灶烧湿苇。那知是寒食，但见乌衔纸。
君门深九重，坟墓在万里。也拟哭途穷，死灰吹不起。

在茫茫时空的变幻中，在命运之手的操控下，沉郁如杜甫，潇洒如杜牧，旷达如苏轼，莫不似一枚棋子。哪怕历尽坎坷，然而为了心中的理想，坚定的信念，总是一往直前，毫无退缩。不同的人生际遇，一样的宠辱不惊；不同的生命轨迹，一样的家国情怀；不同的年代岁月，一样的赤子之心。

陆龟蒙：松风流水，棋禅一味

茶道上，有“茶禅一味”之说。文人墨客有一茗在手，即可谈风论雅；芸芸众生有一缕茶香，自是海阔天空。智者悟禅，清茶一杯；迷者问禅，佛经万卷。茶即禅，品茶如参禅，空持百千偈，不如吃茶去。

唐人饮茶之风，最早始于僧家。“茶禅一味”典故，源自赵州禅师那句偈子“吃茶去”。宋代高僧圆悟克勤，悟出品茶真谛在于心性，挥毫写下“茶禅一味”，其真迹流传到日本，成为奈良大德寺镇寺之宝。

在棋界，也有“棋禅一味”之说。相传尧造围棋，以教子丹朱，舜以子商均愚，故作围棋以教之，以闲其情。可见自上古以降，棋即为开发智慧、纯洁性情而生。棋之神秘玄奥，犹如禅之深不可测，棋之变幻无穷，亦如禅之曼妙无比。

唐人嗜弈之风，尤其盛行不衰。帝王将相，骚人墨客，隐士高僧，擅弈者比比皆是。可谓车千乘，马千匹，强弩千张，统百万雄师指麾如意；酒一斗，茶一瓯，围棋一局，约二三知己畅叙幽情。

茶有茶道，棋有棋道，于山花竹荫下，消解几许尘世烦忧；于松风流水中，觅得一份清幽淡雅。就一壶茶，来一局棋，知白守黑，和光同尘，那是自然闲适的心境，也是淡泊超然的精神。

唐明皇是位多才多艺的帝王，对围棋、音乐、书画等都很精通，不仅经常欣赏国手精彩的对局，有时还召集王公大臣，陪弈取乐。南唐画家周文矩，曾以明皇弈棋为题材，画下一幅《明皇会棋图》，真实反映了唐代宫廷中的围棋活动。

在唐代的山水寺庙间，处处有琴僧、棋僧的身影。佛门多清闲，山水俱佳景，以棋参禅，悟得般若禅意，因棋说法，自有微妙法门。天作棋盘星作子，谁人敢下，是一种禅意；地为琵琶路为弦，哪个能弹，是一种禅意；松下围棋，松子每随棋子落，是一种禅意；柳边垂钓，柳丝常伴钓丝悬，也是一种禅意。

琴令人寂，棋令人闲。闲寂之美，是一种境界，亦是一种心情。一曲琴音，便是一泓流动的水；一粒棋子，便是一份行走的禅。

“古桂林边棋局湿，白云堆里茗烟青”，此中自有禅意。

“性急却于棋上慢，身闲未免药中忙”，此中自有禅意。“白日逍遥过，看山复绕池。展书寻古事，翻卷改新诗。赊酒风前酌，留僧竹里棋。同人笑相问，羡我足闲时”，此中自有禅意。“幽人栖息处，一到涤尘心。藓色花阴阔，棋声竹径深。篱根眠野鹿，池面戏江禽。多谢相留宿，开樽拂素琴”，此中自有禅意。

读岑参《喜华阴王少府使到南池宴集》，读到一种禅意：

有客至铃下，自言身姓梅。仙人掌里使，黄帝鼎边来。
竹影拂棋局，荷香随酒杯。池前堪醉卧，待月未须回。

岑参作为唐代著名边塞诗人，其诗《白雪歌送武判官归京》最广为人知。岑参早岁孤贫，但天资聪慧，幼年从兄就读，遍览史籍，二十岁至长安，献书求仕无成，奔走京洛，漫游河朔。十年后终于进士及第，初为率府兵曹参军，后两次从军出塞。他的人生背景，雄浑苍凉，一直是“北风卷地百草折，胡天八月即飞雪”的戎马生涯，难得在他的诗里，读到这种“竹影拂棋局，荷香随酒杯”的江南气质，像一幅动态的画，清新自然，恬静美好。

读李商隐《即目》，也读到一种禅意：

小鼎煎茶面曲池，白须道士竹间棋。
何人书破蒲葵扇，记着南塘移树时。

读陆龟蒙《送棋客》，读到的亦是一种禅意：

满目山川似势棋，况当秋雁正斜飞。
金门若召羊玄保，赌取江东太守归。

陆龟蒙，晚唐隐逸诗人，出身官僚世家，自幼聪明过人，性情磊落不群，不与流俗为伍。举进士不第后，隐居松江甫里，号天随子、甫里先生，嗜好下棋、钓鱼、饮茶、作诗。置茶园于顾渚山下，常携书籍、茶灶、笔床、钓具逍遥泛舟，优游于山水之间，俨然江湖散人。其与皮日休齐名，世称“皮陆”。皮日休是其挚交好友，两人志同道合，又同样仕途失意，常诗酒相邀尽兴，聊作慰藉。

一日两人赴宴狂饮，都不胜酒力而醉倒。一觉醒来，皮日休先作七绝《春夕酒醒》：“四弦才罢醉蛮奴，醽醁余香在翠炉。夜半醒来红蜡短，一枝寒泪作珊瑚。”乐曲刚停，人就醉了，美酒的余香，还从翠色酒炉里飘散出来。半夜里恍惚苏醒，只见红蜡即将燃尽，流淌的蜡泪，仿佛一枝美丽的珊瑚。诗人表面写酒醒后刹那的观感，实则以乐景衬哀情，倍增其哀，物我一体，情景交融，平添一份酸楚凄凉，表达身世悲愁之叹。

陆龟蒙遂以诗相和：“几年无事傍江湖，醉倒黄公旧酒垆。觉后不知明月上，浑身花影倩人扶。”是说这些年无所事事，浪迹江湖，一如庄子“泛若不系之舟”般潇洒自在，且经常像阮籍、嵇康那样饮得酩酊大醉。酒醒后四肢尢力，需要有人扶起才好，抬头发现月亮早就挂在天上，婆娑的花影已映满全身。诗人极力抒写一种悠然自得之情，看似一身闲散无牵无挂，实则心底有无尽的忧思。正如鲁迅先生所说，皮陆二人自以为隐士，别人也称之为隐士，而他们并没有忘记天下，正是一塌糊涂的泥塘里的光彩和锋芒。

陆龟蒙还有位僧友释尚颜，非常喜欢下围棋。两人经常一起对弈，可谓棋逢对手，琴遇知音。后来陆龟蒙去世，释尚颜非常怀念。并作诗寄托对棋友的缅思，诗中有两句："事厄伤心否，棋逢对手无？"

松风流水，棋禅一味。身外生涯何似酒，人间局面只如棋。酒逢知己千杯少，棋逢对手不须归。想当年岑参写下"竹影拂棋局，荷香随酒杯。池前堪醉卧，待月未须回"是何等闲逸的禅意。而陆龟蒙远送棋客，依依不舍，挥手吟出"满目山川似势棋，况当秋雁正斜飞"，那一片秋景秋怀，又是何等旷远的禅意。

至于宋人赵师秀，与棋友相约，久候不至，百无聊赖之时，信手拈来一绝："黄梅时节家家雨，青草池塘处处蛙。有约不来过夜半，闲敲棋子落灯花。"那份从容的寂寥，那种清淡的蕴藉，又何尝不是一种生动的禅意呢？

白居易：胜固欣然，败亦可喜

人生如棋，棋如人生。棋者，弈也。下棋者，艺也。棋局如天地玄黄，宇宙洪荒，如日月盈昃，辰宿列张。弈者需深思熟虑，步步为营，若棋逢对手，胜固欣然，败亦可喜。

古往今来，天地仿佛就是棋局，世间万物皆为棋子。有人气定神闲，成竹在胸，运筹帷幄之中，决胜千里之外；有人一着妙手，一举制胜，挽狂澜于既倒，扶大厦之将倾；有人一着不慎，满盘皆输，一失足成千古恨，再回头已百年身。

有人说，象棋是入世，围棋是出世。象棋中学会计谋，围棋中懂得自然；象棋总是越下越激动，围棋却是越下越平静；象棋棋子越下越少，难免会有苍凉悲壮之慨；而围棋棋子越下越多，终至黑白融和天地成形；象棋是一步步走向盛极而衰，胜亦惨胜；围棋则一枚枚填至圆满，负也盈然。

且看白居易《池上二绝》中的这份世外清幽，何其怡然自得：

山僧对棋坐，局上竹阴清。映竹无人见，时闻下子声。

小娃撑小艇，偷采白莲回。不解藏踪迹，浮萍一道开。

大和九年（835），白居易时任太子少傅分司东都洛阳。一日游于池边，见山僧竹林下棋、小娃偷采白莲，即兴作此二绝，将两个小景写得可爱可亲，颇富韵味，栩栩如生，跃然纸上。

诗人描绘山僧对弈，也是对自己心态的反映。两名与世无争的山僧，在竹荫里相坐对弈，空山不见人，但闻棋声响，那种不染尘埃的清净，着实令人神往。那棋，当是一盘黑白分明的围棋。而白居易《放言五首》中，应有一盘无处不在的象棋，且读其二、其三两首：

世途倚伏都无定，尘网牵缠卒未休。
祸福回还车轮毂，荣枯反覆手藏钩。
龟灵未免刳肠患，马失应无折足忧。
不信请看弈棋者，输赢须待局终头。

赠君一法决狐疑，不用钻龟与祝蓍。
试玉要烧三日满，辨材须待七年期。
周公恐惧流言日，王莽谦恭未篡时。
向使当初身便死，一生真伪复谁知？

元和五年（810），白居易的好友元稹因得罪权贵，被贬为江陵士曹参军。元稹在江陵期间，写了五首《放言》遣怀。五年后白居易被贬为江州司马，此时元稹已转任通州司马，闻讯后即从病榻上惊坐起来，写下令人动容的《闻乐天授江州司马》相寄：

残灯无焰影幢幢，此夕闻君谪九江。
垂死病中惊坐起，暗风吹雨入寒窗。

白居易贬官途中收到元稹信笺，于江上独吟，感慨万千，即写下《放言五首》来奉和。白居易在诗中对元稹说，世事命途皆是相倚而生，起伏不定，尘世如网，人人牵缠其中，从未休止。祸福得失仿佛车轮回还，荣枯反覆也如手中藏钩。龟灵占卜要将龟开膛破肚，塞翁失马也应是有喜有忧。如若不信，请看下棋的人，输赢还得等到局终才见分晓。

且赠给你一种解疑办法，不用龟卜和拜蓍，试玉真假需要烧满三天，辨别良木还得七年之期。周公摄政遭受流言蜚语，王莽篡位之前毕恭毕敬，假使当初就死去了，一生真伪又有谁知呢？对于世事人生，要想得到全面认识，都要经过时间考验，从整个历史去衡量判断，而不能只以一时一事来下结论。

“自我从宦游，七年在长安。所得唯元君，乃知定交难。”说到诗人之间的情谊，白居易和元稹可谓知音相赏，志趣相投。白居易字乐天，元稹字微之，两人是河南老乡，且同科及第，同拜校书郎，从此结为莫逆之交，共同倡导新乐府运动，世称“元白”。

从公元803年两人相识，到公元831年元稹病逝，二十八年里一直惺惺相惜，情同手足，“小通则以诗相戒，小穷则以诗相勉，索居则以诗相慰，同处则以诗相娱”，相互之间的诗词酬和，真是不胜枚举。关于他们之间的友谊，白居易曾这样写道：

一为同心友，三及芳岁阑。花下鞍马游，雪中杯酒欢。
衡门相逢迎，不具带与冠。春风日高睡，秋月夜深看。
不为同登科，不为同署官。所合在方寸，心源无异端。

后来两人先后遭贬，愈加联系密切，相互鼓励慰藉。即使分处异地，他们也经常书信往来，并发明了“邮筒传诗”。一次，元稹出使到东川，白居易与友人李建同游慈恩寺，席间想念元稹，遂题诗《同李十一醉忆元九》相寄：

花时同醉破春愁，醉折花枝作酒筹。
忽忆故人天际去，计程今日到梁州。

而此时正在梁州的元稹，也在思念白居易，他在同天晚上作了一首《梁州梦》：

梦君同绕曲江头，也向慈恩院院游。
亭吏呼人排去马，忽惊身在古梁州。

特别是元稹病逝后，白居易伤恸万分，百般怀念。日所有思，夜有所梦，这首饱含悲情的悼亡诗《梦微之》，乃白居易在元稹去世九年后所作。个中生死离别之殇，读来让人潸然泪下：

夜来携手梦同游，晨起盈巾泪莫收。
漳浦老身三度病，咸阳宿草八回秋。
君埋泉下泥销骨，我寄人间雪满头。
阿卫韩郎相次去，夜台茫昧得知不？

朋友一生一起走，那些日子不再有，一句话，一辈子，一生情，一杯酒。当年诗酒相酬，是"君写我诗盈寺壁，我题君句满屏风"的惬意；后来宦海沉浮，是"与君相遇知何处，两叶浮萍大海中"的愁怀；如今生死两隔，是"君埋泉下泥销骨，我寄人间雪满头"的悲哀。

天下有一人知己，可以不恨。想那两叶浮萍于大海中，有如两颗棋子，辗转在尘世间。楚河汉界犹可越，唯有生死无依凭。世有“元白”，情深似海，生死同盟，相识复相知，相思复相忆，人生得知交如此，夫复何求？

温庭筠：占得人间一味痴

张岱在《陶庵梦忆》中说："人无癖不可与交，以其无深情也；人无疵不可与交，以其无真气也。"

我喜欢有癖好、有瑕疵之人，他们或张扬或内敛，或率真或怪诞，甚或有些不合群。可他们不圆滑，不世故，天生一颗赤子痴心，自有一种独特的气质，一份纯粹的性情。

譬如张岱，一生惊才绝艳，极具传奇色彩。"少为纨绔子弟，极爱繁华，好精舍，好美婢，好娈童，好鲜衣，好美食，好骏马，好华灯，好烟火，好梨园，好鼓吹，好古董，好花鸟，兼以茶淫橘虐，书蠹诗魔。劳碌半生，皆成梦幻……"纨绔子弟的豪奢之举他有，名士文人的狂狷之性他有，但他又经史子集，无不通晓，天文地理，无不涉猎，学识之博，著述之丰，令人惊叹。有人这样形容："哪里人声鼎沸，锣鼓喧天，哪里肯定有张岱；曲终人散，风冷月残，有人吹出一缕悲箫，那听客肯定是张岱。"

譬如王子猷，雪夜吟诗访戴，堪称高人雅致。他居于山阴，一次夜里大雪纷飞，一觉醒来，打开窗户四下望去，只见一片皎洁世界。于是起身徘徊，吟诵左思的《招隐》诗。忽然忆起远在剡溪的戴安道，即刻泛舟出发，前去探访好友。经过一夜才到达戴家门口，不叩门进去，却又悄然转身，披一身风雪返程。人问其故，答曰："吾本乘兴而行，兴尽而返，何必见戴?"

譬如乾隆年间，扬州有名盐商胡照麟，酷爱下棋。一次他与名手范西屏下棋，下到中盘时，已明显居下风，就不敢再下，谎称腹疼而封盘告退，去找当时高手施定庵请教。然后，又赶回去跟范西屏继续对弈。施定庵住处离扬州较远，胡照麟来回花了两天一夜时间。为下赢一盘棋费这么大劲，如斯顶级棋痴，可谓空前绝后。

人生有八大雅事，琴棋书画诗酒花茶。善琴棋者，宁静通达睿智从容；善书画者，笔生烟霞至善至美；善诗酒者，情逢知己韵至心声；善花茶者，至情至性淡泊悠然。

且看在唐朝的一个春天，诗人温庭筠趁阳光正好，微风不燥，花正乱开，人还未老，满心欢喜地去拜访友人，乘兴写下《春日访李十四处士》：

花深桥转水潺潺，甪里先生自闭关。

看竹已知行处好，望云空得暂时闲。
谁言有策堪经世，自是无钱可买山。
一局残棋千点雨，绿萍池上暮方还。

从诗中得知，这位朋友是位处士，隐居角里古村而不仕，是他崇拜的世外高人。想象诗人一路骑着毛驴，走过流水潺潺的山野，踏上野花深径的小桥，看到朵朵白云飘浮在竹林上空，就知这是个极好的去处。见到友人后，一起谈经论史，感悟人生真味，又摆开棋盘对弈起来。直到日暮时分，忽闻绿萍池上一片浮泛之声，原来是天下起了雨，才恋恋不舍起身回去。

真是送春唯有酒，销日不过棋，酒入杯中影，棋添局上声。“一局残棋千点雨，绿萍池上暮方还”，让人想起“十亩野塘留客钓，一轩春雨对僧棋”，想起“芰荷香入琴棋处，雷雨声离栋牖间”，想起“无事伴他棋一局，等闲输却卖花钱”。

温庭筠是有癖有疵的，也是至痴至癖的。他出身于没落贵族家庭，富有天赋，文思敏捷，精通音律，工诗擅词。其诗秾艳精致，与李商隐齐名，时称“温李”；其词文采华丽，被尊为“花间词派”鼻祖，与韦庄齐名，并称“温韦”；每入试，押官韵，八叉手而成八韵，故有“温八叉”之称；又因相貌丑陋，过于惊世骇俗，时人送他外号“温钟馗”；素来恃才自傲，多犯忌讳，又不受羁束，纵酒放浪，因此得罪权贵，屡试不第，一生潦倒坎坷。

《红楼梦》里，香菱学诗废寝忘食，如痴如醉，满心满意只想作诗，又不敢十分罗唣宝钗，可巧来了个史湘云。史湘云又是极爱说话的，哪里禁得香菱又请教她谈诗？越发高了兴，没昼没夜，高谈阔论起来。宝钗因笑道："我实在聒噪的受不得了。一个女孩儿家，只管拿着诗做正经事讲起来……满口里说的'杜工部之沉郁，韦苏州之淡雅，温八叉之绮靡，李义山之隐僻'。放着两个现成的诗家不知道，提那些死人做什么！"湘云听了忙问："是哪两个？好姐姐，你告诉我。"宝钗笑道："呆香菱之心苦，疯湘云之话多。"

此番小儿女情态，一样至癖至痴，个中天真浪漫，如见如闻。每每读到这里，不免莞尔。香菱喜欢和黛玉、湘云一起学诗作诗，而惜春，则喜欢和妙玉一起下棋参禅。香菱是黛玉的影子，浪漫纤弱，有灵气；惜春是妙玉的影子，孤僻清高，有佛缘。

一座花团锦簇的大观园，俨然一处古典的伊甸园，是青春的自由国，是梦想的桃花源。只是堪叹三春景不长，三春怎及初春景，终究是春梦随云散，飞花逐水流。

宝玉一样是至癖至痴之人，天下没有不散的筵席，当离别的笙箫渐渐响起，当悲凉之雾遍被华林，当那年秋天，贾赦为抵五千两银子的债务，将迎春许嫁孙绍祖，并将她接出大观园去。宝玉天性喜聚不喜散，觉得这是特别扫兴的事。每日痴痴呆呆的，不知作何消遣。因此天天到紫菱洲一带徘徊瞻顾。见其轩窗寂寞，屏帐翛然，再看那岸上的蓼花苇叶，池内的翠荇秋菱，也都觉摇摇落落，似有追忆故人之态，迥非素常逞妍斗色可比。面对如此寥落之景，宝玉心中不禁凄然，唯有以诗遣怀：

池塘一夜秋风冷，吹散芰荷红玉影。
蓼花菱叶不胜愁，重露繁霜压纤梗。
不闻永昼敲棋声，燕泥点点污棋枰。
古人惜别怜朋友，况我今当手足情。

人去楼空，一片清冷，再不闻永昼敲棋声，只见燕泥点点，污了无人问津的棋枰。这样的失落与惆怅，是红楼的美丽与哀愁，是宝玉的痴处，是亘古的忧伤。有人说，宝玉的原型之一，抑或就是张岱。对比张岱的平生际遇，至癖至痴，至情至性，阅遍繁华，历尽苍凉，莫不让人想到宝玉。张岱又字石公，莫非就是大荒山无稽崖青埂峰下，女娲炼石补天之时所遗下的那块顽石？

多情自古伤离别，更那堪冷落清秋节。人生自是有情痴，此恨不关风与月。愿你腹有读书气自华，愿你占得人间一味痴。

第三卷　手倦抛书，不觉已春深

愿你一生有好书相伴，
凡事喜悦自在生活；
愿你一世有好友相随，
山水相映一路芬芳；
愿你心有明月，
朗朗相照从容有情；
愿你生如莲花，
深香默默自有光芒。

刘昚虚：清新似水，淡远如禅

一个晴好的春日，我们去徽州古村落，沿着绵延的山路迤逦而行。春山多胜景，一路上春光潋滟，春色迷人。呼吸着草木生长的气息，整个人感到格外清爽，步履也变得轻盈起来。

只见春花怒放，春树葱茏，白云悠然来去，溪水潺潺而流。那一片明媚的翠微，是展不开的芳华，说不尽的清幽，让人赏心悦目。春天的徽州，俨然一幅美丽的水墨画，如诗如梦，浓淡相宜，透着独特而静谧的灵气。

我感觉这样的行走，就是一场关乎唐诗的行走。青山绿水间，蕴涵着诗的气质；田园村落中，呈现出诗的意境；粉墙黛瓦上，定格着诗的韵律；巷陌人家里，流动着诗的芳香。一首优美动人的唐诗，顿时浮现于脑海：

道由白云尽，春与青溪长。时有落花至，远随流水香。
闲门向山路，深柳读书堂。幽映每白日，清辉照衣裳。

你看山路悠长无尽，直隐没于白云深处，青色的溪水有多悠长，婉转的春光就有多悠长。不时有片片落花，漫随着溪水飘流而至，那沁润于水中的芳香，远远地就可闻到。闲静的屋门，正通向蜿蜒的山路，而幽雅的读书堂，就掩映在柳荫的深处。每当阳光的影子穿过树林，清澈的光辉，便洒满了人的衣裳。

刘眘虚这首《阙题》，真是诗情画意，佳句盈篇，令人爱赏不已，百读不厌。阙题，缺题也，此诗原有题目，后来不知怎么失落了，后人只好给它安上“阙题”，谐音“缺题”。经学者考证，当年诗人曾游历江南建昌桃源里（今江西靖安桃源村），见此地山水秀美，民风淳厚，于是定居下来，构筑深柳读书堂，著书自娱。《阙题》就是写于斯时斯地，诗题应为《归桃源乡》，是诗人对自己隐居生活的描述。

在万千尘世之中，觅一处心灵的桃花源，筑一座清静的读书堂，栽两行诗经里的杨柳，种几篱南山下的淡菊，这是读书人共同的梦想。

刘眘虚，字全乙，号易轩，洪州新吴（今江西奉新）人。天资聪颖，八岁能文，被拜为童子郎，受过皇帝接见。尽管其人其名，如今几乎湮没不闻，可在锦绣盛唐，刘眘虚是位大名鼎鼎的人物，曾经和李白、杜甫、王昌龄等大诗人齐名。但他不慕荣华富贵，无意仕途经济，壮年即辞官归田，寄情山水，与孟浩然、王昌龄等诗人相友善，互唱和。

作为盛唐山水田园派诗人，刘眘虚人如其诗，文如其人，精通经史，为人淡泊，喜好隐居生活，活出了一番别样人生，堪称一股清流。常与僧道相伴交游，深受禅佛思想熏染，禀性恬静清逸，诗风清淡空灵。其清淡类似于孟浩然，空灵类似于王维，呈现出心境的空明寂静。

确实如此，《阙题》正是一幅优美山水画卷，以动写静，喧中求寂，清新似水，淡远如禅，散发着春茶一般的幽香，让人痴绝不已。想来一首诗的好处，是难以言喻的。套用《红楼梦》里香菱的话，就是“有口里说不出来的意思，想去却是逼真的；有似乎无理的，想去竟是有理有情的”。她从“大漠孤烟直，长河落日圆”“日落江湖白，潮来天地青”“渡头余落日，墟里上孤烟”里，读到了诗之三昧，念在嘴里，倒像有几千斤重的一个橄榄似的。

而我每每读到《阙题》，念及“道由白云尽，春与青溪长。时有落花至，远随流水香”，内心就会油然重现那些熟悉的景致，也倒像我又到了春天的徽州，多山多水的徽州。回到曾经去过的那些地方，那些古色古香的村落。那种流水落花之趣、清新淡远之韵，只可意会不可言传，有“沁芳”一样的美。那种如梦如画的美景，令人魂牵梦绕，必得这样的好诗，才形容得尽。

刘昚虚的诗，正是如此清雅悠远，洗练空灵，流露出一种淡淡的禅意。譬如这首《寻东溪还湖中作》，绘声绘色，兴味悠长，有着逶迤如画的韵致，近乎名画《富春山居图》的诗歌版：

出山更回首，日暮清溪深。东岭新别处，数猿叫空林。
昔游有初迹，此路还独寻。幽兴方在往，归怀复为今。
云峰劳前意，湖水成远心。望望已超越，坐鸣舟中琴。

再如这首《积雪为小山》，诗人在庭院中静赏霏霏春雪，将雪随意堆积成小山。在诗人眼中，这造型秀美的小山，像位玲珑皎洁的美人，在冰面上顾盼着自己的容颜。诗人在对积雪的赏玩中，体会一种清净自在的美感，并发出岁月流年的感叹：

飞雪伴春还，春庭晓自闲。虚心应任道，遇赏遂成山。
峰小形全秀，岩虚势莫攀。以幽能皎洁，谓近可循环。
孤影临冰镜，寒光对玉颜。不随迟日尽，留顾岁华间。

刘昚虚一生淡泊从容，而又行事超拔，一身浪漫不羁的盛唐情怀。他与孟浩然交情颇深，《暮秋扬子江寄孟浩然》所寄寓的，正是他对好友的翘首相盼之心：

木叶纷纷下，东南日烟霜。林山相晚暮，天海空青苍。

暝色况复久，秋声亦何长。孤舟兼微月，独夜仍越乡。
寒笛对京口，故人在襄阳。咏思劳今夕，江汉遥相望。

孟浩然亦作诗《九日龙沙作寄刘大昚虚》，表达对刘昚虚的牵挂思念之情：

龙沙豫章北，九日挂帆过。风俗因时见，湖山发兴多。
客中谁送酒，棹里自成歌。歌竟乘流去，滔滔任夕波。

所谓何处归且远，送君东悠悠，所谓春浮花气远，思逐海水流。刘昚虚善于用清淡的语言，写清淡的景物，抒发清淡的情感，体现极致的清淡之美——含蓄深远，意境空灵，不着一字，尽得风流。

譬如“霁云明孤岭，秋水澄寒天”“谁念去时远，人经此路稀”；再如“深路入古寺，乱花随暮春”“松色空照水，经声时有人”；特别有句“归梦如春水，悠悠绕故乡”，更是清淡到一种极致，一种空无之美。

我感觉这般落花流水的意趣，这种清旷空灵的远意，抑或就是一种行走的禅，与诗有关的禅。

王贞白：书卷多情，绿静春深

春雨潇潇的时节，庭院里草木青青，海棠依旧，书桌上清茶一杯，清润可人。喜欢如是清幽的光景，只觉得世事悠长可亲，岁月静好安稳。喜欢如是清新的寂静，一卷诗书一纸烟云，便是人间有味清欢。一任雨声远远近近，密密斜斜，洇染成一幅水墨，交织成一帘幽梦。

张潮《幽梦影》有言："春雨宜读书，夏雨宜弈棋，秋雨宜检藏，冬雨宜饮酒。"因为春雨随风潜入夜，润物细无声，让人莫名心静，宜于读书。张潮亦言："读经宜冬，其神专也；读史宜夏，其时久也；读诸子宜秋，其致别也；读诸集宜春，其机畅也；经传宜独坐读；史鉴宜与友共读。"

一帘潇潇春雨，正好默默读书。晚唐王贞白有诗"读书不觉已春深，一寸光阴一寸金”，读书之余信口吟来，最是隽永有味，契合心意。此句语出《白鹿洞二首》，乃诗人早年在白鹿洞书院求学时，对自己读书生活的真实写照，是有感而发的惜时诗：

读书不觉已春深，一寸光阴一寸金。
不是道人来引笑，周情孔思正追寻。

一上西园避暑亭，芰荷香细午风轻。
眼前物物皆佳兴，并作吟窝一味清。

白鹿洞书院与岳麓书院、应天书院和嵩阳书院合称“中国四大书院”，享有“海内第一书院”之誉，被评为“中国四大书院之首”。白鹿洞位于江西庐山五老峰南麓，实际并不是洞，而是山谷间一方坪地。中唐李渤曾于此读书，养有一头白鹿为伴，因名“白鹿洞”。这里青山环抱，碧树成荫，环境幽静，是文人士子修学胜地。

想当年王贞白在这里读书，是何其幸福的事情，又是何其可爱的情态。他勤学苦读，专心致志，惜时如金，浑然忘我，若不是来往行人的赞赏逗笑打断思绪，他仍在深入钻研周公孔子的精义呢。

苏轼之诗“春宵一刻值千金，花有清香月有阴”，与“读书不觉已春深，一寸光阴一寸金”有异曲同工之妙，成语“一刻千金”即由此而来。一寸光阴一寸金，寸金难买寸光阴。“圣人不贵尺之璧，而重寸之阴，时难得而易失也。”尺璧非宝，寸阴是竞，人生如白驹过隙，凡尘芸芸众生，当视寸阴如尺璧，珍惜大好时光，以免“少壮不努力，老大徒伤悲”。

功夫不负有心人，后来王贞白寒窗十载，学有所成，唐乾宁二年（895）进士登科。七年后授职校书郎，后怀一腔宏愿豪情，出塞抵御外敌，写下许多边塞诗作。只是他生不逢时，并未实现平生志向。因为此时大唐已远非昔比，朝纲败坏，战端四起，自从他入仕以后，目睹江山社稷日益衰败，却又力不从心无可挽救。那种锥心的末世之痛，让他备受煎熬，盘桓数年后，无奈弃官退隐返乡。

但他并没有去过闲逸自在的生活，而是着力创建“山斋书舍”潜心教学，为家乡子弟传道解惑，以著书自娱，学历精赡，笃志于诗，笔耕不辍，大播诗名。常与罗隐、方干、贯休等名士同游唱和，号称“江西四大诗人”。人言其诗平淡粹美，与司空图、郑谷相上下。

比如“棘寺官初罢，梁园静掩扉。春深颜子巷，花映老莱衣”，再如“残春不入梦，芳信欲传谁。寂寞秋堂下，空吟小谢诗”，又如“牛羊晚自归，儿童戏野田。岂思封侯贵，唯只待丰年”，足见其诗清润典雅，意境开阔高远，每有独到之处。

清人王谟曾言：“唐校书郎王贞白有道先生，先生生唐末运，知时事不可为，独洁其身，高蹈丘园。进不与清流白马之祸，退亦不屑依草附木为诸侯上客，其也出处去就之际，有独得其正者。高风大节，谁能过之？”

读书是门槛最低的高贵，诗书成全了一个读书人的清流人生，活出了真正的清流范儿。

想来穷则独善其身，达则兼济天下，此乃读书人的思想境界和处世修为；先天下之忧而忧，后天下之乐而乐，此乃读书人的伟大胸襟和人生抱负；路漫漫其修远兮，吾将上下而求索，此乃读书人的高洁情操和执着追求；未能免俗唯求已，除却读书都让人，此乃读书人的自律精神和儒雅心性。

所谓书山有路勤为径，学海无涯苦作舟；所谓书中自有黄金屋，书中自有颜如玉；所谓三日不读书，便觉言语无味，面目可憎；所谓书犹药也，善读之可以医愚。书是一味良药，阅读得法，可以治疗心性的愚钝蒙昧，使人聪慧起来；可以充盈人生的四时日常，令人怡然自乐。

所谓纸上得来终觉浅，绝知此事要躬行；所谓无情岁月增中减，有味诗书苦后甜；所谓读万卷书，行万里路，要么读书，要么远行，身体和灵魂，必须有一个在路上。即使做不到读书破万卷，下笔如有神，但这种灵魂的远行，本身就是一种心灵滋养，一种生命境界。一路上有见山见水的风景，有恰到好处的清欢。读书的美好，本就是青山照见绿水，丘壑照见烟霞，灵魂照见芬芳，你我照见光芒。

我喜欢“枕上诗书闲处好，门前风景雨来佳”的闺趣，这般古典女子，一身书卷香气；我喜欢“纸屏石枕竹方床，手倦抛书午梦长”的惬意，如此浮生半日，醒来自是莞然。

书卷多情似故人，晨昏忧乐每相亲。
眼前直下三千字，胸次全无一点尘。
活水源流随处满，东风花柳逐时新。
金鞍玉勒寻芳客，未信我庐别有春。

明代于谦这首《观书》字字熨帖，着实深得吾心。书卷多情，绿静春深，那些散发着墨香的书卷，是心灵的春山秋水，是精神的明月清风。一起朝夕相处，晨昏不离，整日耳鬓厮磨，分享欢喜悲愁，是一生一世的老友，亦是不离不弃的亲人。

书卷多情似故人，故人亦似多情书卷。一如张潮所言："对渊博友，如读异书；对风雅友，如读名人诗文；对谨饬友，如读圣贤经传；对滑稽友，如阅传奇小说。"正是读好书恰如对月，得好友胜似赏花。少年读书如隙中窥月，中年读书如庭中望月，老年读书如台上玩月，皆以阅历之浅深，为所得之浅深耳。

愿你一生有好书相伴，凡事喜悦自在生活；愿你一世有好友相随，山水相映一路芬芳；愿你心有明月，朗朗相照从容有情；愿你生如莲花，深香默默自有光芒。

刘禹锡：寄情山水，晴耕雨读

是这样晴朗的午后，坐在温暖的南窗下，沏一杯绿茶，读几页诗书，感觉时光静好如初，心情也清澈如水。从小与文字相识，青梅竹马，对诗词一见倾心，对书香情根深种。可谓世间有百媚千红，我独爱你这一种。

在这个世界上，总有一些东西无用而美好，令人着迷。不为无益之事，何以遣有涯之生？比如琴棋书画，比如诗酒茶花。人生本应如此，日日开门见山，一切随遇而安，以欢喜心做快乐事，于喧嚣尘世间，觅得一处精神桃源。

古人世代晴耕雨读，崇尚诗礼传家，过着寄情山水、淡然自守的田园生活。可茶煮桃花水，扣舷得新诗；可溪花与禅意，相对亦忘言；可山阶闲听法，竹径独看书；可试墨书新竹，张琴和古松。

在唐诗里漫步，我发现有种开阔美好，叫“飞花寂寂燕双双，南客衡门对楚江。惆怅管弦何处发，春风吹到读书窗”；在唐诗里徜徉，我发现有种自然丰盈，叫“池塘四五尺深水，篱落两三般样花。过客不须频问姓，读书声里是吾家”；在唐诗里穿行，我发现有种诗意情怀，叫“吟处落花藏笔砚，睡时斜雨湿图书。此来俗辈皆疏我，唯有故人心不疏”。

白居易有诗云：“陶云爱吾庐，吾亦爱吾屋。屋中有琴书，聊以慰幽独。是时三月半，花落庭芜绿。舍上晨鸠鸣，窗间春睡足。”王维亦有诗云：“松菊荒三径，图书共五车。烹葵邀上客，看竹到贫家。鹊乳先春草，莺啼过落花。自怜黄发暮，一倍惜年华。”

一卷唐风宋韵之间，诗中有画，画中有诗，处处皆有故事，读来俱是风景。当年贾岛山中寻隐者不遇，写下“松下问童子，言师采药去。只在此山中，云深不知处”，是一幅清幽的风景，那种无用而美好的诗意，耐人寻味，引人遐想。

再看春日里，王维与裴迪过新昌里，访吕逸人不遇，写下“桃源一向绝风尘，柳市南头访隐沦。到门不敢题凡鸟，看竹何须问主人。城上青山如屋里，东家流水入西邻。闭户著书多岁月，种松皆作老龙鳞”，也是一个诗意的故事，那种无用而美好的寻访，一样诗意盎然，情趣横生。

王维和裴迪是知交，无论早年同住终南山，还是后来闲居辋川，两人皆浮舟往来，弹琴赋诗，长相唱和，啸咏终日。这天阳光明媚，春色宜人，他们一起经过长安新昌里，得知有位吕逸人隐居于此，过着超尘绝俗的桃源生活，便慕名专程前来拜谒。只见吕逸人隐居的柳市南头，茂林修竹，环境清幽，常年与世事尘俗隔绝。吕逸人无求于功名，不碌碌于尘世，在此依山傍水之地，长时间闭户著书，是真正的高人隐士。

王维盛赞吕逸人闭户著书的隐居生活，同时也显示自己艳羡桃源的隐逸情怀。“到门不敢题凡鸟，看竹何须问主人。”访人不遇本是失落的，但他却毫不懊恼，反而活用典故，表达对吕逸人的仰慕，可见其寻逸之心的真挚。

《世说新语》有载，魏晋时嵇康和吕安是莫逆之交，一次吕安访嵇康未遇，康兄嵇喜出迎，吕安于门上题“凤”字而去，繁体“凤”字，拆开即是“凡鸟”，这是吕安对嵇喜的嘲讽。王维“到门不敢题凡鸟”，则是对吕逸人的尊敬。

另《晋书王羲之传》有载，王羲之之子王徽之，闻吴中一士大夫家有好竹，欲造访观之。竹园主人洒扫布置一番，于正厅坐等相待。而徽之不顾，坐车径自往竹园而去，吟啸良久。王维“看竹何须问主人”，表示即使没有遇见主人，看看他的幽雅居处，也会产生高山仰止之情。

正所谓：“山不在高，有仙则名。水不在深，有龙则灵。斯是陋室，唯吾德馨。苔痕上阶绿，草色入帘青。谈笑有鸿儒，往来无白丁。可以调素琴，阅金经。无丝竹之乱耳，无案牍之劳形。南阳诸葛庐，西蜀子云亭。孔子云：

何陋之有?”

当年刘禹锡在漫长贬谪生涯中，唯一可做的事就是读书。且看他在《送曹璩归越中旧隐》中如此写道：

行尽潇湘万里余，少逢知己忆吾庐。
数间茅屋闲临水，一盏秋灯夜读书。
地远何当随计吏，策成终自诣公车。
剡中若问连州事，唯有千山画不如。

此乃刘禹锡写给故交曹璩的送别诗。他说，自永贞革新失败后，被贬在外十多年来，走过潇湘很多地方，但很少能遇到知心朋友一起回忆故乡。寄居于几间临水的茅屋，夜里读书只有一盏秋灯相伴。虽地处偏远，条件艰苦，但环境清幽，气候宜人，读书是我最大的乐趣。故乡亲友如问起我在连州的情况，就说我这里山清水秀，风景比画还美。一句“剡中若问连州事，唯有千山画不如”，颇有“洛阳亲友如相问，一片冰心在玉壶”的意味，是诗人对连州山水的赞美，也是对故乡亲友的安慰。

话说北宋王安石，晚年罢相后隐居江宁，新筑草堂于半山园，引八功德水作小港，其上垒石作桥，并将唐诗移花接木，填得一阕集句词《菩萨蛮》，表达那种远离仕宦尘嚣的闲情逸致。首句就是“数间茅屋闲临水”，可见他对刘禹锡诗歌的笃爱，着实非同一般：

数间茅屋闲临水，窄衫短帽垂杨里。
花是去年红，吹开一夜风。
梢梢新月偃，午醉醒来晚。
何物最关情，黄鹂三两声。

无独有偶，后来黄庭坚戏效王安石，一样将唐诗信手拈来，亦作一阕集句词《菩萨蛮》，描摹了一幅溪桥野渔图，呈现出一种天然妙趣。词中多是杜甫诗句，足见黄庭坚对杜甫诗歌的爱赏，也是如醉如痴：

半烟半雨溪桥畔，渔翁醉着无人唤。
疏懒意何长，春风花草香。
江山如有待，此意陶潜解。
问我去何之，君行到自知。

杜荀鹤：最美不过书香气

《红楼梦》里贾府四春“元迎探惜”，琴棋书画各擅一艺，因而身边四大丫鬟分别唤作：抱琴、司棋、侍书、入画。住在秋爽斋的探春，是位“才自清明志自高”的奇女子。她心性高贵，诗书双绝，素喜阔朗，酷好书法，从其书房的精心布置，便可略见一斑：

这三间屋子并不曾隔断。当地放着一张花梨大理石大案，案上磊着各种名人法帖，并数十方宝砚，各色笔筒，笔海内插的笔如树林一般。那一边设着斗大的一个汝窑花囊，插着满满的一囊水晶球儿的白菊。西墙上当中挂着一大幅米襄阳《烟雨图》。左右挂着一副对联，乃是颜鲁公墨迹。其词云：“烟霞闲骨格，泉石野生涯。”

好个阔朗的秋爽斋，古朴典雅，脱俗大方，充满浓郁的书卷气息。尤其这副“烟霞闲骨格，泉石野生涯”对联，让人特别喜爱，天生一份诗情画意，透着一种隐逸情怀。不禁令我想起这联唐诗：“窗竹影摇书案上，野泉声入砚池中。”诗句出自杜荀鹤《题弟侄书堂》：

何事居穷道不穷，乱时还与静时同。
家山虽在干戈地，弟侄常修礼乐风。
窗竹影摇书案上，野泉声入砚池中。
少年辛苦终身事，莫向光阴惰寸功。

此诗乃诗人为弟侄书堂所题，从守道、修业、安贫、惜阴等方面，劝勉后辈谨守礼道，勤奋修业，即使于世道纷乱之时，也应排除干扰，安于贫困，从小勤勉好学，常修礼乐风，不可荒废时光。全诗情景交融，自然晓畅，生动质朴，无半点雕琢痕迹，且佳句频频，如行山阴道上，令人应接不暇。

最美不过书香气，落花流水皆文章。诗人在劝学同时，又刻画出书堂幽雅环境，赞美之情溢于言表。窗外绿竹摇曳，影映书案，远处泉水潺潺，流入砚池，视觉听觉相结合，美景书香互加持，其弟侄伏案苦读、砚池墨耕的情景，跃然纸上，如见如闻。所谓“便均情爱同诸弟，莫更生疏似外人。昼短夜长须强学，学成贫亦胜他贫”，所谓“少年易老学难成，一寸光阴不可轻。未觉池塘春草梦，阶前梧叶已秋声”，此中深意，亦复如斯。

杜荀鹤，字彦之，自号九华山人，九华山叟，池州石埭（今安徽石台）人，晚唐杰出的现实主义诗人。幼年家道寒微，曾以牧鸭为生，敏而好学，苦心于诗。早年读书于九华山，后下山求取功名，结果屡次落第，饱尝世事艰辛。中年始中进士，仍未授官，黄巢农民大起义爆发之时，从长安返乡闲居，从此一入烟萝十五年，过着“文章甘世薄，耕种喜山肥”的生活。由于他晚节投靠朱温，壮志清名，中道而废，毁誉参半，为时论所惋惜，未免有“生于末世运偏消”之叹。

但仕途坎坷、终未酬志的杜荀鹤，在诗坛颇负盛名，才华横溢，且自成一家。后人谓其诗为“杜荀鹤体”，与“李商隐体”“杜牧体”合称晚唐三体。其代表作《春宫怨》：“早被婵娟误，欲妆临镜慵。承恩不在貌，教妾若为容。风暖鸟声碎，日高花影重。年年越溪女，相忆采芙蓉。”以宫女身世之叹，象征怀才不遇，被誉为大唐宫词第一。“风暖鸟声碎，日高花影重”颇为有名，时称其诗三百首，尽在一联中。

杜荀鹤一生以诗为业，品格孤高，境遇凄凉，虽清贫而励志，天然好赋吟，一副诗人本性。自称“江湖苦吟士，天地最穷人”，“不是营生拙，都缘觅句忙”，自说“乍可百年无称意，难教一日不吟诗”，“无人开口不言利，只我白头空爱吟”。且看其《自叙》诗这般娓娓道来：

酒瓮琴书伴病身，熟谙时事乐于贫。

宁为宇宙闲吟客，怕作乾坤窃禄人。
诗旨未能忘救物，世情奈值不容真。
平生肺腑无言处，白发吾唐一逸人。

诗人是多么贫寒孤寂啊，在穷愁潦倒的生涯中，长年陪伴病身的，只有三样东西：借以浇愁的酒、聊以寄情的琴、且以度日的书。可他不以为苦，反以为乐，坚持自己的精神理想，宁愿安守穷途，做天地间一个隐逸的诗人，也决不愿当尘世的贪官污吏，成为一个庸俗的禄蠹。其时诗人深居山中，以耕读为生，生活较为平静，但现实的苦难，世事的不平，依然萦绕心际。尽管困于蓬蒿之地，可并未消极避世，始终不忘关心民生疾苦，表现出一片济世救民的热忱。

在漫长的山居岁月里，诗人多以读书吟诗自遣，与溪竹烟霞为伴。时而采摘一点霜后瓜果，时而与乡间老农笑谈片刻，时而月下吟咏几首新诗，力求为儒进业，宁愿卖地买书，这首《书斋即事》可谓其日常生活写照：

时清只合力为儒，不可家贫与善疏。
卖却屋边三亩地，添成窗下一床书。
沿溪摘果霜晴后，出竹吟诗月上初。
乡里老农多见笑，不知稽古胜耕锄。

竹门茅屋带村居，数亩生涯自有余。鬓白只应秋炼句，眼昏多为夜抄书。这就是读书人的闲情雅趣和性情人生。不论贫穷与否，只要时政清明，甘为一介儒生，晴耕雨读，哪怕卖却屋边三亩地，也要添成窗下一床书。尽管世人笑我太疯癫，然子非鱼焉知鱼之乐？

到头身事欲何为，窗下工夫鬓上知。自古书生皆如此，独堪惆怅是明时。这就是读书人的闲居书事和苦乐年华。是良辰不同赏，永日应闲居；是采薇行笑歌，眷我情何已；是月出石镜间，松鸣风琴里；是鸟吟檐间树，花落窗下书。

诗书随处净土，闭门即是深山。文章是案头的山水，山水是地上的文章。最美不过书香气，熟读深思子自知。世间数百年旧家无非积德，天下第一件好事还是读书。愿喧嚣尘世间，永远有三尺清静之地，可以为读书人安放一张朴素的书桌。

白居易：那份古典的牵挂

我喜欢驿寄梅花、鱼传尺素的从前，喜欢鸿雁传书、见字如面的情思。从前慢，车、马、邮件都慢。那个被唤作从前的年代，有青青河畔草，绵绵思远道，远道不可思，宿昔梦见之；有客从远方来，遗我一书札，上言长相思，下言久离别。

从前是那么缓慢，又是那么浪漫。从前是那么抒情，又是那么温情。此般人间情意，最是可珍可贵。一封薄薄的书信，携着心灵的墨香，带着思念的温度，穿越千山万水，从遥远的天涯缓缓而来，往迢递的方向悠悠而去，就不单是一封简单的书信了。抑或多了一纸春阳的明媚，添了几缕月色的清凉，抑或往昔还是杨柳依依，今朝已经雨雪霏霏……

春山杳杳，书札时时寄，几卷素笺，以慰长相思。唯恐音信天外断，秋雁又南回，十书九不到，一到忽经年。这番动人的衷肠，俨然白居易这首《古意》：

脉脉复脉脉，美人千里隔。不见来几时，瑶草三四碧。
玉琴声悄悄，鸾镜尘幂幂。昔为连理枝，今作分飞翮。
寄书多不达，加饭终无益。心肠不自宽，衣带何由窄。

不管时光如何更替，我总在一腔思念里等候你；无论岁月多么幽深，我一直站在你蓦然回首的地方。那份古典的牵挂，分明是白居易这首《感镜》：

美人与我别，留镜在匣中。自从花颜去，秋水无芙蓉。
经年不开匣，红埃覆青铜。今朝一拂拭，自照憔悴容。
照罢重惆怅，背有双盘龙。

人之一生，最难忘却是相思。不禁想起那位名唤湘灵的女子，她是白居易年少的初恋，是白居易惦念一生的女子，像一个遥不可及的梦，住在他的记忆与灵魂深处，无比深刻，无限深情。

白居易十一岁那年为躲避家乡战乱，随母亲将家迁至父亲任官所在地符离，与邻家女孩湘灵相识。湘灵比他小四岁，生得活泼可爱，且懂得音律，彼此情趣相投，成了青梅竹马的玩伴。不知不觉八九年过去，白居易已是十九岁的青春少年，湘灵也出落得亭亭玉立，娇俏可人。两人情窦初开，萌生了美好的初恋，花前月下，私定终身。

她爱慕他出众的才华，不俗的谈吐，他喜欢她如花的笑靥，婉转的歌喉，其诗《邻女》："娉婷十五胜天仙，白日姮娥旱地莲。何处闲教鹦鹉语，碧纱窗下绣床前。"便是赞美当年湘灵的美丽灵巧。

遇见，有时是很美妙的事情，有时又是很忧伤的事情。

可叹有情人，终是难成眷属，最爱的那个人，今生注定得不到。当白居易向母亲提出要娶湘灵为妻时，母亲说门第悬殊太大，一个是官宦子弟，一个是乡村民女，坚决不同意。一对有情人，就这样被生生拆散开来。

贞元十四年（798），二十七岁的白居易为了生计前程出外求学，两年后考中进士，开始走上仕途。当他再次恳求母亲答应他与湘灵的婚事时，母亲再次拒绝了他，且不允许他和湘灵见面，也不允许他提起湘灵。

从此一对心心相印的恋人，被无情命运分隔两地，欲忘忘不得，欲去去无由。在此期间，白居易曾写下很多诗篇，表达对湘灵的爱恋，如《寄湘灵》《寒闺夜》《冬至夜怀湘灵》《生离别》等等。相思的漫长，爱情的无望，让他在孝道与爱情之间，举步维艰，进退两难。

"生离别，生离别，忧从中来无断绝。忧极心劳血气衰，未年三十生白发。"若没有刻骨铭心的真爱，没有痛彻心扉的相思，如何能写出这样的诗句；由于爱而不得，相思之苦，不到三十岁的诗人，已早生华发。此后很长时间里，白居易以拒绝结婚成家，来惩罚母亲的错误。直到三十八岁时，才在母亲以死相逼之下娶杨氏为妻。

多年以后，四十四岁的白居易在被贬江州途中，偶遇漂泊异乡的湘灵父女，此时湘灵也已四十岁了，可依然是未嫁之身。久别重逢，两人抱头痛哭，当年的翩翩才郎，那时的豆蔻少女，都已是不惑之年。一如诗人的惆怅感怀："我梳白发添新恨，君扫青蛾减旧容。应被傍人怪惆怅，少年离别老相逢。"

从前慢，一生只够爱一个人。为了最初的誓言，为了内心的爱情，她痴痴爱了白居易一辈子，苦苦等了白居易一辈子。可是造化弄人，一对有情人终究还是天涯两散。

只能说，遇见一个美好的人是幸运，错过一个美好的人是命运。

后来白居易五十三岁那年，从杭州刺史任满回洛京途中，特意绕道去符离，探访少年时住过的老宅，期望能与湘灵再见一面。可是湘灵全家早已搬走，人去楼空。诗人睹物思人，分外忧伤，情无可寄，怅然而归，此后在他的余生里，湘灵再无音讯，不知去向。

天不老，情难绝，心似双丝网，中有千千结。不怕天涯海角，也不怕山长水阔，最怕爱而不能之苦，求而不得之伤。一个豆蔻年华的女子，一个人到中年的女子，一个为情而生、为爱而往的女子，为何生如漂萍，老无所依——这是无怨无悔的痴绝，还是无言以对的遗憾？

若说前世无因，为何今生偏又相遇相知；若说今生有缘，为何一切终是皆成梦幻。前世今生，有一种刻骨铭心的爱情，叫青梅竹马；众生皆苦，有一种求而不得的爱情，叫水月镜花。

你曾有过这样痴苦的爱恋，有过这样漫长的等待吗？爱一个人，到底可以多深多久，生离死别，本就是世间最大的悲伤。不曾学过头陀佛法，如何忘记曾经过往，如何抚平心头万千的思量，又如何放下那份古典的牵挂？

我有所念人，隔在远远乡。我有所感事，结在深深肠。
乡远去不得，无日不瞻望。肠深解不得，无夕不思量。
况此残灯夜，独宿在空堂。秋天殊未晓，风雨正苍苍。
不学头陀法，前心安可忘。

一个初秋的雨夜，诗人愁肠百结，夜不成寐，久久伫立窗前，怀念着远方的伊人。又一次展纸研墨，书写心底深刻的思念，缅怀不复重来的光阴。往事一幕幕如抽丝剥茧般，浮现于脑海心间。雨声还是那么旧，从前还是那么慢，相思还是那么长。

李商隐：红袖添香夜读书

千古文人佳客梦，红袖添香夜读书。无端喜欢“红袖”这个词，婉约浪漫，有种窈窕的意境，透着古典的香气。

衔花乳燕看调瑟，衣锦佳人侍读书。美人纤纤，素手添香，几卷诗书，字字隽永有味，一缕檀香，袅袅沁人心脾。才子佳人相伴，人生花好月圆，何等曼妙的时光，何等风雅的情怀。

有梦的人生，总是美好的；有书的夜晚，更是温馨的。只是如此良辰美景，赏心乐事，几人能够真正拥有？纵然在锦绣大唐，也是寥寥无几。

李白一生仗剑天涯，直挂云帆济沧海；杜甫一世颠沛流离，百年多病独登台；王维中年独居辋川，行到水穷处，坐看云起时；杜牧自嘲十年一觉扬州梦，赢得青楼薄幸名，分明有今是昨非的浮生之叹；而白居易吟出樱桃樊素口，杨柳小蛮腰，又不免夹杂着丝竹乱耳之音。

初唐四杰命运多舛，边塞诗人远在关外；孟浩然无非“红颜弃轩冕，白首卧松云”；柳宗元终是“孤舟蓑笠翁，独钓寒江雪”；刘禹锡感叹“巴山楚水凄凉地，二十三年弃置身”；韩愈悲歌“一封朝奏九重天，夕贬潮阳路八千”……

浮生若梦，为欢几何？可叹人生从来不得圆满，总有种种遗憾，种种无言。或人面桃花，失之交臂；或有位伊人，在水一方；或生死茫茫，相思无凭；或执手相看，无语凝噎；或江湖夜雨，断雁西风；或此情可待，锦瑟无端——所有的一切，说来到底兰因絮果，终究如梦似幻。

可叹良辰美景奈何天，赏心乐事谁家院，可叹人似秋鸿来有信，事如春梦了无痕。如此缥缈无依的感怀，抑或午夜梦回的落寞，恰似李商隐《无题》所言：

来是空言去绝踪，月斜楼上五更钟。
梦为远别啼难唤，书被催成墨未浓。
蜡照半笼金翡翠，麝熏微度绣芙蓉。
刘郎已恨蓬山远，更隔蓬山一万重。

或许有一种美，只存于刹那之间；或许有一种梦，只能以“无题”为名。当人去楼空，当风定尘香，那些无题的美好，无题的梦幻，转眼化作无题的相思，无题的忧伤。是花非花，雾非雾，夜半来，天明去，来如春梦不多时，去似朝云无觅处。

又或许古往今来的人世间，情诗写得极好的人，多是情路坎坷之人。所有的沉郁、寂寥与哀伤，所有的美好、孤独与苍凉，都是自己的，与他人无关。只能在漫长的余生里，打开一卷相思的册页，斟满一杯孤独的酒水，独自一人慢慢品尝。

“八岁偷照镜，长眉已能画。十岁去踏青，芙蓉作裙衩。十二学弹筝，银甲不曾卸。十四藏六亲，悬知犹未嫁。十五泣春风，背面秋千下。”很多年前，我也曾将自己想象成诗中的女孩，过着那样天真单纯的生活，从青梅竹马，到两小无猜，从前世今生，到梦里梦外；也曾吟诵着那首首无题之诗，期待一场刻骨铭心的爱情，从豆蔻年华，到青春正好，从阴晴圆缺，到悲欢离合。

我一遍遍在他的诗中穿行，我能看见他眉间深锁的缕缕忧伤，能聆听到他心上的声声叹息，能呼吸到他衣襟上的幽幽沉香。随着时间的推移、流年的暗换，我渐渐发现，他的忧伤，也似乎成了我的一抹惆怅；他的叹息，也似乎成了我的一腔哀愁。

是那些烂熟于心的诗句：

相见时难别亦难，东风无力百花残。
春蚕到死丝方尽，蜡炬成灰泪始干。
晓镜但愁云鬓改，夜吟应觉月光寒。
蓬山此去无多路，青鸟殷勤为探看。

是那种魂牵梦萦的情愫：

昨夜星辰昨夜风，画楼西畔桂堂东。
身无彩凤双飞翼，心有灵犀一点通。
隔座送钩春酒暖，分曹射覆蜡灯红。
嗟余听鼓应官去，走马兰台类转蓬。

所谓爱情，何谓爱情？爱是一生痴绝处，也是一世伤心处；情是心有千千结，也是三千烦恼丝。

可叹原来姹紫嫣红开遍，似这般都付于断井颓垣，这是爱情的无奈忧伤之感；可叹大都好物不坚牢，彩云易散琉璃脆，这更是爱情的沉痛怅惘之情。

荷叶生时春恨生，荷叶枯时秋恨成。深知身在情长在，怅望江头江水声。原来人间最绝美的爱情里，有最绝美的相思。永远像一缕荷塘的月色，总是如期而至，打开心灵的密码；又始终像一粒千年的胎记，印证着你的前世，我的今生。

无论“曾是寂寥金烬暗，断无消息石榴红”的幽怨失意，还是“春心莫共花争发，一寸相思一寸灰”的肝肠寸断，不管“秋阴不散霜飞晚，留得枯荷听雨声”的清凉惆怅，抑或“直道相思了无益，未妨惆怅是清狂”的无法自拔，都令人感到一种入骨的孤独，一种明媚的忧伤——是如花美眷，似水流年；是鲛珠有泪，美玉生烟；是远书归梦两悠悠，只有空床敌素秋；是阶下青苔与红树，雨中寥落月中愁。

于无情的世界里，寻觅有情的人生，半是扑朔迷离，半是精致婉转。不发思古之幽情，不生浮生之喟叹，只为心中的真爱，辗转反侧；只对梦里的伊人，一往情深；只做一只晚唐的蝴蝶，一位晚唐的追梦人。

千年之前，千年之后，相信人间所有的相思，总是心有灵犀的，可以随一只殷勤的青鸟，飞到蓬山之远，但却止步于无题。正所谓“诗家总爱西昆好，独恨无人作郑笺”，这样的秾丽风格，只能是李商隐；这样的绮美情怀，也只会是李商隐。

这注定是一个属于晚唐岁月的传奇，缠绵悱恻，风流蕴藉；这注定是一个无法逾越的经典，不着一字，尽得风流。

唯愿他这只晚唐的蝴蝶，可以抛开所有的烦扰，忘却所有的悲伤，放下所有的忧郁；唯愿他这位晚唐的追梦人，可以在无题的梦里，生生世世，岁岁年年，永远不要醒来——永远有一位秋水伊人，以古典的婉约，以倾城的温柔，为他铺纸研墨，为他红袖添香，与他共剪西窗之烛，与他同赏流年烟霞。

张籍：知君用心如日月

每次听歌曲《鸿雁》，我总被那舒缓悠长的旋律深深打动。歌声醇厚绵柔，清澈高远，轻轻吟唱着思念，诉说着乡愁，让人沉醉其中，陷入一种辽阔的寂静：

鸿雁天空上，对对排成行，
江水长，秋草黄，草原上琴声忧伤。
鸿雁向南方，飞过芦苇荡，
天苍茫，雁何往，心中是北方家乡。
鸿雁北归还，带上我的思念，
歌声远，琴声颤，草原上春意暖。
鸿雁向苍天，天空有多遥远，
酒喝干，再斟满，今夜不醉不还。

我总感觉，这样动人的歌声，是袅袅秋风起，山一重水一重，是乡心梦不成，风一更雪一更。这样绝妙的音色里，有无穷的天与地，无穷的诗与远方，无穷的美与愁肠。秋风凉，秋草黄，天地苍茫，鸿雁何往，自然是游子心中那魂牵梦绕的家园。且看中唐诗人张籍在《秋思》中如此写来：

洛阳城里见秋风，欲作家书意万重。
复恐匆匆说不尽，行人临发又开封。

洛阳城里秋风四起，落叶纷纷，教人怎不怀念故乡，怎不想念父母亲人。想写一封家书，诉说心中的思念，又担心因时间匆忙，千言万语不知从何写起，想说的话语没有说完。在捎信人即将出发时，再次打开信封检查一遍，看是否有所遗漏。

都说鸿雁可传书，当时张籍客居洛阳，秋风乍起之时，望见鸿雁南飞，自然想起远方父老。长久的离别，让他思乡心切，可又欲归不得。一封薄薄家书，如何能够写尽千般思绪，万重意念呢？

真是心绪万端书两纸，欲封重读意迟迟。短短一首叙事七绝，寓情于事，平淡自然，本色本真，深切细腻。借助日常生活的一个片断，不直接写思乡，但无一字不是思乡。以极其凝练的笔墨，集中描摹写信临发时的细节，写尽诗人客居异地的重重秋思。

这样的秋思清凉如水，惆怅如云，是张籍心头的乡愁，亦是每个游子心头的乡愁。有如岑参《逢入京使》所言："故园东望路漫漫，双袖龙钟泪不干。马上相逢无纸笔，凭君传语报平安。"又如李益《逢归信偶寄》所写："无事将心寄柳条，等闲书字满芭蕉。乡关若有东流信，遣送扬州近驿桥。"

张籍，字文昌，原籍吴郡（今江苏苏州），后移居和州（今安徽和县）。世称张水部、张司业，为韩愈大弟子，其乐府诗与王建齐名，并称"张王乐府"。相传张籍酷爱杜甫诗，就把杜甫诗集焚烧成灰烬，加入膏蜜，像吃补品一样，一天早上吃三匙。有天好友来拜访，张籍正准备吃早餐，只见他洗净双手，小心翼翼取出诗集，如法炮制，悉数吃下。吃毕抹嘴感慨："致君尧舜上"比"星垂平野阔"好吃，吃了杜工部的诗，我便能写出和他一样的好诗了。朋友听了哈哈大笑。

要说张籍最著名的好诗，当属《节妇吟·寄东平李司空师道》：

君知妾有夫，赠妾双明珠。
感君缠绵意，系在红罗襦。
妾家高楼连苑起，良人执戟明光里。
知君用心如日月，事夫誓拟同生死。
还君明珠双泪垂，恨不相逢未嫁时。

不知你可曾发现，此乃一首具有双层内涵的唐诗精品，表面上看似抒发男女情事的言情诗，骨子里却是表明政治立场的言志诗。单从字面意思解读，是说一位忠贞妇人，忠于夫君恪守妇道，而拒绝了一位多情男子的追求。故今人常以“还君明珠双泪垂，恨不相逢未嫁时”，来表达一种相逢恨晚的遗憾。

而在喻义层面上，此诗实则表达诗人忠于朝廷，不被藩镇高官拉拢收买的决心。且看标题原注“寄东平李司空师道”，通篇运用比兴手法，作者以妾自比，以君比喻李师道，貌似写哀怨凄美的爱情纠葛，其实表明自己的态度，谢绝李师道的邀请。

据载，中唐以后藩镇割据，平卢节度使李师道拥兵跋扈，勾结官吏广罗文人，以增加声望图谋不轨。一些文人官吏，也往往前去依附，韩愈曾作文加以劝阻。张籍是韩门大弟子，师生二人立场相同，主张维护国家统一，反对藩镇割据分裂。因而当李师道想收买张籍做幕僚时，他不为所动，特写下此诗，以节妇的坚贞不二自比，委婉谢绝李师道的邀请。

古人遇事不便明说，每多借写男女之情，含蓄地表达心意。无独有偶，诗人朱庆馀有首《近试上张水部》，可谓与《节妇吟》异曲同工，相映成趣：

洞房昨夜停红烛，待晓堂前拜舅姑。
妆罢低声问夫婿，画眉深浅入时无？

这里的张水部，即为张籍。话说当年朱庆馀在京城备考，跟张籍有幸邂逅。一番交谈之后，张籍颇欣赏他的才学，很乐于荐拔这样的青年才俊。在唐代大凡参加进士考试，有向名人行卷的风气。就是考生将自己平日诗文加以编辑，写成卷轴，在试前送呈文坛前辈，以求获得推荐，从而顺利取得功名。

当朱庆馀向张籍行卷之后，担心自己的作品，不一定符合主考要求，因此以新妇自比，以新郎比张籍，以公婆比主考官，忐忑写下此诗征求张籍意见。张籍看到“妆罢低声问夫婿，画眉深浅入时无”时，不禁会心一笑，于是将朱庆馀比作美丽的越女，在《酬朱庆馀》中他如此写道：

越女新妆出镜心，自知明艳更沉吟。
齐纨未足时人贵，一曲菱歌敌万金。

朱庆馀显然获得了张籍明确的答复。意思是说不用担心，像你这样有真才实学之人，主考官定会青睐有加的。一个问得好，一个答得妙，可谓珠联璧合，妙趣横生。

果然不出所料，得到张籍认可赏识的朱庆馀，就在宝历二年（826）高中进士，从此声名大震。而伯乐张籍慧眼识才之举，也得以长期流传下来，成为后人津津乐道的佳话。

杜甫：落在诗圣一生中的雪

刘亮程在《寒风吹彻》中写道："落在一个人一生中的雪，我们不能全部看见。每个人都在自己的生命中，孤独地过冬。"

如果说，天宝十四年（755）十一月"安史之乱"爆发，意味着大唐从此进入冬季，那么一路辗转漂泊的杜甫，到底经历了多少寒风暴雪，我们一样不能全部看见。

我只能沿着时间起伏的脉络，在杜甫诗中撷取几个历史片断，用有限的思维或想象，还原一位我心中的诗圣，犹如凝视片片雪花似飞絮一般，纷纷飘落在他的生命里。

至德元年（756）六月，安史叛军攻下长安，玄宗仓皇西逃蜀地。七月，太子李亨在灵武继位，史称唐肃宗。此时四十四岁的杜甫逃亡到鄜州羌村，他将家小安顿好后，便只身北上投奔灵武，途中不幸为叛军俘虏，押至长安。因他官卑职微，未被囚禁，又开始了一段流徙生涯。一路颠沛流离，风餐露宿，早已让他两鬓斑白，未老先衰。次年三月，本是桃红柳绿的春天，诗人站在高处远望，目睹沦陷后的长安，却是残破不堪，一片疮痍，不禁感慨万端，潸然泪下，写下一首感人肺腑的《春望》：

国破山河在，城春草木深。感时花溅泪，恨别鸟惊心。
烽火连三月，家书抵万金。白头搔更短，浑欲不胜簪。

连绵不断的战乱，让百姓流离失所，四处逃亡，亲人音讯久盼不至，连一封家书都胜过万金。妻子儿女消息隔绝多时，生死未卜，让人心忧如焚，坐卧不安。即使是阳春三月，可那愁白了的头发，分明一片片悲哀的雪，落在平平仄仄的诗句里。

乾元二年（759）九月，杜甫弃官由华州辗转至秦州，此时安史叛军攻陷汴州，西进洛阳，山东河南都处于战乱之中。当时，杜甫的几个弟弟正分散在这一带，由于战事阻隔，音信不通，他日夜牵挂他们的安危。一个秋天的夜晚，天上明月高悬，雁鸣如霜，周遭一片寂静，唯有更鼓声声，诗人遥望孤月一轮，沉吟一首《月夜忆舍弟》，寄托心中牵挂：

戍鼓断人行，秋边一雁声。露从今夜白，月是故乡明。

有弟皆分散，无家问死生。寄书长不达，况乃未休兵。

那些寄往洛阳的家书，总是无法抵达，何况战乱频繁一直没有停止。从今夜起就进入了白露节气，诗人不免一声长叹，还是故乡的月最明亮啊！那片被白露浸湿的月光，分明一朵朵凄凉的雪，落在不绝如缕的思念里。

上元二年（761）春天，杜甫几经辗转至成都，在朋友严武等人帮助下，于西郊浣花溪畔，盖得几间茅屋，总算有了一个栖身之所，世称“杜甫草堂”。不料八月大风破屋，大雨又接踵而至，他满腹愁绪长夜难眠，写下《茅屋为秋风所破歌》。真是屋漏偏逢连夜雨，船迟又遇打头风，那怒号的秋风，狂飞的茅草，俨然一场痛苦的雪，弥漫在诗人的生命中。那“安得广厦千万间，大庇天下寒士俱欢颜”的宏愿，道尽一腔忧国忧民的悲慨之声。

尽管这五六年来，杜甫一直奔波劳顿，过着寄人篱下的生活，但仍然心系苍生，胸怀国事，他目睹战乱让百姓饱受灾难，奋笔写下诸如《自京赴奉先咏怀五百字》《悲陈陶》《哀江头》《羌村》《北征》“三吏三别”等大量不朽史诗。他就像一位“战地记者”，以浓郁的家国情怀，深刻的生命悲悯，亲眼见证每一个历史细节，并用诗歌的方式记录下来，真实还原了大唐帝国由盛转衰的过程。

如此艰难的岁月，恍惚又是两年。直到广德元年（763）春天的一个傍晚，此时五十二岁的杜甫，已经满面尘霜，满头白发。当流浪在外的他，突然得知叛军兵败投降，唐军收复了大片失地，持续八年之久的“安史之乱”终于结束的消息，饱经丧乱的诗人，不由得欣喜若狂，像个孩童手舞足蹈起来，四处奔走相告，一首《闻官军收河南河北》脱口而出，千古传诵：

剑外忽传收蓟北，初闻涕泪满衣裳。
却看妻子愁何在，漫卷诗书喜欲狂。
白日放歌须纵酒，青春作伴好还乡。
即从巴峡穿巫峡，便下襄阳向洛阳。

此诗句句情感奔放，字字痛快淋漓，可谓杜甫“生平第一快诗”。从初闻喜讯的泪满衣裳，到漫卷诗书的欣喜若狂，从纵酒放歌的惬意，到急于返乡的欢快，处处渗透着满怀喜气，令人读来热泪盈眶，别有一番滋味在心头。那满襟的涕泪，那漫卷的诗书，像一面时光的镜子，映照出诗人兴奋的神态，又多像一场欢舞的春雪，尽情飞扬在诗里诗外。

经过一年左右的长途跋涉，杜甫终于回到成都草堂，严武表荐杜甫为检校工部员外郎，做了严武的参谋，因而后人又称杜甫为杜工部。广德三年（765）四月，严武骤然离世。失去依靠的杜甫，只得离开成都乘舟东下，像一片孤独的雪花，四处漂泊。此时杜甫已至人生暮年，岁月所剩无几了。他孑然一身，流徙在天地间，那种孤独无依，那种生命况味，尽在一首《旅夜书怀》：

细草微风岸，危樯独夜舟。星垂平野阔，月涌大江流。

名岂文章著，官应老病休。飘飘何所似，天地一沙鸥。

有人说读完杜甫的后半生，便是读懂了安史之乱。这场战争的创伤，是唐人难以治愈的心灵之痛，直如一场白茫茫的大雪，铺天盖地而来，彻底结束了盛唐的百年神话，往昔繁华犹如东逝之水，浩浩汤汤一去不回。

亲朋无一字，老病有孤舟。戎马关山北，凭轩涕泗流。短短五年后的严冬，也就是大历五年（770）冬，白发苍苍、老病缠身的杜甫，顶着瑟瑟寒风，由潭州去往岳阳，于江舟上溘然长逝，时年五十九岁。

每个人都在自己的生命中，孤独地过冬，寒风吹彻，无法逃避。而落在诗圣一生中的雪，究竟多深多厚，我们如何能够全部看见——但见时空一片苍茫，让人泪湿衣襟。

第四卷　天开图画，青山郭外斜

世间田园山水，
皆是天然图画，
最是永恒珍贵，
最是滋润心灵。
可以见证一个诗人的悲欣交集，
更可以成全一个诗人的碧海蓝天。

王维：水墨画里的生活禅

有次看央视节目《经典咏流传》，当歌手身着玄色素衣，以沉静儒雅的气质，以清澈动听的嗓音，将王维那首《山居秋暝》悠悠唱响，一时间歌声清扬如水，不绝于耳，扣人心弦，直演绎出一种极致的空灵唯美：

空山新雨后，天气晚来秋。明月松间照，清泉石上流。
竹喧归浣女，莲动下渔舟。随意春芳歇，王孙自可留。

当唱到“竹喧归浣女，莲动下渔舟”时，伴随着孩子们天籁般的阿卡贝拉清唱，双手拍打出摇曳的旋律，那种无以言传的美好，清雅了岁月，留白了时光，让人不免沉浸其中，是一种静谧的治愈，更是一种愉快的享受。

宁静的空山，淙淙的清泉，美丽的浣女，轻摇的莲叶，向晚的渔舟……仿佛千年的月光，都是流动不止的，古典而纯净。仿佛千年的时空，一直变幻交叠着，诗意而永恒。好一番出神入化、动静相宜的水墨画意境，梦一般完美地铺展开来，漫溢于人的心头。

王维在画论《山水诀》里说道："夫画道之中，水墨最为上。肇自然之性，成造化之功。或咫尺之图，写千里之景。东西南北，宛尔目前，春夏秋冬，生于笔下。"

作为破墨山水画创始者，王维"以般若力，生菩提家"，从小深受佛学濡染，一生遍访名僧大德，以谈玄为乐，颇有证悟。其诗其画，切近"无念为宗，无相为体，无住为本"的禅宗理念，淡中求浓，浅中显深，胸中有丘壑，笔底生烟霞，处处氤氲着水墨灵韵，蕴含着无限禅机。

在诗人辈出、群星璀璨的大唐，王维是一位闲雅的佛系文人，亦是一位著名的斜杠青年：诗人/画家/书法家/音乐家/状元/尚书右丞……他是那么出类拔萃，学识广博，造诣深厚，情怀高洁，不仅是公认的诗佛，也是南宗山水画之祖，并且精通音律、书法、篆刻，堪称难得的文艺男神，少有的跨界全才。苏轼赞曰："味摩诘之诗，诗中有画；观摩诘之画，画中有诗。"钱锺书称王维为"盛唐画坛第一把交椅"。

王维一生半仕半隐，钟爱山水田园，不是弹琴赋诗，傲啸终日，就是参禅悟理，以佛治心，与生俱来一份清淡禅意，一份归隐情结。他把绘画精髓带进诗歌天地，以灵性的禅思，生花的妙笔，渲染出一幅幅诗意隽永的画卷，为我们呈现蕴藉千年的风雅。

哪怕一条名不见经传的青溪，他一样能用奇绝的笔触，绘成一幅清灵的有声画。借青溪之幽静，印证本心的素愿，以青溪之自然，流露自性的淡泊。或者说，《青溪》的清灵，就是王维的清灵；《青溪》的隽永，就是诗心的隽永。那条青溪，一直流动在诗人的生命当中，也流动在我们的心灵深处：

言入黄花川，每逐青溪水。随山将万转，趣途无百里。
声喧乱石中，色静深松里。漾漾泛菱荇，澄澄映葭苇。
我心素已闲，清川澹如此。请留盘石上，垂钓将已矣。

《青溪》如此，《渭川田家》亦然。自开元二十五年（737）张九龄被罢相后，王维深感政治上失去依傍，进退两难。一个初夏傍晚，他来到渭水边的村野散步，看到清悠闲适的田园图景，那么宁静和谐，于是以纯粹的白描手法，从细微处着笔，捕捉典型情节，为我们展现出一幅怡然自乐的田家暮归图：

斜阳照墟落，穷巷牛羊归。野老念牧童，倚杖候荆扉。
雉雊麦苗秀，蚕眠桑叶稀。田夫荷锄至，相见语依依。
即此羡闲逸，怅然吟式微。

全诗核心，在于一个“归”字。开篇的两句，颇有《诗经·君子于役》里“日之夕矣，羊牛下来。君子于役，如之何勿思”的画面感。田园生活朝出暮归，日出而作日落而息，诗人痴情地目送牛羊归村，直至没入深巷。此时夕阳西下，暮色苍茫，麦苗吐秀，桑叶稀疏，老人倚杖，田夫荷锄……看到万物皆有所归依，唯独自己彷徨苦闷，不禁羡慕又惆怅，故而怅然吟《式微》：“式微，式微，胡不归?”借以抒发自己想要远离官场、归隐田园的心情。

人到中年的王维，开始利用闲暇时间，在陕西蓝田山麓修建一所园林别墅，为自己构筑一处诗意的桃源世界——辋川别业。这里宽阔幽静，有山有湖，有树林有溪谷，其间散布若干馆舍，风景十分优美。王维将这里作为隐居之地，藉以修养身心，从此甘于寂寞孤独，回归悠闲自在，过着亦官亦隐的生活。辋川有胜景二十处，他和好友裴迪寄情山水，逐处作诗各赋绝句，编为《辋川集》。

每读王维山水田园诗作，我总是爱不释手，沉醉其中。诗境清虚空灵，风格清新淡远，其诗性直觉和禅悟感发，气息相通，自然圆融。其诗中有画，画中有诗，诗中有禅，有一种直击灵魂的美。

无论“江流天地外，山色有无中”“白云回望合，青霭入看无”的缥缈开阔，还是“雨中山果落，灯下草虫鸣”“人闲桂花落，夜静春山空”的寂静深沉，抑或“寒山转苍翠，秋水日潺湲”“山路元无雨，空翠湿人衣”的含蓄蕴藉，无不是一幅幅赏心悦目的天然图画，轻描淡写，清绝脱俗，充满美妙幽深的画意，蕴含空寂闲静的禅趣。

在历经一番宦途坎坷、生死离别之后，王维多半隐居辋川，于悠闲中自得其乐，常年吃斋奉佛，寄情闲云野鹤，悠游山水田园，俨然一位不食人间烟火的世外高人。且看他在《终南别业》中如此写道：

中岁颇好道，晚家南山陲。兴来每独往，胜事空自知。
行到水穷处，坐看云起时。偶然值林叟，谈笑无还期。

人生就是一条伸向远方的路。有春花秋月，阴晴冷暖；有江河横亘，高山阻隔；有一马平川的坦途，也有泥泞不堪的沼泽。也许还会走到山穷水尽的地方，这时候不妨安静地坐下来，看看天际的云彩，看看身边的风景。放下所有的疲惫，等等自己的灵魂，抑或就能有所清醒，有所感悟，从而云开雾散，怡然自得，柳暗花明又一村。

生命的旅途就是如此，行到水穷处，坐看云起时，心中若有桃花源，何处不是水云间。一个人洗却尘埃，自得一份清明天地，落尽繁华，皈依一颗云水禅心。胸中有丘壑，眼里有风景，自会见山是山，见水是水，于出世入世之间，活出一份从容自若，一份诗情画意。

这是王维的生活禅，亦是我们的生活禅。

李白：一世潇洒画中游

假若杜甫的一生，是一幅深刻精谨的工笔画，以酸甜苦辣着笔，勾勒出人生百味的沧桑变幻图景，那么李白的一生，则是一幅浪漫飘逸的写意画，处处墨彩飞扬，挥洒成豪迈奔放的盛唐山水长卷。

李白生活在盛唐时期，他性格狂放不羁，为人豪爽大方，热爱锦绣河山，五岳寻仙不辞远，一生好入名山游。他不仅文采斐然，且剑术高超，喜交朋结友，爱饮酒作诗。他的身体和灵魂总是在路上，读过万卷书，行过万里路，在名山大川之间，过着潇洒恣肆的谪仙生活。

开元十二年（724），二十四岁的李白开始仗剑去国，辞亲出蜀远游，准备实现自己的理想抱负。一路轻舟东下，发青溪，向三峡，下渝州，渡荆门，意欲“南穷苍梧，东涉溟海”。彼时青年的李白，兴致勃勃地坐在船上，纵情观赏一路变化无穷的风景。两岸的崇山峻岭，秀丽的水色山光，让他应接不暇，顿生满腔豪情。船过荆门一带，已是平原旷野，视野顿然开阔，别是一番景致。面对那流经故乡的滔滔江水，心头不禁涌起浓浓的思乡之情，于是他援笔而就一首《渡荆门送别》：

渡远荆门外，来从楚国游。山随平野尽，江入大荒流。
月下飞天镜，云生结海楼。仍怜故乡水，万里送行舟。

从此李白的人生，开始绘就出一幅幅以送别、浪游和怀念为主题的写意山水画卷。例如这首《送友人》，就是一帧情景交融的画面：

青山横北郭，白水绕东城。此地一为别，孤蓬万里征。
浮云游子意，落日故人情。挥手自兹去，萧萧班马鸣。

再如这首《金乡送韦八之西京》，亦是一幕依依惜别的场景：

客自长安来，还归长安去。狂风吹我心，西挂咸阳树。
此情不可道，此别何时遇。望望不见君，连山起烟雾。

又如这首《灞陵行送别》，何尝不是一轴古色古香的长卷：

送君灞陵亭，灞水流浩浩。
上有无花之古树，下有伤心之春草。
我向秦人问路歧，云是王粲南登之古道。
古道连绵走西京，紫阙落日浮云生。
正当今夕断肠处，骊歌愁绝不忍听。

开元十五年（727），李白东游归来寓居安陆期间，结识了长他十二岁的孟浩然。孟浩然对李白非常赞赏，两人相见恨晚，很快成为挚友。开元十八年（730）三月，李白得知孟浩然要去广陵（今江苏扬州），便托人带信，约其在黄鹤楼相会。几天后孟浩然乘船东下，两人在江边辞别时，李白写下这首脍炙人口的《黄鹤楼送孟浩然之广陵》：

故人西辞黄鹤楼，烟花三月下扬州。
孤帆远影碧空尽，唯见长江天际流。

天宝元年（742），李白被唐玄宗征召入京为翰林供奉，在那段受宠的日子里，上演了七宝床赐食、饮酒眠闹市、杨贵妃磨墨、高力士脱靴等广为传诵的奇闻逸事。不久因权贵谗毁，他于天宝三年（744）被排挤出京，唐玄宗赐金放还，此后又重新开始漫游四方。他由长安来到洛阳与杜甫相识，两人一见如故，来往密切。次年两人于山东重逢，同游齐鲁，一起探幽访胜，饮酒赋诗，醉眠秋共被，携手日同行。初秋杜甫西去长安，李白再游江东，两人在鲁郡东石门分手。临行时李白写下这首送别诗《鲁郡东石门送杜二甫》，从诗题中可知，杜甫排行老二。这也是李杜两人最后一次会面：

醉别复几日，登临遍池台。何时石门路，重有金樽开。
秋波落泗水，海色明徂徕。飞蓬各自远，且尽手中杯。

闻一多先生曾说："李杜相遇，就是两颗星相遇。在几千年中国历史里，除了孔子和老子会面，再没有比这两人的会面更重大，更可纪念的了。"李杜文章在，光焰万丈长，这两位大诗人的相遇，可谓中国文学史上最激动人心的传奇。一位是浪漫主义诗仙，一位是现实主义诗圣，堪称大唐诗坛最耀眼的双子星座，相互辉映，密不可分。

大约天宝十二年（753）秋天，李白来到宣州。客居宣州不久，有位故人李云至此，很快又要离开，李白陪他登谢朓楼，设宴送行。在高耸的楼台上，李白感怀万端，既满腔豪情逸兴，又掩抑不住满腹郁闷烦忧，那种一波三折、回复跌宕，且遗世高蹈的情怀，尽在《宣州谢朓楼饯别校书叔云》之中：

弃我去者昨日之日不可留，乱我心者今日之日多烦忧。
长风万里送秋雁，对此可以酣高楼。

蓬莱文章建安骨，中间小谢又清发。
俱怀逸兴壮思飞，欲上青天揽明月。
抽刀断水水更流，举杯销愁愁更愁。
人生在世不称意，明朝散发弄扁舟。

谢朓楼，又名北楼、谢公楼，是南齐诗人谢朓任宣城太守时所建。李白一向恃才傲物，对于皇帝他可以“天子呼来不上船”，对于权臣他不肯“摧眉折腰事权贵”，要说李白一生最崇拜的人，当属山水诗人谢朓了。所谓“一生低首谢宣城”，便是有力的佐证。李白曾多次登临谢朓楼怀古，表达对先贤的追慕之情，比如《秋登宣城谢朓北楼》：

江城如画里，山晚望晴空。两水夹明镜，双桥落彩虹。
人烟寒橘柚，秋色老梧桐。谁念北楼上，临风怀谢公。

李白一生朋友遍天下，一世潇洒画中游。上至王公贵胄，下至布衣百姓，时时有相逢，处处有送别。当好友王昌龄被贬为龙标县尉，李白写下“杨花落尽子规啼，闻道龙标过五溪。我寄愁心与明月，随风直到夜郎西”，来抒发感愤，寄托问候，表达对王昌龄怀才不遇的惋惜同情。

当泾县桃花潭的汪伦邀请李白前去做客，汪伦的殷勤款待让他感动不已时，他吟出“李白乘舟将欲行，忽闻岸上踏歌声。桃花潭水深千尺，不及汪伦送我情”，向主人的盛情致以深深感激。汪伦也因而名留千古，妇孺皆知。

有唐一代的诗人中，若论走过天南地北的路，喝过东西南北的酒，见过五湖四海的人，李白自是当仁不让。他一生所有的时光，都行走在如诗如画的山水间。他在盛唐的诗画中相逢，在盛唐的诗画中送别，在盛唐的诗画中逍遥游，在盛唐的诗画中仰天大笑，在盛唐的诗画中饱览风光。

正如诗人余光中在《寻李白》中所言：

那一双傲慢的靴子，至今还落在
高力士羞愤的手里，人却不见了。
把满地的难民和伤兵，
把胡马和羌笛交践的节奏，
留给杜二去细细地苦吟。
自从那年贺知章眼花了，
认你做谪仙，便更加佯狂。
用一只中了魔咒的小酒壶，
把自己藏起来，连太太也寻不到你
……

杜甫：人间正道是沧桑

唐开元年间，年轻的杜甫去洛阳参加进士考试，结果落第而归，但他毫不气馁，有道是“三十老明经，五十少进士”，毕竟正值青春年少，来日方长，美好可期。其时杜甫的父亲任兖州司马一职，于是杜甫以省亲之名，远赴齐赵平原一带漫游山水，那四五年裘马轻狂的快意生活，是他生命中最激情澎湃的青春岁月。

开元二十四年（736），二十四岁的杜甫来到泰山脚下，遥望泰山高大巍峨的气势和神奇秀丽的景色，意气风发的诗人，心中豪情顿生，咏出一首千古杰作《望岳》：

岱宗夫如何？齐鲁青未了。造化钟神秀，阴阳割昏晓。
荡胸生层云，决眦入归鸟。会当凌绝顶，一览众山小。

记得三十年前的那个春天，少年时代的我，搭乘绿皮火车一路向北，经过山东泰安，视线里一片群峰生云、山脉绵延，只感觉泰山的气息扑面而来，脑海中顿时浮现一联“会当凌绝顶，一览众山小”。想来在辽阔的齐鲁大地，在苍茫的时空当中，两颗虽相隔千年，却一样年轻的心灵，能够在一首诗里蓦然相逢，这是一件多么奇妙的事情。

此首《望岳》，应是现存杜甫诗中年代最早的诗作之一。诗人到了泰山脚下，但并未登山，故名“望岳”。全诗没有一个“望”字，但句句写向岳而望。距离是自远而近，时间是从朝至暮，并由现在的望岳，悬想将来的登岳，凌绝顶而小天下，描绘了泰山雄伟磅礴的气象，流露出对祖国山河的热爱之情，抒发了诗人不怕困难、坚韧不拔的雄心气概，以及豪气干云、兼济天下的人生抱负。这就是青春时期的杜甫，朝气蓬勃，风华正茂，有指点江山的远大理想，有激扬文字的浪漫情怀。可以说，这不仅是杜甫的青春时代，也是大唐的青春时代。

自古以来，三山五岳是中国历史文化名山。东岳泰山之雄，西岳华山之险，南岳衡山之秀，北岳恒山之幽，中岳嵩山之峻，早已闻名于世。杜甫有三首《望岳》，分别咏泰山、华山、衡山，其写作时间和对象都不同，其旨趣、风格、意境亦不同，恰好能代表杜甫青年、中年、暮年三个时期的心态。

咏泰山的《望岳》积极雄放，代表杜甫青年时期光芒四射、锐意进取的思想，呈现出一幅前程万里、海阔天空的画面，一种遒劲峻秀、气魄雄奇的风格，体现了中华民族自强不息、勇攀高峰的精神。

咏华山的《望岳》沉郁顿挫，幽深曲折，流露诗人宦途坎坷、报国无门之情，代表杜甫中年时期无奈彷徨、动极思静的人生。诗中所写的华山亦同样雄伟，不过与青年时代的那首相比，这无疑是首失意之诗。那是至德二年（757），杜甫冒险投奔肃宗后，被授为左拾遗，故世称“杜拾遗”。不料杜甫很快因营救房琯而触怒肃宗，被贬到华州任司功参军。杜甫心情十分郁闷，他经常眺望西岳华山，不免感慨地写诗一首：

西岳崚嶒竦处尊，诸峰罗立似儿孙。
安得仙人九节杖，拄到玉女洗头盆。
车箱入谷无归路，箭栝通天有一门。
稍待秋风凉冷后，高寻白帝问真源。

而咏衡山的《望岳》困顿哀伤，是杜甫晚年的诗作。代表杜甫晚年时期风雨沧桑、内敛安命的人生。大历四年（769）春天，已是垂暮之年的杜甫，凄然漂泊在由岳阳去往衡阳的途中。当时诗人泊舟衡山县城河岸，来到南岳山下，仰望衡山而吟此诗。首尾抒发议论，中间写景叙事，以委婉之词，劝勉君主要以德治国。通篇流露着作者忠君爱国的情怀，即使零落江湖，仍是关心朝政，念兹在兹：

南岳配朱鸟，秩礼自百王。欻吸领地灵，鸿洞半炎方。
邦家用祀典，在德非馨香。巡守何寂寥，有虞今则亡。
洎吾隘世网，行迈越潇湘。渴日绝壁出，漾舟清光旁。
祝融五峰尊，峰峰次低昂。紫盖独不朝，争长業相望。
恭闻魏夫人，群仙夹翱翔。有时五峰气，散风如飞霜。
牵迫限修途，未暇杖崇冈。归来觊命驾，沐浴休玉堂。
三叹问府主，曷以赞我皇。牲璧忍衰俗，神其思降祥。

天若有情天亦老，人间正道是沧桑。也许诗圣的人生就是这样，从鲜衣怒马的少年，到成熟沉稳的中年，直至衰老迟暮的晚年，走过一座座山，蹚过一道道河，一路上亦步亦趋，磕磕绊绊，一生中颠沛流离，尝尽种种苦痛艰辛。有一种情怀，无关身世沉浮，只因初心难忘；有一种心志，无关岁月山河，只因黎民苍生。

花近高楼伤客心，万方多难此登临。
锦江春色来天地，玉垒浮云变古今。
北极朝廷终不改，西山寇盗莫相侵。
可怜后主还祠庙，日暮聊为梁甫吟。

再看这首七律《登楼》，首二句倒装突兀，铿锵有力，气象雄浑，慷慨激越，感时抚事，是广德二年（764）春杜甫客居成都时所作。该诗以乐景写哀情，造意大命格高，俨然一幅色彩凝重、连绵起伏的工笔画卷，饱含诗人对祖国山河的赞美，对民族历史的追怀，也坦露诗人忧国忧民的无限心事，以及想要效法前贤辅佐朝廷的理想抱负。

彼时官军收复河南河北，安史之乱刚刚平定，不久便发生吐蕃入侵、代宗东逃陕州的事。诗人登楼俯仰瞻眺，望见山川古迹，无边春色，想到万方多难，浮云变幻，怎能不愁思满腹、黯然神伤呢？

宋人叶梦得评曰：“七言难于气象雄浑，句中有力而纡徐，不失言外之意。自老杜‘锦江春色来天地，玉垒浮云变古今’与‘五更鼓角声悲壮，三峡星河影动摇’等句之后，常恨无复继者。”苏轼亦言：“诗至杜子美，文至韩退之，书至颜鲁公，画至吴道子，而古今之变，天下之能事毕矣。”

风急天高猿啸哀，渚清沙白鸟飞回。
无边落木萧萧下，不尽长江滚滚来。
万里悲秋常作客，百年多病独登台。
艰难苦恨繁霜鬓，潦倒新停浊酒杯。

毋庸置疑，这首被誉为“七律之冠”的《登高》，一样至臻化境，寄慨遥深。此乃大历二年（767）秋，五十六岁的杜甫在夔州所作。全诗通过登高所见秋江景色，描绘了江边空旷寂寥、萧索深沉的景致，倾诉了诗人长年漂泊、老病孤愁的复杂感情。

虽说安史之乱已结束四年，但外敌入侵，藩镇割据，宦官专权，灾患重重，朝廷内外交困，无不呈现日益衰败的景象。彼时杜甫本入成都严武幕府，可不久严武病逝，无奈杜甫只有离开成都草堂，一路漂泊到夔州，幸得当地都督照顾，暂时安顿下来，但生活依然很困苦，且病魔缠身，境况极端困窘。一天，他登上夔州城外的高台远眺，不禁百感交集，一首动人心弦的千古佳作，应运而生，有如一幅精美高妙的画图，喷薄而出，“高浑一气，古今独步，当为杜集七言律诗第一”。

叶嘉莹先生说，真正伟大的诗人，都是在用自己的生命来写作自己的诗篇的，都是在用自己的生活来实践自己的诗篇的。这些诗篇中蓄积了这些伟大诗人的心灵、智慧、品格、襟抱和修养，是中华文化所特有的一份珍贵的宝藏。无论是讲述，还是阅读这些伟大的作品，都能体悟到诗歌中的一种美好强大的生命心魂，都会得到一种生生不已的感发的力量。

诚哉斯言，诗即生命，生命即诗。诗是诗人的心灵丘壑，更是诗人的风骨精神。

杜甫悲苦的后半生，大多跋涉于安史之乱的泥泞中。纵使四处辗转流离，一度濒临绝境，但他无时无刻不心系天下。支离东北风尘际，漂泊西南天地间，穷年忧黎元，济时肯杀身。

那些在人生沧桑的苦旅中，用生命心血写下的累累篇章，是大唐诗歌长卷上最浓墨重彩、深情慈悲，且极其珍贵的部分——堪称世上疮痍，诗中圣哲，民间疾苦，笔底波澜，是一首首可歌可泣、影响深远的千古绝唱。

王湾：天开图画，盛唐气象

犹记得学生时代，曾收到一张新年明信片。左边一幅江边日出图，舟行水上帆影点点，右边一首王湾《次北固山下》，也许是诗写得好，抑或年少记性好，只读过几遍，从此就记住，且能背诵了：

客路青山外，行舟绿水前。潮平两岸阔，风正一帆悬。
海日生残夜，江春入旧年。乡书何处达？归雁洛阳边。

每每读之诵之，顿觉意境开阔，气象横生，好一幅天开图画。后来我出门远行，乘船顺江而行，望着眼前的青山绿水，或远或近，连绵不断，这首诗便霎时浮现于脑海。彼时，我分明遇见了唐诗里的风景，或者说，唐诗里的风景正走进我的生命。这是一种神奇而美妙的体验，关乎青春与成长，关乎岁月与心灵……

从此记住一个名字王湾，尽管在繁星灿烂的诗坛，他是那么普通平凡，一如我在芸芸众生的世界，也是如此平凡普通。可他离我的少年时光那么近，尽管隔着千年天涯时空，但天涯也如咫尺，所有与诗有关的初遇和重逢，仍记忆犹新，交集于心。

盛唐诗人王湾，河南洛阳人。唐先天年间进士及第，开元初年授荥阳县主簿，后转洛阳尉。王湾词翰早著，现存诗十首，其中最有名的就是《次北固山下》。

北固山，位于江苏镇江东北，三面临水，倚江而立。作为开元初年的北方诗人，王湾一生中常往来吴楚间，为江南清丽山水所倾倒，写下一些歌咏江南风光的诗作。斯时冬末春初，诗人连夜行舟由楚入吴，当是经镇江去往江南一带。南国多新意，东行皆美景，一路行来顺风顺水，正好把船帆高悬。

当舟次北固山下，适逢一个崭新的清晨，青山绿水潮平岸阔，风景如画美不胜收，让人心旷神怡。只见夜幕还没有褪尽，旭日已在江上冉冉升起，还在旧年时分，江南已有了春天的气息。这时鸿雁从云天飞过，不免触发诗人的思乡之情，于是吟成这首千古名篇。

可以说也正因为这首诗，成就了王湾不朽的诗名。特别颈联“海日生残夜，江春入旧年”堪称名句，境象壮阔高朗，有一种积极蓬勃的朝气，自字里行间喷薄而出。一

“生”一“入”，两个动词都用得灵活精妙，颇具张力。海上已涌出一轮红日，而这边还是残夜；江上已萌生几许春意，可旧年还未过完，真是江南春来早啊！

据载当年宰相张说，极为欣赏“海日生残夜，江春入旧年”，曾盛赞“诗人以来少有此句”，并亲手书写悬挂于政事堂上，“每示能文，令为楷式”，让文人学士将其作为学习的典范。由此可见，此诗已成为盛唐诗坛的风向标，直到唐末诗人郑谷还说“何如海日生残夜，一句能令万古传”。

明代胡应麟在《诗薮》中，曾列举出三联唐诗加以比较，以此体现盛唐、中唐、晚唐不同的时代风貌。他说：“盛唐句如‘海日生残夜，江春入旧年’，中唐句如‘风兼残雪起，河带断冰流’，晚唐句如‘鸡声茅店月，人迹板桥霜’，皆形容景物，妙绝千古，而盛、中、晚界限斩然。故知文章关气运，非人力。”

但凡好诗，贵在“状难写之景如在目前，含不尽之意见于言外”。这三联唐诗都是唐人羁旅诗作，体裁俱为五律，题材俱写旅人思乡，季节俱是冬末春初，时间俱是黑夜将尽、白昼来临，但呈现的却是完全不一样的征象。从某种意义上来说，可以代表唐诗三境。

“海日生残夜，江春入旧年”，正是出自王湾《次北固山下》，此乃盛唐时代的一种象征。在残夜还没消退之际，一轮红日喷薄而出；旧年还没结束，春意已先入江流之中，呈现出一派辞旧迎新、昂扬乐观的激越，仿佛预兆着一个新时代的来临。

开元、天宝年间的盛唐，对外开疆拓土统一中原，对内开放安定和谐包容，国力鼎盛强大，文治武功显著，人才济济如雨后春笋，诗歌更是空前繁荣。他们以卓越不凡的才识，饱满充实的精神，或身在朝堂，或远走边塞，或治理一方，无论国家还是个人，都是踌躇满志、积极向上的形象，都有建功立业、锐意进取的情怀。

即使平凡如王湾，一样心胸开阔远大，写出如斯气度万千的佳作。此诗虽是写行旅乡思，却没有一丝凄凉的情调，而是水势浩渺，春潮涌动，色彩明丽和谐，景象恢弘壮观，一帆风顺的开阔，彰显出满满的盛唐气象。

“风兼残雪起，河带断冰流”，出自中唐于良史《冬日野望寄李赞府》。全诗不再有盛唐那种刚健雄浑的辉煌气势，而是呈现出迷茫忧郁的情绪，是渐渐收敛的孤冷气息，可谓中唐景象的透射：

地际朝阳满，天边宿雾收。风兼残雪起，河带断冰流。
北阙驰心极，南图尚旅游。登临思不已，何处得销愁。

“鸡声茅店月，人迹板桥霜”，出自晚唐温庭筠《商山早行》。全诗描述行役辛苦和羁旅愁思，勾勒寒冷凄清的早行景色，流露人在旅途的失意无奈。颔联两句无一动词，全以名词白描，寥落、清冷而孤寂，则是纯粹的晚唐光景：

晨起动征铎，客行悲故乡。鸡声茅店月，人迹板桥霜。
槲叶落山路，枳花明驿墙。因思杜陵梦，凫雁满回塘。

如果从诗画的角度，再将三首诗对比来看，可谓画风迥异。“鸡声茅店月，人迹板桥霜”，写的尽管是春景，可作者眼里只有茅店的残月和崎岖的山路，视线总落在低处的板桥和清霜上。这样的情境，直如一幅灰白的素描小品，透露出一种孤寂清冷之感。“风兼残雪起，河带断冰流”，写的虽然也是阔大之景，但寒风裹挟着残雪刮起，河水夹带着断冰流淌，俨然一幅冷色调的卷轴，苍茫而凛冽，无不让人感到那股刺骨的寒气。

而“海日生残夜，江春入旧年”虽然写的是残冬，却已然含有春意，恰似一幅暖色调的长卷，满纸光芒闪耀，一派生机盎然。诗人目光是直视前方的，看到的是海日和江春，描写的景象远阔明朗，显示出一种浩荡磅礴、蒸蒸日上的气势。此种景象，正是盛唐国力的象征；此种气势，正是时代精神的写照。只有生活在这个时代的诗人，才能拥有这样过人的胸襟气度，写出如此盛大的格局气象。

孟浩然：如何成全自己的碧海蓝天

同为盛唐山水田园派诗人，王维与孟浩然并称“王孟”。两人同是归隐山水，原因却迥然有别。王维一生是仕隐两得：“松风吹解带，山月照弹琴。君问穷通理，渔歌入浦深。”而孟浩然一生却是仕隐两失：“皇皇三十载，书剑两无成。山水寻吴越，风尘厌洛京。”

王维早年状元及第，官至尚书右丞，但他生性淡泊，喜好自然，具有隐逸情怀，且潜心向佛，爱交游四方名僧，可谓智慧通达，云水禅心。而孟浩然虽有用世之志，但时运不济，年届四十赴长安科举不第，又不合时宜地吟了一句“不才明主弃”，让唐玄宗颇为不悦。别无选择的他，只好归隐终身，因未曾入仕，故世称“孟山人”。

孟浩然出生于襄阳书香之家，少好节义，不媚俗世。

早年曾隐居鹿门山，两耳不闻外事，一心苦读诗书。“春眠不觉晓，处处闻啼鸟。夜来风雨声，花落知多少。”妇孺皆知的《春晓》，便是作于此时。

还有广为传诵的《过故人庄》，也是他隐居鹿门山时，到乡间老友家做客时所写。“故人具鸡黍，邀我至田家。绿树村边合，青山郭外斜。”这是一幅天开图画、造化天然的美景，亦是一种如诗如画、闲逸自在的情怀。花开花谢，春去秋来，看山是山，看水是水，一切都是那样淳朴自然，充满田园生活趣味。

出仕与归隐，从来都是文人心中永恒的情结。“采菊东篱下，悠然见南山”的陶渊明如此，“待到重阳日，还来就菊花”的孟浩然亦如此。自二十五岁开始，孟浩然即辞亲远行，漫游长江流域，广交八方朋友，干谒公卿名流，寻找进身之机。他力求一鸣惊人，曾写过一首《望洞庭湖赠张丞相》给宰相张九龄，以求引荐：

八月湖水平，涵虚混太清。气蒸云梦泽，波撼岳阳城。
欲济无舟楫，端居耻圣明。坐观垂钓者，徒有羡鱼情。

开篇以泼墨式手笔，渲染出一派壮观景象，但见八百里洞庭跃然纸上。然其主旨在后四句，他说欲济无舟，临渊羡鱼，其实是在委婉求官：“我空有一腔报国之志，却苦无用武之地，看到你们都大有作为，我着实好生羡慕。”张九龄学富五车，亦十分爱惜人才，他明白孟浩然心思，但一时也难找举荐机会。结果无心插柳柳成荫，此诗成为一首著名山水诗流传开来。

盛唐诗人灿若星河，但以李白、杜甫、王维、孟浩然等人最为出众。在盛唐诗人朋友圈里，李白和王维，都是孟浩然的好友。但李白与王维，虽同朝为官却形同陌路，不曾有过什么交集。孟浩然的偶像，是王维；王维最好的朋友，是裴迪；杜甫最崇拜的人，是李白；而李白最欣赏的人，却是孟浩然。

李白和孟浩然的友谊，是段诗坛佳话。“吾爱孟夫子，风流天下闻。红颜弃轩冕，白首卧松云。醉月频中圣，迷花不事君。高山安可仰，徒此揖清芬。”李白曾写下五律《赠孟浩然》，表达对孟浩然的钦慕之情。两人能够成为至交的根本原因，一方面因为诗酒相和的乐趣，更重要的一方面，是因为类似的失意经历。

孟浩然客游京师求仕，空有一腔宏愿，却屡屡错失良机，郁郁不得志，只好痛苦失望地还归故园。而李白少隐蜀地名山，后寄寓安陆，尽管曾被玄宗召至京师，可只做了一回翰林供奉，终因小人谗毁，被赐金放还。那种怀才不遇的痛苦现实、郁郁不得志的深刻遗憾，使他们之间产生强烈的思想共鸣。

科举考试名落孙山，朋友举荐无功而返，已过不惑之年的孟浩然，此时满腹灰心失望。怅惘之余只有离开长安，返回襄阳故里。这首《留别王维》就是他告别王维时所写：

寂寂竟何待，朝朝空自归。欲寻芳草去，惜与故人违。
当路谁相假，知音世所稀。只应守寂寞，还掩故园扉。

这样寂寞还等待着什么？天天都是失望而归。我想去寻找美丽的桃源，又可惜要与老朋友分离，不免有点遗憾。但是又能怎么样呢？我的人生简直太失败了。当权者有谁能够赏识我举荐我？世间知音实在稀少渺茫，既然现实如此令人彷徨悲哀，还不如早早回去，守着寂寞孤独，与世隔绝了此一生。

由此可见，王维归隐山林，是主动的选择，发自内心的需要。而孟浩然归隐山林，是被动的接受，出于命运的无奈。读王维的山水诗，会发现两个坐标：终南山、辋川别业；读孟浩然的山水诗，亦会发现两个坐标：岘山、鹿门山。比如这首《与诸子登岘山》：

人事有代谢，往来成古今。江山留胜迹，我辈复登临。
水落鱼梁浅，天寒梦泽深。羊公碑尚在，读罢泪沾襟。

原来岘山和鹿门山，同在襄阳城外汉水两岸，两山隔江相望，距离不远，乘船前往，数时可达。这里是孟浩然的故乡，是他最熟悉的山水田园。汉末著名隐士庞德公，因拒绝征辟，携家幽居鹿门山，以耕作采药为生，从此鹿门山就成了隐逸圣地。因辗转求仕多年而终不得，四十岁后的孟浩然，开始重新隐居鹿门山，醉歌田舍酒，笑读古人书。这首《夜归鹿门歌》，可谓其心境的真实写照：

山寺钟鸣昼已昏，渔梁渡头争渡喧。
人随沙岸向江村，余亦乘舟归鹿门。
鹿门月照开烟树，忽到庞公栖隐处。
岩扉松径长寂寥，唯有幽人自来去。

黄昏时分，山寺的钟声回荡在山谷间，渔梁渡口处一片喧闹景象。人们沿着沙岸向江村走去，我也乘一叶小舟返回鹿门。鹿门的月光照着林树云烟，我忽然来到庞公隐居之地。清冷的山岩路，寂静的林间道，唯有隐居的人，在此飘逸地来去。

一个人出走半生，一番辗转奔波之后，最终还是回到山水田园间，做了一个隐逸的幽人。陶渊明如此，王维如此，孟浩然亦如此。

尽管心路历程各有不同，但一个真正的诗人，总是离不开山水田园的。这是诗人的因缘宿命，更是诗人的终极理想。因为世间田园山水，皆是天然图画，最是永恒珍贵，最是滋润心灵，可以见证一个诗人的悲欣交集，更可以成全一个诗人的碧海蓝天。

刘禹锡：站在唐朝的江边怀古

江南佳丽地，金陵帝王州。逶迤带绿水，迢递起朱楼。对于文人墨客来说，六朝古都金陵，是独特而奇崛的。金陵是南京的古称，这里山川形胜虎踞龙盘，曾经繁华一时，既有叱咤风云、天翻地覆的一面，又有古色古香、诗情画意的一面。

朱自清说："南京是值得留连的地方……逛南京像逛古董铺子，到处都有些时代侵蚀的遗痕。你可以摩挲，可以凭吊，可以悠然遐想。"余秋雨说："别的故都，把历史浓缩到宫殿，而南京把历史溶解于自然……大大方方地畅开一派山水，让人去读解中国历史的大课题。"从古至今，在中国的人文地理中，"金陵怀古"是一个经典历史课题。那些脍炙人口、耳熟能详的诗词佳作，总是观古今于须臾，抚四海于一瞬，每每读来，令人久久不能释怀。

中国四大古都，若以绘画底色论之，想来北京是朱红色，西安是深褐色，洛阳是赭黄色，而南京是绛紫色。南京既聚汇着南北的特质，又交织着六朝的更替，繁盛过，黯淡过，明媚过，伤心过……如此一座有故事的城市，就像一个有故事的人，多会呈现出一种迷人的绛紫色。

话说在唐代，高蟾写过一首《金陵晚望》："曾伴浮云归晚翠，犹陪落日泛秋声。世间无限丹青手，一片伤心画不成。"韦庄即在一首《金陵图》里，反其意而写道："谁谓伤心画不成，画人心逐世人情。君看六幅南朝事，老木寒云满故城。"

"昔人已乘黄鹤去，此地空余黄鹤楼。黄鹤一去不复返，白云千载空悠悠。晴川历历汉阳树，芳草萋萋鹦鹉洲。日暮乡关何处是，烟波江上使人愁。"由于崔颢的千古绝唱《黄鹤楼》，一度让诗仙李白"眼前有景道不得"，从而自愧不如，耿耿于怀，于是暗下决心，定要写出一首足可与之媲美的佳作。当他来到金陵凤凰台时，灵感飘然而至，一首《登金陵凤凰台》水到渠成："凤凰台上凤凰游，凤去台空江自流。吴宫花草埋幽径，晋代衣冠成古丘。三山半落青天外，二水中分白鹭洲。总为浮云能蔽日，长安不见使人愁。"

宝历二年（826），诗豪刘禹锡由和州刺史任上返回洛阳，途经金陵而未游金陵，尝有遗恨。适逢有友人作《金陵五题》相示，耳闻故址旧景历历犹存，但物换星移人事已非，六朝繁华早已俱归乌有，感慨万千之际，不由得挥毫题咏，乘兴写下七绝《金陵五题》相和。此组诗分别从不同角度、不同侧面着笔，以石头城、乌衣巷、台城、生公讲堂和江令宅为题，以大自然的永恒和世事的沧桑相比衬，表现六朝过往繁华，抒发历史兴亡之叹：

山围故国周遭在，潮打空城寂寞回。
淮水东边旧时月，夜深还过女墙来。

朱雀桥边野草花，乌衣巷口夕阳斜。
旧时王谢堂前燕，飞入寻常百姓家。

台城六代竞豪华，结绮临春事最奢。
万户千门成野草，只缘一曲后庭花。

生公说法鬼神听，身后空堂夜不扃。
高坐寂寥尘漠漠，一方明月可中庭。

南朝词臣北朝客，归来唯见秦淮碧。
池台竹树三亩余，至今人道江家宅。

此组《金陵五题》诗境开阔，寓意深邃，构成一幅幅深沉的画面，引人深思，发人慨叹，堪称唐诗中传诵不衰的艺术珍品。其中前两首最为人熟悉，后三首同样是精彩之作。比如《台城》，直让人想起杜牧名篇《泊秦淮》：“烟笼寒水月笼沙，夜泊秦淮近酒家。商女不知亡国恨，隔江犹唱后庭花。”

金陵是六朝故都，江东繁华之地。随着历史的演变，六朝的富贵荣华，到唐朝时俨然已成陈迹，是一座荒落的空城了。这让途经于此的刘禹锡，不免抚今追昔，感怀良久。诗魔白居易与刘禹锡并称“刘白”，当年读到此组七绝，对“潮打空城寂寞回”“乌衣巷口夕阳斜”等句叹赏良久，赞道：“吾知后之诗人，不复措词矣。”

刘禹锡怀古佳作，除了这组《金陵五题》，还有一首《西塞山怀古》亦堪称经典，若将两者参照来读，可谓遥相呼应，一脉相承，别有一番滋味：

王濬楼船下益州，金陵王气黯然收。
千寻铁锁沉江底，一片降幡出石头。
人世几回伤往事，山形依旧枕寒流。
今逢四海为家日，故垒萧萧芦荻秋。

此诗创作时间稍早两年，乃长庆四年（824），刘禹锡由夔州刺史调任和州刺史途中，沿江东下经西塞山时所写。西塞山位于今湖北黄石，山体突兀长江之中，山锁洪流，形势险峻，是六朝有名的军事要塞。当年晋武帝司马炎，曾命王濬率领西晋水军，顺江而下讨伐东吴。站在唐朝的江边，刘禹锡怀古伤今，触景生情，便以此史事为题，写下“人世几回伤往事，山形依旧枕寒流”的千古名句。

由于唐朝自安史之乱后，藩镇割据比较严重，大唐帝国已日趋衰败。此诗即为诗人结合当时形势而作，阐发事物兴废变迁的进程，表现国家统一是历史的必然。直把批判的笔触、嘲讽的锋芒，指向历史上曾经占据一方，但终究覆灭的统治者，这正是对彼时割据势力的迎头一击，希望朝廷能以前车之覆为鉴。

自唐宋以来，很多怀古诗词都受到上述作品影响，化用其中意境而成名篇者，不胜枚举。比如苏轼的“山围故国城空在，潮打西陵意未平。二子有如双白鹭，隔江相照雪衣明”。再如王安石的“六朝旧事随流水，但寒烟衰草凝绿。至今商女，时时犹唱，后庭遗曲”。还有周邦彦的《西河》更是通篇化用，写出诸如“怒涛寂寞打孤城，风樯遥度天际”“夜深月过女墙来，伤心东望淮水”“燕子不知何世，向寻常巷陌人家相对，如说兴亡斜阳里”之句。

江雨霏霏江草齐，六朝如梦鸟空啼。无情最是台城柳，依旧烟笼十里堤。好一段六朝繁华随流水，登临送目，千里澄江静如练，画图也难足；好一场金陵往事黯然收，翠峰如簇，归帆去棹残阳里，故国正晚秋。

无论“凤凰台上凤凰游，凤去台空江自流”的烟水苍茫，还是“千寻铁锁沉江底，一片降幡出石头”的惊心动魄，抑或“旧时王谢堂前燕，飞入寻常百姓家”的世事变幻，无不是一幅幅史诗般的斑斓画卷，既见证着是非成败、兴衰荣辱的历史过往，也镌刻出沧海桑田、地老天荒的千古永恒。

柳宗元：生命是孤独的旅程

人生而孤独，这就是世界。在很多哲学家看来，孤独是生命的常态，是人存在的本质，是灵魂的必修课。孤独是美好的，当我们与孤独不期而遇，往往会拥有无穷的宁静，进入一种丰富的辽阔，获得一种真正的享受。

孤独是自由的开始，孤独是生命的清欢，一个人只有在孤独的时候，才能成为自己。叔本华说，没有相当程度的孤独，是不可能有内心的平和。尼采说，在孤独中，一切都可以获得。

周国平说："走在生命这条路上的人，注定艰难而孤独的。每个人都是一个孤独的灵魂，而灵魂只能独行。"蒋勋说："孤独的核心价值，是跟自己在一起。孤独是生命圆满的开始，美学的本质，或许就是孤独。"

孤独是生命的礼物，生命是孤独的旅程，我们都是孤独的行路人。“前不见古人，后不见来者。念天地之悠悠，独怆然而涕下！”读陈子昂《登幽州台歌》，我读到一种遗世而立的孤独，一种苍茫落寞的情怀。

陈子昂生性耿直，关怀天下，对武后朝不少弊政，他直言敢谏。但不为武则天所采纳，并曾因“逆党”株连而下狱。陈子昂短短一生当中，曾两度北征参战，武则天万岁通天元年（696），陈子昂遭到排挤，再次随军北征契丹。心中憋屈的他，觉得自己壮志难酬，才华难展，因此登上幽州台慷慨悲吟，留下这首传世名篇。幽州台，即黄金台，又称蓟北楼，燕昭王为招纳天下贤士而建，故址在今北京大兴。契丹战役后，陈子昂返回洛阳途中，又写下一首《登泽州城北楼宴》：

平生倦游者，观化久无穷。复来登此国，临望与君同。
坐见秦兵垒，遥闻赵将雄。武安君何在，长平事已空。
且歌玄云曲，御酒舞薰风。勿使青衿子，嗟尔白头翁。

此诗风骨峥嵘，寓意深远，苍劲有力，是陈子昂最优秀的怀古诗之一。诗中提到秦国大将武安侯白起，曾在长平大败赵国军队。在陈子昂之后一百年，李贺也造访长平战场，写下《长平箭头歌》：“漆灰骨末丹水沙，凄凄古血生铜花。白翎金竿雨中尽，直余三脊残狼牙。”那荒原上长风猎猎，铜花铮铮，透着一种奇崛的苍凉，让千年之后的人读来，也抵挡不住那股森森寒意。

这是属于两位传奇诗人的百年孤独。诗鬼李贺短短一生，一样颠沛流离，一样不容于时世，诗风诡丽奇峭，性情抑郁寡欢。他是一颗诗歌的流星，一匹悲慨的骏马，只留给世人一个凄清而另类的背影，半是孤独狂放的灵魂本色，半是失意绝望的生命写照。

要么孤独，要么庸俗。你的孤独，虽败犹荣。一个真正的诗人，总是用孤独和世界对话。孤独是夜空中最亮的星，孤独也是大地上最厚的雪。

“千山鸟飞绝，万径人踪灭。孤舟蓑笠翁，独钓寒江雪。”读柳宗元《江雪》，我读到一种极致的孤独：是百年孤独，更是千万孤独；是幽寒冰冷的孤独，更是亘古横绝的孤独。千山是雪，万径皆白；一尘不染，万籁无声。世界瞬间消失，天地深陷寂静，一幅白茫茫的画面上，只有雪、孤舟和渔翁。

永贞元年（805），柳宗元与韩泰、韩晔、陈谏、刘禹锡等人，都因参加王叔文领导的永贞革新运动而遭贬，史称“二王八司马”事件。永贞革新失败后，柳宗元被贬为永州司马，一流放就是十年，一直过着被管制软禁的“拘囚”生活，一腔抱负化为烟云，内心孤独苦寒。《江雪》就是他谪居永州期间所作，那一叶孤舟之上，独钓寒江雪的渔翁，一身清高孤傲的寒意，俨然诗人一份无言的悲苦，一颗孤独的灵魂。

柳宗元的《江雪》诗，仿佛八大山人的画，都是与世隔绝的孤独。那百年的孤独，那千万的孤独，前不见古人，后不见来者。墨点无多泪点多，山河仍是旧山河，八大山人的画里，也什么都是孤独的。鱼是孤独的，鸟是孤独的，树是孤独的，花是孤独的。一抹山水，是孤独的；一方印章，是孤独的。

柳宗元还写过一首《渔翁》，直以清新灵动的笔墨，渲染出一幅令人遐想的泼墨山水画，情趣高妙盎然，境界空阔缥缈：

渔翁夜傍西岩宿，晓汲清湘燃楚竹。
烟销日出不见人，欸乃一声山水绿。
回看天际下中流，岩上无心云相逐。

这里的渔翁，又是何其自由啊！有如屈原笔下的渔父，吟唱着“沧浪之水清兮，可以濯吾缨；沧浪之水浊兮，可以濯吾足”，逍遥悠游于山水之间。柳宗元遭受打击后，一直在寻求心灵超脱，寄情于异乡山水，写下著名的《永州八记》。他在无尽孤独中，向往灵魂自由，两个渔翁，是矛盾的真实存在，是生命的种种体验，又何尝不是诗人深沉热烈的内心世界呢？

十年后，柳宗元等人被召至京师，朝臣中虽有人主张起用他们，终因有人梗阻，再度被贬。韩泰、韩晔、陈谏、刘禹锡，分别被贬为漳、汀、封、连四州刺史。而柳宗元被贬为柳州刺史，多年愁云惨淡的贬谪生活，使他倍感仕途险恶，人生艰难。元和十年（815），他到达柳州以后，面对满目异乡风物，不禁百感交集，于是写下这首《登柳州城楼寄漳汀封连四州刺史》，分别寄给这四位友人：

城上高楼接大荒，海天愁思正茫茫。
惊风乱飐芙蓉水，密雨斜侵薜荔墙。
岭树重遮千里目，江流曲似九回肠。
共来百越文身地，犹自音书滞一乡。

当时这五个地方，皆属蛮荒之地。十多年来，他们虽人在江湖，身不由己，但一直同病相怜，惺惺相惜。早年他们是志同道合、携手并进的盟友，如今是沦落天涯、患难与共的知己。在那个惊风密雨、海天茫茫的世界，他们有一样的愁思，一样的悲苦，一样的孤独。

众所周知，柳宗元与韩愈并称“韩柳”，且同为“唐宋八大家”之一。韩愈，一样也是孤独的吧。“文起八代之衰，而道济天下之溺，忠犯人主之怒，而勇夺三军之帅”，他命运坎坷起伏，一生不平则鸣，谈笑而麾之，却屡遭贬谪，且读一首七律《左迁至蓝关示侄孙湘》：

一封朝奏九重天，夕贬潮阳路八千。
欲为圣明除弊事，肯将衰朽惜残年。
云横秦岭家何在，雪拥蓝关马不前。
知汝远来应有意，好收吾骨瘴江边。

元和十四年（819）正月，唐宪宗命宦官将佛骨迎入宫廷供奉。时任刑部侍郎的韩愈，便写了一篇《谏迎佛骨表》劝谏阻止唐宪宗，指出信佛对国家无益，而且自东汉以来信佛的皇帝都短命，结果触怒龙颜，韩愈几乎被处死。经裴度等人说情，韩愈被贬为潮州刺史，责令即日上道。潮州距离长安千里之遥，韩愈只身一人，仓促上路。走到蓝田关口时，妻儿还没有跟上来，只有侄孙韩湘跟了上来。此时韩愈已年过半百，奏书除弊被贬，不过朝夕之间。因而他对韩湘感慨而言："知汝远来应有意，好收吾骨瘴江边。"这种真正的英雄主义，是孤独的，更是悲壮的。

人生而孤独，人生因孤独而丰盛，而成全。孤独是人生的底色，孤独是人生的修行，我们都在孤独深处。孤独是绝世的莲花，孤独是灵魂的别名，孤独让生命变得美好而辽阔，我们都是孤独的行路人。

王之涣：边塞诗人的恢宏画卷

铁马秋风塞北，杏花春雨江南。总感觉这十二个方块字，最是入诗入画。

江南多烟雨楼台，好一幅“千里莺啼绿映红，水村山郭酒旗风”的绚丽图画。江南既有“君到姑苏见，人家尽枕河。古宫闲地少，水港小桥多”的古典婉约，亦有“夜市卖菱藕，春船载绮罗。遥知未眠月，乡思在渔歌”的旖旎多姿。

而塞北多连天风雪，好一派“四边伐鼓雪海涌，三军大呼阴山动”的恢宏气象。塞北不是“明月出天山，苍茫云海间。长风几万里，吹度玉门关”的辽阔荒凉，便是“汉下白登道，胡窥青海湾。由来征战地，不见有人还”的粗犷悲壮。

在唐诗灿烂的星河里，边塞诗可谓一道独特的风景。在泱泱大唐，每个读书人都渴望建功立业。征战沙场，奏凯而归，是当时的社会主旋律，他们把这一切写进诗歌，镌成历史，演绎出锦绣盛唐的最强音。在唐朝边塞诗人当中，有四位最负盛名，他们是：岑参、高适、王昌龄、王之涣，人称“四大边塞诗人”。这四位热血男儿同处盛唐时代，且相互熟悉，交情颇深。

在四大边塞诗人中，岑参身处边塞时间最长。他曾先后两次从军出塞，戍边六年，对边塞风光、军旅生活，以及异域特色有深切感受，故边塞诗尤多佳作，风格瑰奇壮丽。他是边塞诗人的杰出代表。其名篇《白雪歌送武判官归京》堪称描写雪景的巅峰之作，为我们展示了一幅绝美的边塞画卷：

北风卷地白草折，胡天八月即飞雪。
忽如一夜春风来，千树万树梨花开。
散入珠帘湿罗幕，狐裘不暖锦衾薄。
将军角弓不得控，都护铁衣冷犹著。
瀚海阑干百丈冰，愁云惨淡万里凝。
中军置酒饮归客，胡琴琵琶与羌笛。
纷纷暮雪下辕门，风掣红旗冻不翻。
轮台东门送君去，去时雪满天山路。
山回路转不见君，雪上空留马行处。

高适，与岑参并称“高岑”。高适前半生落魄潦倒，怀才不遇，一度曾沦为乞丐，然而后半生却成功逆袭，立下赫赫战功，加爵封侯官居高位。“有唐以来，诗人之达者，唯适而已。”其诗笔力雄健，气势奔放，洋溢着盛唐时期所特有的精神气象。写边塞，苍茫而不凄凉，赋送别，荒渺而不凄切，皆脱前人窠臼，开一代诗风。代表作如《蓟门行五首》《塞下曲》《燕歌行》等，歌颂了战士奋勇报国、建功立业的豪情，也刻画下边塞生活的艰苦、战事失利的悲壮，流露出忧国爱民的情怀、向往和平的美好愿望：

汉家烟尘在东北，汉将辞家破残贼。
男儿本自重横行，天子非常赐颜色。
摐金伐鼓下榆关，旌旗逶迤碣石间。
校尉羽书飞瀚海，单于猎火照狼山。
山川萧条极边土，胡骑凭凌杂风雨。
战士军前半死生，美人帐下犹歌舞。
大漠穷秋塞草衰，孤城落日斗兵稀。
身当恩遇常轻敌，力尽关山未解围。
铁衣远戍辛勤久，玉箸应啼别离后。
少妇城南欲断肠，征人蓟北空回首。
边风飘摇那可度？绝域苍茫更何有！
杀气三时作阵云，寒声一夜传刁斗。
相看白刃血纷纷，死节从来岂顾勋？
君不见沙场争战苦，至今犹忆李将军。

王昌龄早年贫苦，主要依靠农耕维持生活，三十岁左右进士及第，任职江宁丞，因性格不拘一格，不护细行，被贬为龙标尉。一生位居下僚，没做过多大的官，但在诗坛上却名声大噪，素有“七绝圣手”之誉。其边塞诗感情饱满，雄壮热烈中，潜含一股激越悲凉之气。其代表作《出塞》千古传诵，人人知晓，曾被推为七绝压卷之作：

秦时明月汉时关，万里长征人未还。
但使龙城飞将在，不教胡马度阴山。

王之涣号称“无冕之王”，性格豪放不羁，常常击剑悲歌。其边塞诗视角别具一格，意境苍凉悠远，流露出一股慷慨浪漫之气，经常被当时乐工制曲歌唱，名动一时。尽管他仅有六首诗存世，但仅凭其中两首经典，就名留诗史。众所周知，一首是《登鹳雀楼》，另一首就是《凉州词》：

黄河远上白云间，一片孤城万仞山。
羌笛何须怨杨柳，春风不度玉门关。

自从《凉州词》问世，坊间流传有不少相关的轶闻趣事。比如解缙巧解《凉州词》，就是其中著名的一则。解缙是明代大才子，不仅才思敏捷，还写得一手好书法。一次，永乐皇帝得了一幅精美扇面贡品，让解缙题词。解缙展开一看，是根据《凉州词》意境而作的山水画，心中甚是喜欢。于是欣然笔走龙蛇，一挥而就。谁知由于一时疏忽，竟漏掉一个“间”字。他的冤家汉王高煦发现后，向皇帝奏道：“解缙自恃才高，目无君主，竟敢乘题扇之机，有意漏字戏君欺主，如此狂乱之徒，今不杀之，后必酿成大患！”

皇帝一看果然如此，马上龙颜大怒，这可是欺君之罪。解缙不愧一代奇才，尽管内心惊惧，但面色从容，立刻想出对策：“圣上请息怒，听微臣慢慢讲来。我所题并非王之涣的诗，而是我新作的词：‘黄河远上，白云一片，孤城万仞山。羌笛何须怨，杨柳春风，不度玉门关。’”皇帝听过转怒为喜，赞道：“爱卿果然奇才，一诗一词，堪称双璧，妙不可言！”解缙凭借过人睿智，巧妙断句，不仅化险为夷，而且领赏而去。

还有则“旗亭画壁”典故，亦广为流传。据唐人《集异记》所载，开元年间诗风日盛，不分朝野无论官民，都爱吟诗唱曲。高适、王昌龄、王之涣三位诗人齐名，当时他们还没有入仕，常在一起游玩。一日天寒微雪，三人一起到旗亭饮酒，适逢梨园伶官聚会宴饮。席间有四名美貌歌伎演唱，唱词都是当时著名诗人的作品。

于是三人提议道，我们三人的诗名，一直未能分个高低，不妨今天且听这些歌伎演唱，谁的诗入曲最多，谁就最优秀。斯时第一名歌女唱道：“寒雨连江夜入吴，平明送客楚山孤。洛阳亲友如相问，一片冰心在玉壶。”王昌龄伸手画壁道：“我的一首绝句。”

接着第二名歌女唱道："开箧泪沾臆，见君前日书。夜台何寂寞，犹是子云居。"于是高适也如此画壁："我的一首绝句。"

随后又一歌女出场："奉帚平明金殿开，暂将团扇共徘徊。玉颜不及寒鸦色，犹带昭阳日影来。"王昌龄又伸手画壁，说道："两首绝句。"

王之涣成名已久，诗歌多被世人传唱，而今日三名歌女竟未唱其诗作，让他心有不服："她们都是下里巴人，那些阳春白雪，怎么会唱呢?"于是指着最美的那名歌女说，此乃绝色女子，必有压轴之曲。如果她不唱我的诗，我从此封笔；如果她唱我的诗，二位就要拜我为师。

须臾，那绝色女子款款登台，他们三人屏息静听。随着音乐伴奏声的响起，一句美妙的"黄河远上白云间"悠悠传来。声情并茂的演唱，活画出一幅迷人的边塞风光，众人皆沉浸其中。王之涣得意至极，唱的正是他的《凉州词》，三位诗人开怀大笑。

大唐盛世是边塞诗歌创作的黄金时代，从这些趣味横生的轶事，可以看出边塞诗人在当时有多受欢迎。唐代以前的边塞诗，现存不足两百首，而《全唐诗》中所收的边塞诗，就高达两千余首。这些或艰苦卓绝、或雄浑豪迈的边塞诗，是大唐的璀璨瑰宝，也是大唐的铿锵风骨。

大唐的边塞，与其说是征战的沙场，不如说是诗意的旷野。诗人们远在秋风塞上，看到的是长河落日，想起的是龙城飞将，吟诵的是光荣梦想，怀抱的是家国天下。大漠孤烟，长空冷月，那是战士厮杀的边关，也是诗人灵感的源泉。

总而言之，盛唐边塞诗歌空前绝后，登峰造极，无不呈现出波澜壮阔的艺术魅力。在那遥远的戈壁塞外，有“葡萄美酒夜光杯，欲饮琵琶马上催”的从戎之乐，也有“半夜军行戈相拨，风头如刀面如割”的征戍之苦，有“千里黄云白日曛，北风吹雁雪纷纷”的苍茫景象，也有“黄沙百战穿金甲，不破楼兰誓不还”的壮志豪情……

第五卷　落笔成诗，流水十年间

上至公卿王侯，
下至平民百姓，
那些或精彩或纷繁的世事，
入眼俱是景，
落笔皆成诗。
交织成一个朝代的非凡气韵，
一个盛世的独特风华。

李白：人生最苦是相思

人生最苦是相思，人生最美亦是相思。总感觉“相思”这个词极美，相是相互，思是思念，相思，是彼此都一样的思念。

相思是一杯苦酒，酒入愁肠，化作相思泪；相思是一条河流，日日思君不见君，共饮长江水；相思是一轮明月，思君如满月，夜夜减清辉；相思是一颗红豆，愿君多采撷，此物最相思。

有一种相思，是两处闲愁，此情无计可消除，才下眉头，却上心头；有一种相思，是无边春恨，无情不似多情苦，一寸还成千万缕，天涯地角有穷时，只有相思无尽处；有一种相思，是对酒当歌，强乐还无味，衣带渐宽终不悔，为伊消得人憔悴；有一种相思，是梳洗罢，独倚望江楼，过尽千帆皆不是，斜晖脉脉水悠悠。

这世上，还有比爱情更美妙的事情吗？还有比相思更动人的意境吗？古往今来，几乎每个人都尝过相思的滋味，有关相思的诗词更是浩如烟海，层出不穷。且看李白《长相思三首》所写：

长相思，在长安。络纬秋啼金井阑，微霜凄凄簟色寒。
孤灯不明思欲绝，卷帷望月空长叹！
美人如花隔云端，上有青冥之长天，下有渌水之波澜。
天长路远魂飞苦，梦魂不到关山难。
长相思，摧心肝！

日色欲尽花含烟，月明欲素愁不眠。
赵瑟初停凤凰柱，蜀琴欲奏鸳鸯弦。
此曲有意无人传，愿随春风寄燕然。忆君迢迢隔青天，
昔日横波目，今作流泪泉。
不信妾肠断，归来看取明镜前。

美人在时花满堂，美人去后花余床。
床中绣被卷不寝，至今三载闻余香。
香亦竟不灭，人亦竟不来。相思黄叶落，白露湿青苔。

长相思，属于乐府旧题。《古诗十九首》云："客从远方来，遗我一书札。上言长相思，下言久离别。"因为诗句

写得感人至深，所以六朝诗人，就把“长相思”当成诗题，反复吟咏。后来又成为唐代教坊曲名，且用作词牌名，内容大都描写相思之情。

关于李白《长相思三首》创作时间，一般认为是李白受权贵排挤，被唐玄宗“赐金还山”，离开长安后，于沉思中回忆过往时所写。其一写秋天，从男子角度抒发对美人的相思；其二写春天，从女子角度描写刻骨的思念；其三以今昔对比，表达对美人的追忆和怀想。

络纬，虫名，俗称纺织娘。中国古代有听虫鸣而知时令的传统，譬如《诗经·七月》有言：“七月在野，八月在宇，九月在户，十月蟋蟀入我床下。”张潮《幽梦影》亦言：“春听鸟声，夏听蝉声，秋听虫声，冬听雪声。”

“络纬秋啼金井阑，微霜凄凄簟色寒”，诗人以秋虫、秋霜、孤灯等景物为意象，刻画孤单的落寞，表现相思的痛苦。一盏昏暗的灯，涵蓄着诗人内心的孤苦无奈，从而引起“思欲绝”，在孤独之时，连灯光也越发晦暗孤单了。一个人形影相吊，于孤灯下绵绵思念，卷起帷帘对月长叹，这种“求之不得，寤寐思服”的相思，很难用语言来描述。而这般“悠哉悠哉，辗转反侧”的心境，到底是因何而起呢？

其一首句“长相思”，交代地点在长安，起兴平淡，却为后文渲染出许多余地，磊落飘逸中，兼有含蓄隐曲之意。长安是唐代都城，也是君王所在的地方。《长相思》正是借爱情表达思君之意，是李白被谤离开长安后的怀君之作。“美人如花隔云端”，是个独立句式，颇有横空出世的张力，让人印象特别深刻，可谓全诗中心句，含有一种托兴意味。

古典诗歌中，从《诗经》到《楚辞》，经常以“美人”比喻所追求的理想。因而李白诗中这个远在长安的美人，便不再是如花似玉的美女，而是一种意象丰富的政治托寓，运用“香草美人”的比赋方式，以美人比喻君王。

其一中“上有青冥之长天，下有渌水之波澜”，有如《蜀道难》里那句“上有六龙回日之高标，下有冲波逆折之回川”，突出路途的险峻遥远，是说一个人要实现美好理想，那上下求索的过程，何其艰难困苦。天长路远魂飞苦，梦魂不到关山难，这样的长相思，摧心肝，忆君迢迢隔青天，此曲有意无人传，只有在一首首诗中，将满腔浓烈的相思，吐露得淋漓尽致。

其二中“昔日横波目，今作流泪泉。不信妾肠断，归来看取明镜前”的意境，让我想起绝句《怨情》：“美人卷珠帘，深坐颦蛾眉。但见泪痕湿，不知心恨谁。”其三中“香亦竟不灭，人亦竟不来。相思黄叶落，白露湿青苔”的意境，与那首三五七言《秋风词》有异曲同工之妙，都是极言相思之苦：

秋风清，秋月明，落叶聚还散，寒鸦栖复惊。
相思相见知何日，此时此夜难为情。
入我相思门，知我相思苦，

长相思兮长相忆，短相思兮无穷极，
早知如此绊人心，何如当初莫相识。

当年李白仰天大笑出门去，直道“我辈岂是蓬蒿人”，是何等雄心壮志，结交了不少名流，一心想要在仕途上得到重用。虽然后来被召进朝廷，可只做了回翰林供奉，且没两年时间便被排挤出来。生性狂放的李白，心情自是落寞郁闷的，只有写诗来宣泄情绪，将意旨隐含在种种意象之中，藏而不露，九曲回肠。这是对美好理想的渴望追求，又是理想不能实现的苦闷无奈，自有一种婉转的蕴藉风度，一种浓郁的政治情怀。

正所谓“诗无达诂”，在不考虑创作背景的前提下，按照字面意思，我们依然可以将《长相思》解读为男女之间的爱情。爱是长相思，爱是长相守，爱是长相忆。所有的爱与相思，或柔肠百转，或摧心裂肺，或直接明了，或隐约婉转，一样都是曼妙的诗意，入骨的缠绵，世间最美的情愫。诗仙的一组《长相思》，勾起了多少人的爱与思念？

那年看电视剧《甄嬛传》，其中有很多古典文化的呈现。彼时，舒太妃将古琴“长相思”的琴弦修好，一日，甄嬛和允礼前往安栖观，与舒太妃谈论起李白的《长相思》；接着两人以琴笛合奏一曲古风《长相思》，舒太妃在一旁吟诗，看出他们已是心有灵犀，情意相通；再加上甄嬛道出了舒太妃的心声，舒太妃愈发喜欢甄嬛。

一曲优雅动人的《长相思》，将甄嬛和允礼的爱情，诠释得恰到好处，平添一种令人遐想的韵致。从此一对情深意重的恋人，以诗词对答相酬，以相思慰藉浮生，在水远山长的尘世，演绎了一段生死相许的爱情传奇。

杜甫：诗圣一生的老臣之心

可以说，在杜甫一生所结识的朋友当中，严武是最为重要的一位。他们两人是世交，关系深厚，且都爱好作诗，常有酬唱。特别是安史之乱爆发后，杜甫寓居成都期间，时任剑南节度使的严武曾两次镇蜀，杜甫长期为严武幕僚，在生活上得到严武大力救助，拥有了一段相对安稳的岁月。

然而令人遗憾的是，永泰元年（765），年仅四十岁的严武因病暴卒于成都。他比杜甫小十四岁，但却比杜甫早去世五年。杜甫人生最后五年的漂泊时光，就是自严武去世后开始的，以致后来贫病交加，于江舟上溘然长逝。如果严武不那么早去世，那么杜甫的暮年，或许就不会那样凄凉无依。

自严武去世后，杜甫不得不离开成都草堂，一路漂泊东下，经嘉州、戎州、渝州、忠州、云安，于大历元年（766）到达夔州。由于夔州都督柏茂林的照顾，杜甫得以在此暂住下来。一日杜甫从夔州出三峡，到江陵一带游历，先后瞻仰了庾信古居、宋玉宅、昭君村、永安宫、先主庙、武侯祠等古迹，挥笔写下《咏怀古迹五首》以抒胸臆：

支离东北风尘际，漂泊西南天地间。
三峡楼台淹日月，五溪衣服共云山。
羯胡事主终无赖，词客哀时且未还。
庾信平生最萧瑟，暮年诗赋动江关。

摇落深知宋玉悲，风流儒雅亦吾师。
怅望千秋一洒泪，萧条异代不同时。
江山故宅空文藻，云雨荒台岂梦思？
最是楚宫俱泯灭，舟人指点到今疑。

群山万壑赴荆门，生长明妃尚有村。
一去紫台连朔漠，独留青冢向黄昏。
画图省识春风面，环佩空归夜月魂。
千载琵琶作胡语，分明怨恨曲中论。

蜀主征吴幸三峡，崩年亦在永安宫。
翠华想象空山里，玉殿虚无野寺中。
古庙杉松巢水鹤，岁时伏腊走村翁。

武侯祠堂长邻近，一体君臣祭祀同。

诸葛大名垂宇宙，宗臣遗像肃清高。
三分割据纡筹策，万古云霄一羽毛。
伯仲之间见伊吕，指挥若定失萧曹。
运移汉祚终难复，志决身歼军务劳。

杜甫这五首咏怀诗，语言凝练，气势浑厚，意境深远。分别歌咏了庾信、宋玉、王昭君、刘备、诸葛亮五位历史人物，通过对他们遗留于长江三峡一带古迹的歌咏，赞颂他们的文章学问、心性品德、伟绩功勋，并对这些历史人物的凄凉命运与壮志未酬的人生，报以深切同情。同时通过咏怀古人，进而感怀现实寄寓身世，抒发内心的慨叹、失意和悲哀之情。

其一所吟咏的，是南北朝时期著名诗人庾信。杜甫对庾信诗赋推崇备至，曾言："清新庾开府，俊逸鲍参军。""庾信文章老更成，凌云健笔意纵横。"另外，那时他"支离东北风尘际，漂泊西南天地间"的凄凉境况，恰似当年的庾信。安禄山叛唐，有似于侯景叛梁。杜甫遭安史之乱，飘泊异地欲归不得，庾信值侯景之乱被羁留北朝，作《哀江南赋》暗寓乡国之思，从而令他有同病相怜之感。

其二所吟咏的，是战国末期楚国著名辞赋家宋玉。杜甫到江陵时是秋天，宋玉名篇《九辩》正以悲秋发端："悲哉，秋之为气也！萧瑟兮，草木摇落而变衰。"这和杜甫当时的悲秋之情，是一致的。杜甫说，落叶飘零是深知宋玉的悲哀，他的风流儒雅堪当我的老师。杜甫与宋玉虽相距久远，朝代不同，处境不同，但萧条不遇，惆怅失志，其实相同。因而望其遗迹，想其一生，不禁悲慨落泪。

其三所吟咏的，是西汉著名美女王昭君。作为“中国古代四大美女”之一，昭君生于名邦，天生落雁之容，然殁于塞外，其去国之怨，难以言表。而杜甫有感于昭君的遭遇，写尽昭君一生的悲剧，并赞美昭君虽死，魂魄还要归来的精神，从而寄托自己的家国之思。他当时远离故乡，四处漂泊流浪，处境和昭君相似，正好借昭君当年思念故土、夜月魂归的形象，呈现内心的思乡情怀。

其四所吟咏的，是三国时期蜀主刘备。通过对先主庙和武侯祠的描写，讴歌刘备的生前事业，叹惋“大业未成身先去，空留祠宇在人间”的荒凉景象；借村翁野老对刘备和诸葛亮的祭祀，烘托其遗迹之流泽，进而推崇其君臣一体的关系，赞颂其君臣之间同心同德，堪称千古流芳的美谈；同时流露自身无限感慨，抒发政治理想不能实现，抱负不能施展的抑郁之苦。

其五所吟咏的，是蜀汉名相诸葛亮。当时杜甫瞻仰了武侯祠，对诸葛亮衷心敬慕，发而为诗。伊尹是商汤开国大臣，吕尚辅佐周文、武二王灭商有功，萧何和曹参都是刘邦的谋臣，汉初名相。诗人盛赞诸葛亮的人品与伊尹、吕尚不相上下，指挥才能可令萧何、曹参黯然失色。以激情昂扬的笔触，对其雄才大略热烈颂扬，对其壮志未酬叹惋不已，既表达对诸葛亮的极度崇尚之情，也表达不以成败论英雄的卓越见识。

我们知道，李白一生最崇拜的人，当属南齐山水诗人谢朓，而杜甫一生最崇拜的人，则是蜀汉名相诸葛亮。杜甫曾写下多首颂扬诸葛亮的诗作，比如五绝《八阵图》："功盖三分国，名成八阵图。江流石不转，遗恨失吞吴。"这是杜甫对诸葛亮一生丰功伟绩的赞颂，尤其称颂他在军事上的才能和建树，同时对刘备吞吴失师，葬送其联吴抗曹统一天下的宏图大业，表示惋惜。更有七律《蜀相》，堪称千古绝唱：

丞相祠堂何处寻，锦官城外柏森森。
映阶碧草自春色，隔叶黄鹂空好音。
三顾频烦天下计，两朝开济老臣心。
出师未捷身先死，长使英雄泪满襟。

自天宝十四年（755）安史之乱爆发后，杜甫一直过着颠沛流离的生活。直到乾元二年（759）岁末，杜甫几经辗转终于来到成都，在严武等人帮助下，于城西浣花溪畔建所草堂寓居下来，世称"杜甫草堂"，也称"浣花草堂"。成都是蜀汉故地，城西北有诸葛亮庙，史称武侯祠。翌年春天，杜甫虔诚地拜谒武侯祠，瞻仰诸葛武侯的遗泽，亲睹诸葛武侯的祠貌，对诸葛亮的敬仰之情，更如滔滔江水，一发而不可收，从而写下这首感人肺腑的名篇。

杜甫虽然怀有“致君尧舜上，再使风俗淳”的清明政治理想，深具“白头搔更短，浑欲不胜簪”的拳拳爱国之心，但他一生壮志难酬，身如飘蓬，无法施展抱负，历尽仕途坎坷，总是请缨无路，报国无门。他目睹安史之乱中的大唐，山河疮痍国势艰危，百姓流离失所，生灵惨遭涂炭，因此对开创基业、挽救时局的诸葛亮无限仰慕，倍加敬重。忧国忧民的他，多么渴望能有像诸葛亮一样的英雄豪杰，横空出世，力挽狂澜，又多么渴望自己也能像诸葛亮那样得主眷顾，济世救民，精忠报国啊！

“三顾频烦天下计，两朝开济老臣心。出师未捷身先死，长使英雄泪满襟。”这是杜甫和诸葛亮跨越时空的情感呼应，是一代诗圣豪迈悲壮的千古喟叹。其中不仅有诸葛亮的老臣之心，也有诗圣一生的老臣之心，更是天下所有仁人志士的老臣之心。

王维：心有一处桃花源

在漫漫的历史时空中，公元 701 年是个绚丽多彩的幸运年。在这一年里，诞生了中国伟大的浪漫主义诗人李白和田园山水派诗人王维。一位潇洒的诗仙，一位儒雅的诗佛，有如大唐诗坛的太阳和月亮，光华夺目，各领风骚。

尤其天宝年间，两人同在朝廷供职，同是御用文人，同为诗界泰斗，同样才气纵横，声名远播。那是中国历史上的繁华盛世，也是中国诗歌史上的黄金时代。

尽管两人关系疏淡，注定如两条平行线，穿行在锦绣盛唐的天地间，不曾发生过诗意的交集。若用杜甫的诗来形容，可谓“人生不相见，动如参与商”。但是这一切的稀松寻常，抑或难以捉摸，却毫不影响他们各自的人格魅力，以及那种永恒的诗性光芒。

李白是性情中人，热衷交朋结友，好酒，好热闹，爱折腾，恰似贾宝玉一样喜聚不喜散，喜欢轰轰烈烈地过生活；王维是云水禅心，喜爱山水田园，好静，性淡泊，有佛缘，犹如林黛玉一般喜散不喜聚，喜欢平静自守地度光阴。

李白一生好入名山游，王维则心有一处桃花源。王维年方十九岁时，即写下一首诗情画意的古风《桃源行》，读来令人神往：

渔舟逐水爱山春，两岸桃花夹古津。
坐看红树不知远，行尽青溪不见人。
山口潜行始隈隩，山开旷望旋平陆。
遥看一处攒云树，近入千家散花竹。
樵客初传汉姓名，居人未改秦衣服。
居人共住武陵源，还从物外起田园。
月明松下房栊静，日出云中鸡犬喧。
惊闻俗客争来集，竞引还家问都邑。
平明闾巷扫花开，薄暮渔樵乘水入。
初因避地去人间，及至成仙遂不还。
峡里谁知有人事，世中遥望空云山。
不疑灵境难闻见，尘心未尽思乡县。
出洞无论隔山水，辞家终拟长游衍。
自谓经过旧不迷，安知峰壑今来变。
当时只记入山深，青溪几度到云林。

春来遍是桃花水，不辨仙源何处寻。

这首七言乐府诗《桃源行》，简直与陶渊明《桃花源记》相映成趣，各有千秋。王维用鲜妍清绝的色调，绘出一派大好春光，一个美丽的桃花源，直如画卷一样徐徐打开：远山近水，红树青溪，一叶渔舟，在夹岸桃林中悠悠前行，渐入佳境。好诗犹如醇酒，读之令人陶醉；好诗亦如画卷，自是美不胜收；那种景深之美，如梦似幻，让人浮想联翩，回味无穷。

尽管王维身处盛唐时代，但在盛世繁华的外衣下，却也处处隐藏着危机。一帮奸佞小人把持朝政大权，纨绔子弟凭借裙带关系飞黄腾达，甚至一些斗鸡走狗之徒，也得到君王恩宠，身价倍增飞扬跋扈。而真正的才俊之士，却屈居下层，无人赏识，可谓“读书三十年，腰间无尺组。被服圣人教，一生自穷苦”。也许那心中的桃花源，只存在于诗的世界里。

诗有六艺：“风雅颂，赋比兴。”王维曾写过一首《西施咏》，以西施的故事借古讽今，刻画炎凉世态，悲叹无常命运，抒发人生浮沉全凭际遇的现实感慨。借世人只见显贵时的西施之美，对趾高气扬、不可一世的势利小人进行嘲讽；同时借效颦的东施，劝勉世人不要为了博取别人赏识，而故作姿态，弄巧成拙：

艳色天下重，西施宁久微。朝为越溪女，暮作吴宫妃。

贱日岂殊众，贵来方悟稀。邀人傅香粉，不自著罗衣。
君宠益娇态，君怜无是非。当时浣纱伴，莫得同车归。
持谢邻家子，效颦安可希。

林黛玉是位充满诗情画意的才女，她最是欣赏王维，格外喜欢王维的诗。当香菱拜她为师学诗，她首先推荐的便是《王摩诘全集》，且亲自选出诗作让香菱去读，细心揣摩其中诗意。她让香菱先读王维的五言诗百首，再读杜甫的七言诗百首，接着读李白的七言诗百首。有了这三个人做底子，然后再把陶、应、刘、谢、阮、庾、鲍等人的诗一看，不用一年工夫，不愁不是诗翁了。

尤其《红楼梦》第六十四回《幽淑女悲题五美吟，浪荡子情遗九龙珮》里，黛玉见古史中有才色的女子，终身遭际令人可欣可羡、可悲可叹者甚多，曾写下一组《五美吟》以寄感慨。宝玉看过赞不绝口。第一首便是《西施》，直将别样情怀娓娓道来，与王维《西施咏》两相映照，可谓妙趣横生：

一代倾城逐浪花，吴宫空自忆儿家。
效颦莫笑东村女，头白溪边尚浣纱。

宝钗读过《五美吟》亦品评：“做诗不论何题，只要善翻古人之意。若要随人脚踪走去，纵使字句精工，已落第二义，究竟算不得好诗。即如前人所咏昭君之诗甚多，有悲挽昭君的，有怨恨延寿的，又有讥汉帝不能使画工图貌贤臣而画美人的，纷纷不一。后来王荆公复有‘意态由来画不成，当时枉杀毛延寿’，欧阳永叔有‘耳目所见尚如此，万里安能制夷狄’。二诗俱能各出己见，不与人同。今日林妹妹这五首诗，亦可谓命意新奇，别开生面了。”

黛玉冰雪聪明，多愁善感，闲静似娇花照水，行动如弱柳扶风，心较比干多一窍，病如西子胜三分。素来只与诗文做伴，只以花月为魂，爱美，爱静，心有一处桃花源。她的诗词风格，总是那样风流别致，情怀蕴藉，充满了水墨烟霞的灵气，有一种深入灵魂的美质。在她的诗篇里，我们会不时遇见陶渊明和王维，遇见一个诗性的桃源世界。

特别是《红楼梦》第七十回《林黛玉重建桃花社，史湘云偶填柳絮词》里，黛玉所作的一首古风《桃花行》，又何尝不是对桃源世界的一种诗性呼应呢？

“桃花帘外东风软，桃花帘内晨妆懒。帘外桃花帘内人，人与桃花隔不远。”想来黛玉诗中的桃花，不是诗经里的桃花，不是桃花潭的桃花，也不是桃花庵的桃花，而是独属于大观园的桃花——是一朵水做的骨肉，盛开在沁芳泉边，直开成了一个诗性女子的桃花源。

杜牧：多情公子的缠绵情怀

话说冯唐有首短诗，曾经风靡一时："春水初生，春林初盛，春风十里不如你。"像一幅清新的画面，透着早春的鲜妍，是万物初生初引，是春风十里柔情——每次看到，总让人想起杜牧的名句："春风十里扬州路，卷上珠帘总不如。"

因为一个人，记住一座城。提起诗人杜牧，我们脑海中便会浮现一个地方，那就是扬州。扬州自古繁华富庶，人文荟萃，不仅有如诗如画的风景，更不乏才子佳人的传奇。在扬州为官的三年里，在美丽的瘦西湖畔，杜牧留下了一首又一首千古佳作。

无论"二十四桥明月夜，玉人何处教吹箫"的梦幻之美，还是"十年一觉扬州梦，赢得青楼薄幸名"的放荡不羁，以及“娉娉袅袅十三余，豆蔻梢头二月初”的旖旎风情，都令人感受到诗人对这座城市的深深眷恋，以及千回百转的柔情。

在扬州，杜牧邂逅了他一生最美的爱情。虽然扬州美女如云，环肥燕瘦，莺莺燕燕，但唯有这位妙龄女子，让他情思萦绕，刻骨铭心。她的容颜气质，是如此姣好可人；一颦一笑，是那么摄人心魄。她娉娉袅袅，年华正好，就像二月含苞待放的豆蔻花一样，看遍扬州城十里长街的青春佳丽，那些卷起珠帘卖俏的粉黛，全都比不上她，没有一个能和她相媲美。

豆蔻本是一味草药，南方人常会采摘豆蔻入药，并给它取了一个美丽的名字“含胎花”。因为豆蔻的花蕊，总是两瓣并立，所以豆蔻，既比喻青春少女的娇美，也比喻心心相印的爱情。

人世间有百媚千红，唯有你让我一见倾心。情人眼里出西施，她就是杜牧心中最美的那位，是初恋的甜，不可或缺，不可替代。

至于伊人到底是谁，我们已经不得而知了。或许是名绝色歌伎，或许是位名门闺秀，但无论如何，都是杜牧最心爱的女子——然而就在这时，他接到朝廷调令，即将离开扬州赴任长安。对他来说，获得突破性晋升，自然可喜可贺，可在这大喜事的背后，却也隐藏着淡淡的忧伤，因为他与恋人必须得分开了。

就在所有人举杯祝贺他从此踏上锦绣前程之时，一种难以言说的酸楚，无由涌上他的心头。于是提笔含泪写下《赠别二首》，诗中这位美丽多情的女孩，是他离开扬州时最为不舍的那个人：

娉娉袅袅十三余，豆蔻梢头二月初。
春风十里扬州路，卷上珠帘总不如。

多情却似总无情，唯觉樽前笑不成。
蜡烛有心还惜别，替人垂泪到天明。

《赠别》其一，以二月豆蔻之妍，以春风十里之盛，形容心上人的娇美，暗喻他们之间心心相印的情愫。《赠别》其二，句句缠绵悱恻，字字忧伤深婉，是他与恋人在筵席上依依惜别、难分难舍的情景。

在离别的宴席上，多情的公子只好强颜欢笑，小心安慰着忧伤的恋人，一如那彻夜垂泪的蜡烛，灼痛了诗人最难以割舍的扬州梦。而他把对恋人的浓情蜜意，凝练成如斯动人的诗句，从此千古流传，穿越岁月的长河历久弥香，让我们至今读来，依旧气韵生动，令人无限神往。

因为一个人，爱上一座城。无法预知的离别突然来临，从此与心爱的人天各一方，怎不教人黯然神伤呢？一个春风十里的扬州，从此成了他心头的朱砂痣，梦里的白月光。

鱼和熊掌不可兼得。一个人为了功名事业，不得不放下儿女情长，走向天涯海角。痴情女子负心郎，仿佛成了古代爱情的一个魔咒。至于这段恋情背后，那些曲折感人的故事，千丝万缕的柔情，无不给人留下了无尽的遐想。

杜牧出身于唐代长安的高门贵族京兆杜氏，生得风度翩翩，才情斐然。大唐盛世诗人才子辈出，李白、杜甫合称“大李杜”，李商隐、杜牧则合称“小李杜”。说来真巧，杜牧与杜甫还拥有共同的先祖，他们都是西晋名将、著名学者杜预之后。杜甫是杜预的十三代孙，杜牧是宰相杜佑之孙，杜从郁之子，杜预的十六代孙。

杜牧就是这样一个才华横溢，且浪漫多情的公子。总而言之，他有三大特点：出身名门，长得很帅，才华横溢；同时有三大优势：颜值担当，家世担当，实力担当。

其实出身名门，长得很帅都很寻常，关键是杜牧很努力，明明可以靠颜值，却偏偏要跟人拼才华，直把自己从偶像派变成了实力派，真是令人望其项背，自叹不如。可以说如斯背景，如斯家世，如斯人才，纵使长安名流云集，星光璀璨，杜牧也是最熠熠生辉的。早年凭一篇《阿房宫赋》一炮而红，天下盛传，才名不胫而走，随后高中新科进士第五名，可谓名满京华。

其古体诗赋题材广阔，笔力峭健，七言绝句则以文词清丽、情韵跌宕见长。尽管晚唐诗歌总体趋向藻绘绮密，杜牧受时代风气影响，也有注重辞采的一面，但他又有雄姿英发的一面，因而其诗既风华流美，又神韵疏朗，既气势豪宕，也精致婉约。

值得一提的是，更有《张好好诗》《杜秋娘诗》为杜牧博得了盛名。其中《张好好诗》法帖，气格雄健中和，与文章相表里，是现今杜牧唯一存世的书法真迹，堪称国宝。当年曾被溥仪携出宫外流散民间，1956 年张伯驹先生将其重金赎回捐赠政府，重为故宫博物院收藏。

诗中描写了杜牧与张好好的一段情感轶事：一次在吏部侍郎沈传师的宴会上，风流倜傥的杜牧与美貌聪慧的张好好相识。才子佳人，互生情愫，本应留下一段佳话，让人没想到的是，沈传师之弟也看上了张好好，很快纳她为妾。张好好作为沈府家伎，根本无力掌控自身命运，从此与杜牧音讯隔绝。直到五年后杜牧于洛阳东城，与在酒家卖酒的张好好重遇，才知她早已被无情丈夫抛弃。杜牧不免感旧伤怀，故题诗赠之。

这就是多情公子杜牧的缠绵情怀与精彩人生。从扬州到长安，从湖州到洛阳，既有“娉娉袅袅十三余，豆蔻梢头二月初”宛如初恋的甜美，又有“狂风落尽深红色，绿叶成阴子满枝”那样深深的惆怅，更有“酒尽满襟泪，短歌聊一书”这般无尽的叹惋与深情。

李端：每个诗人都有自己的传奇

在泱泱大唐，每个诗人都有自己的传奇，每首唐诗都有自己的故事。因为一首诗，有人抱得美人归，有人千载留美名，有人春风得意，有人绝处逢生，有人遭贬流放，有人飞黄腾达，有人谋害性命，有人放下屠刀……他们把每一种境遇都过成了诗，演绎出千姿百态的生活图景。

且说唐朝有位诗人李端，为“大历十才子”之一，颇有诗名。一次在升平公主的家宴上，有个名叫镜儿的歌女，不仅生得美貌，且弹得一手好筝。李端对镜儿很是喜爱，不时朝她投去情意绵绵的目光。公主察觉后便笑着对李端说，你若能以“鸣筝”为题，当场赋诗，为大家助兴，那么我定将成全你与镜儿，将她许配给你。李端喜不自禁，脱口而出：

鸣筝金粟柱，素手玉房前。
欲得周郎顾，时时误拂弦。

诗中的周郎，即三国时吴国都督周瑜，是位风度翩翩的儒将，素有“世间豪杰英雄士，江左风流美丈夫”之誉。他不仅出身高贵，战功卓著，且才能出众，精通音律，当时有谚云：“曲有误，周郎顾。”李端也是精通音律的诗人，所以他引用此典，委婉地向意中人吐露心曲，可谓恰到好处，让在座嘉宾连连称赞。

这时被誉为“大历十才子之冠”的诗人钱起，表示不服气，质疑此为李端旧稿，不能算数，要求以其姓氏“钱”字为韵即席赋诗，有意为难李端。李端沉吟片刻，一首“钱韵”新诗随即出炉：

方塘似镜草芊芊，初月如钩未上弦。
新开金埒看调马，旧赐铜山许铸钱。
杨柳入楼吹玉笛，芙蓉出水妒花钿。
今朝都尉如相顾，愿脱长裾学少年。

一时间众人掌声雷动，赞不绝口。钱起不由得心服口服，升平公主更是兴奋，立刻兑现承诺将镜儿许配李端，并厚赏一份嫁妆。李端抱得美人归，成就一段风流佳话。

再说武则天“龙门夺袍”的故事。武则天建立大周之后，有次御驾临幸洛阳龙门，“命群官赋诗，先成者赐以锦袍”。由其文学侍从著名才女上官婉儿主持，并裁定优劣。结果左史东方虬诗先成，于是武则天赐之锦袍。东方虬拜赐方毕，宋之问七言歌行《龙门应制》诗成奉上，上官婉儿认为“文理兼美”，而且也得到大家公认，“左右莫不称善”。于是武则天将东方虬锦袍收回，转赐宋之问。

宋之问与沈佺期，并称“沈宋”。一次，唐中宗在昆明池举办诗歌大赛，命群臣应制赋诗百余首，选取最佳者为新翻御制曲。结果沈宋二人诗作，难分伯仲，不相上下。最后请上官婉儿当评委，一番斟酌后，宋之问被选中。且评曰：“二诗工力悉敌。沈诗落句云：‘微臣雕朽质，羞睹豫章材。’盖词气已竭。宋诗落句云：‘不愁明月尽，自有夜珠来。’犹陟健举。”意思是说，沈佺期的诗，结尾气韵已竭，而宋之问的诗，结尾仍余音绕梁，令人回味，故而略胜一筹。

宋之问虽有才，但品行不端，一生劣迹斑斑，不胜枚举。其不仅为媚附权贵而使尽各种手段，且还因诗杀亲做出伤天害理的事。诗人刘希夷是其外甥，与之年龄相仿，有次刘希夷新作一首《代悲白头翁》，新诗尚未公之于众，即拿给宋之问鉴赏。宋之问看后赞不绝口，尤其喜爱“年年岁岁花相似，岁岁年年人不同”之句，于是欲据为己有。刘希夷起初应允，可不久又反悔，因为他实在难以割爱。宋之问恼羞成怒，竟命家奴用土囊将他压死，可怜才子刘希夷，死时还不到三十岁。

结果在《全唐诗》中，出现一个奇怪现象：在刘希夷名下，这首诗题为《代悲白头翁》；在宋之问名下，这首诗题为《有所思》。内容只有三个字不同，刘诗是“洛阳女儿好颜色”，宋诗是“幽闺女儿惜颜色”，其余诗句则一模一样。

由于宋之问行为卑劣，形骸两忘，曾被唐中宗贬为泷州参军。而那首《渡汉江》：“岭外音书断，经冬复历春。近乡情更怯，不敢问来人。”便是他冒险逃亡回乡途经汉江时所作，故而诗中尽是畏怯不安。后又因宫廷政变流放钦州，唐玄宗即位后，宋之问被赐死于流放地，结束了最后的人生旅程，落了个客死异乡、未得善终的下场。

宋之问因诗杀亲，可谓骇人听闻，而诗人李涉因诗脱险的故事，却是饶有趣味。据载长庆年间，李涉前往九江看望弟弟，渡江时忽遇劫匪。众匪手执刀枪喝问：“船上何人?”船夫答道：“此乃太学李涉博士。”匪首听闻，马上收起刀枪，恭敬地说道：“若真是李博士，我们岂敢胡来。久闻李大人诗名，今日有幸相遇，请赐诗一首，在下感激不尽!”李涉听罢，于是铺纸挥毫，题写一首七绝《井栏砂宿遇夜客》赠之：

暮雨潇潇江上村，绿林豪客夜知闻。
他时不用逃名姓，世上于今半是君。

匪首得诗大喜，不但不抢李涉钱财，反而赠送诸多银两。由此趣闻可见，唐人是多么热爱诗歌，诗人是多么受人尊重，连绿林豪客都对诗人另眼相看，敬爱有加。至于诗人在社会上的受欢迎程度和广泛影响力，自不用提了。

整个锦绣大唐，俨然一场诗歌的狂欢，一场全民的诗会。上至公卿王侯，下至平民百姓，那些或精彩或纷繁的世事，入眼俱是景，落笔皆成诗，交织成一个朝代的非凡气韵，一个盛世的独特风华。

秦韬玉：女儿都是水做的骨肉

《洛丽塔》里有段人生金句："人有三样东西是无法隐瞒的：咳嗽、贫穷和爱，你想隐瞒却欲盖弥彰；人有三样东西是不该挥霍的：身体、金钱和爱，你想挥霍却得不偿失；人有三样东西是无法挽留的：时间、生命和爱，你想挽留却渐行渐远；人有三样东西是不该回忆的：灾难、死亡和爱，你想回忆却苦不堪言。"

《简·爱》中也有段经典名言："你以为，我因为贫穷、低微、矮小、不美，我就没有灵魂没有心吗？你想错了——我的灵魂和你一样，我的心也和你完全一样！要是上帝赐予我一点美和一点财富，我就要让你感到难以离开我，就像我现在难以离开你一样，我现在跟你说话，并不是通过习俗惯例，甚至不是通过凡人的肉体——而是我的精神在同你的精神说话：就像两个人都经过了坟墓，我们站在上帝脚跟前，是平等的——因为我们是平等的！”

这两段熟悉的话语，若借用一首唐诗来表达，那么秦韬玉这首《贫女》可谓恰如其分：

蓬门未识绮罗香，拟托良媒益自伤。
谁爱风流高格调，共怜时世俭梳妆。
敢将十指夸针巧，不把双眉斗画长。
苦恨年年压金线，为他人作嫁衣裳。

贫穷是来自生活的咳嗽，尊严是来自灵魂的宣言，而爱是一个美丽的错误，抑或一场艰难的跋涉。洛丽塔如此，简·爱如此，唐朝的贫女亦如此。

所谓“绿窗贫家女，寂寞二十余。荆钗不直钱，衣上无真珠。几回人欲聘，临日又踟蹰”。一个蓬门贫家女子，自幼粗衣布裳，从未有绫罗绸缎沾身。因为贫穷，虽然早已是待嫁之年，却总不见媒人前来问津。纵使良媒能托，亦知佳偶难觅，让人不禁倍加伤感。而红楼富家女，才生便有主，终日着罗绮，何曾识机杼？

可叹“寒女命自薄，生来多贱微。家贫人不聘，一身无所归。养蚕多苦心，茧熟他人丝”。如今的人们，竞相追求时髦的奇装异服，有谁来欣赏我不同流俗的高尚情操？敢夸十指灵巧针线活做得精美，决不天天描眉与人争短比长。月复一月，年复一年，个人的亲事茫然无望，却要日日压线刺绣，不停地为别人做嫁衣。

这是一件多么痛苦悲哀的事情，这是一种何其抑郁惆怅的心境——从家庭景况到个人亲事，从社会风气到自身志趣，其中有自伤自叹，亦有自矜自持，如春蚕吐丝，作茧自缚，一缕缕将自己愈缠愈紧，一层层令自己愈陷愈深。

特别是"苦恨年年压金线，为他人作嫁衣裳"，语意双关，含蕴丰富，广为传诵。这是一个未嫁贫女的独白，更是一声苍凉无奈的叹息。这样的世态人情，这样的操守格调，其调愈高，其和愈寡。

诗人以贫女口气自叹，实际上抒发对世态日趋庸俗、高尚深受冷落的感喟，流露出怀才不遇、寄人篱下的酸楚，直道出"为他人作嫁衣裳"的慨叹。其深刻的内涵，精辟的哲理，使全诗富有广泛的社会意义。

《红楼梦》里，有句《好了歌》注解如此说道："乱烘烘你方唱罢我登场，反认他乡是故乡；甚荒唐，到头来都是为他人作嫁衣裳!"浮世沧桑，命运无常，不过一首《好了歌》；人生一境，万境归空，尽在一首《好了歌》。

旧时贫女景况如此，那么宫女、贵妇、商妇景况如何呢？且看唐诗中这一幕幕生活镜头，皆是旧时女性被禁锢、被定格的人生缩影。在光阴的长卷上，她们比春花还妩媚，比烟花还寂寞。

"银烛秋光冷画屏，轻罗小扇扑流萤。天阶夜色凉如水，坐看牵牛织女星。"杜牧以一首《秋夕》描绘出一幅深宫生活图景，刻画出宫女孤独失意的生活与凄凉无依的境地。在那样的秋夕，白色蜡烛发出微弱的光，画屏呈现出暗淡幽冷的色调。清凉如水的夜色里，一个孤单的宫女，只能用轻罗小扇扑打着流萤，靠坐在石阶上遥看牵牛织女双星，来消遣那漫长无尽的岁月，寄托她满怀忧伤的心事，和对真挚爱情的向往。

“为有云屏无限娇，凤城寒尽怕春宵。无端嫁得金龟婿，辜负香衾事早朝。”李商隐以一首《为有》呈现出一名贵妇的苦恼怨情。虽然她生得年轻貌美，嫁得金龟婿，生活过得既富且贵，只是两情缱绻，春宵苦短，身为朝廷官员的夫婿，天不亮就要起身去早朝，只剩得她一人独守在闺房里，辜负了美景良辰，着实让人惆怅无端。

再如王昌龄《闺怨》：“闺中少妇不知愁，春日凝妆上翠楼。忽见陌头杨柳色，悔教夫婿觅封侯。”王维《秋夜曲》：“桂魄初生秋露微，轻罗已薄未更衣。银筝夜久殷勤弄，心怯空房不忍归。”李白《春思》：“燕草如碧丝，秦桑低绿枝。当君怀归日，是妾断肠时。春风不相识，何事入罗帏。”金昌绪《春怨》：“打起黄莺儿，莫教枝上啼。啼时惊妾梦，不得到辽西。”

有人说：“人生就像一座桥，我们自彼处来，往那头去，一边走，一边不住叹息，因恨事太多。”是的，人有悲欢离合，月有阴晴圆缺，此事古难全。这些珍藏于古典诗歌里的镜头，无不是旧时女子的种种情怀，种种闺怨。就连广寒宫里不食人间烟火的嫦娥，在诗人眼里一样有悔有恨：“云母屏风烛影深，长河渐落晓星沉。嫦娥应悔偷灵药，碧海青天夜夜心。”

唐诗宋词里的女儿如此，《红楼梦》里的女儿亦如此。金陵十二钗，从正册到副册，再到又副册，她们都是水做的骨肉，是一颗颗无价的珍珠，有着鲜明莹洁的美。其为质，则金玉不足喻其贵；其为性，则冰雪不足喻其洁；其为貌，则花月不足喻其色；其为神，则星日不足喻其精。

从金玉良缘到木石前盟，从阆苑仙葩到美玉无瑕，从气质美如兰到才华馥比仙，从山中高士晶莹雪到世外仙姝寂寞林，那种“烈火烹油、鲜花着锦”的繁华，那些“千红一窟、万艳同杯”的故事，说来都是奈何天、伤怀日、寂寥时，都是枉凝眉、乐中悲、终身误，都是怀金悼玉的慈悲，都是开辟鸿蒙的传奇。

那是一程极为绚丽的风景，是我们不曾经历的梦境。那是一场原应叹息的往事，是古今一梦尽荒唐的浮生。那是滴不尽相思血泪抛红豆，开不完春柳春花满画楼，是遮不住的青山隐隐，流不断的绿水悠悠……

韦应物：浮云流水皆成诗

我想起上中学时，有回听老师讲诗词故事，说在一次朝廷书画考试中，主考官分别以诗句“深山藏古寺”“踏花归去马蹄香”“野渡无人舟自横”为题，让应试画家按题作画，择优录取。结果在众多画作中，仅有一位画家画作独具匠心，构思新颖绝妙，从而拔得头筹。

诗画以意境为最上，那么这位画家是如何独辟蹊径，别开生面的呢？

原来“深山藏古寺”画面上，只见崇山峻岭，烟树苍苍，唯不见古寺，只有一名小僧沿着蜿蜒山路，在山下河边汲水；“踏花归去马蹄香”画面上，是一个骑马的游人，于黄昏游春归去，几只蝴蝶追逐着马蹄蹁跹飞舞；“野渡无人舟自横”画面上，则是芳草萋萋、水平如镜的野渡旁，安静泊着一叶小舟，几只白鹭，于船舷上悠然小憩，像一朵朵云落在水边。

少年时代这堂诗词课，一直让我记忆犹新，可谓有关诗画审美的启蒙。我们知道“野渡无人舟自横”出自韦应物《滁州西涧》，而那堂课老师所讲主题，正是这首七绝，老师首先以故事引人入胜，堪称别出心裁：

独怜幽草涧边生，上有黄鹂深树鸣。
春潮带雨晚来急，野渡无人舟自横。

这首著名山水诗，是韦应物代表作之一，乃其任滁州刺史时所作。滁州西涧，位于滁州城西郊野，这里景色清幽令人喜爱，是他常来光顾的地方。一个春天的傍晚，他又独步来此赏景，从而写下这首诗情画意的绝句。

《红楼梦》里，因为香菱痴迷学诗，宝钗曾有“杜工部之沉郁，韦苏州之淡雅，温八叉之绮靡，李义山之隐僻，呆香菱之心苦，疯湘云之话多”的雅谑，读来让人莞尔。其中韦苏州，便是韦应物。其诗多写山水田园，清丽闲淡，清新自然，而饶有生趣，是中唐艺术成就较高的诗人。后人每以王维、孟浩然、韦应物、柳宗元为唐代山水田园诗派代表，并称“王孟韦柳”。

韦应物出身豪门望族京兆韦氏，自汉至唐代有人物，衣冠鼎盛，贵宦辈出。彼时长安有谚云：“城南韦杜，去天尺五。”意思是韦杜这两个世家高门，离皇帝很近，家世显赫，权倾朝野。韦应物“早年豪纵不羁，横行乡里，乡人苦之”，十五岁就成为唐玄宗近侍，此乃世家子弟才能担任的清贵之职，可以出入宫闱，扈从游幸，享尽骄奢生活。可以说韦应物少年得意，是个跋扈轻薄的五陵闲少，并未认真读书做人，种种荒唐行径，令人又爱又恨。

有道是：“渔阳鼙鼓动地来，惊破霓裳羽衣曲。九重城阙烟尘生，千乘万骑西南行。”安史之乱爆发后，唐玄宗逃奔西蜀，韦应物流落失职，自此他始痛改前非，立志读书，少食寡欲，常焚香扫地而坐，从纨绔富贵子弟，蜕变为饱读诗书人士。这点与苏轼之父苏洵有些类似，《三字经》里便有“苏老泉，二十七，始发愤，读书籍”的典故，后来苏洵终成一代名家，“眉山三苏”从而同登“唐宋八大家”之列，享誉中外，辉耀古今。

如果不是一场安史之乱，韦应物或许不会幡然醒悟，那么世上可能就多了一个有恃无恐的武官，而少了这么一位成就斐然的诗人。话说此后近三十年间，韦应物大多出任地方官，且勤政廉洁，两袖清风，不做亏心事，不说昧心话，并时时反躬自责，满是忧时爱民的仁者心肠。且看其七律《寄李儋元锡》所云：

去年花里逢君别，今日花开又一年。
世事茫茫难自料，春愁黯黯独成眠。
身多疾病思田里，邑有流亡愧俸钱。
闻道欲来相问讯，西楼望月几回圆？

此诗约作于兴元元年（784）春天，当时韦应物仍任滁州刺史。李儋、元锡都是他的诗交好友，于长安分别一年后托人问候。他遂写下此诗寄赠以答，诉说国乱民穷造成的内心矛盾，抒发与友人别后的思念盼望。尤其“身多疾病思田里，邑有流亡愧俸钱”两句，自宋代以来，甚受赞扬，范仲淹叹为“仁者之言”，朱熹盛称“贤矣”。

彼时长安尚为朱泚盘踞，皇帝逃难在奉天，消息不通，情况不明，而诗人自感无所作为，一筹莫展，多病之躯让他想归隐田园，看着百姓流亡又觉愧对国家俸禄。这样忧国忧民的情怀，着实令人感佩。

一场战乱，打破了人们原本平静的生活，也割断了亲友之间的联系，令百姓流离失所，让大唐满目疮痍。能苟活于乱世已是万幸，更莫提久别重逢了。当韦应物与阔别十年的好友于淮上猝然相遇，是何其激动喜悦，所以他感慨地写下五律《淮上喜会梁州故人》：

江汉曾为客，相逢每醉还。浮云一别后，流水十年间。
欢笑情如旧，萧疏发已斑。何因不归去？淮上有秋山。

诗家胜境，贵在有萧散冲淡之气。此诗无一笔不萧散，无一字不自然，无不体现出冲淡而潇洒的美学情趣。有学者评曰，此诗的剪裁功夫，与绘画艺术里的“密不通风，疏可走马”有异曲同工之妙。古诗中，常以“浮云”象征漂泊不定，变幻无常；以“流水”象征岁月如流，年华易逝。“浮云一别后，流水十年间”两句流水对，洗练自然，意境空灵。

浮云伴着游子归，明月静影沉璧一般，倒映在清澈的流水里，恰似江心盛开的一朵莲花。何以解忧怀，何以慰风尘，除却一瓢酒，唯有故人情了。你问我，为何不一同归去呢，只因淮上有秀美的秋山啊！

我感慨世事如浮云，岁月如流水；我怀念往日，却也眷恋当下。那种沧桑变幻的际遇，那份悲喜交集的心情，纵有千言万语，也不知从何说起。还是去看一回秋山，赏一回秋景吧，客里相逢，不醉不归，愿欢声笑语仍如旧，让浮云流水皆成诗。

人生是一期一会的过程，有多少相聚，就有多少别离。比如这首《赋得暮雨送李曹》，就是韦应物送别友人的诗篇，于送别之中写尽邈远之景，渲染无限离愁，前后呼应，一脉贯通，浑然一体，情景交融：

楚江微雨里，建业暮钟时。漠漠帆来重，冥冥鸟去迟。
海门深不见，浦树远含滋。相送情无限，沾襟比散丝。

所谓“赋得”，即分题赋诗，是古人学习作诗、科举考试及诗人集会时的一种诗体。想来那次诗会上，韦应物分得的诗题是“暮雨”，故称“赋得暮雨”。李曹其人其事，以及与韦应物的关系，似已无考，不过从诗中可以看出，两人情谊颇深。那种难得一见的相逢，那种黯然神伤的别意，读来让人泪眼朦胧。

且看“海门深不见，浦树远含滋。相送情无限，沾襟比散丝”，不似王勃“海内存知己，天涯若比邻。无为在歧路，儿女共沾巾”般洒脱旷达，倒与白居易“远芳侵古道，晴翠接荒城。又送王孙去，萋萋满别情”的情境相通。

尽管一个是暮雨之时，一个是晴翠之时，可那种依依惜别之情，一样的入诗入画。既是一种幽远心绪，亦是一种动人风景。

李商隐：他是晚唐雨中的蝴蝶

如果说李白的人生，是一条浩浩荡荡的江河，既有“轻舟已过万重山”的惬意时分，也有“奔流到海不复回”的豪迈气势，那么李商隐的人生，便是一场连绵不绝的阴雨，不是“红楼隔雨相望冷”的春之惆怅，便是“巴山夜雨涨秋池”的秋之思念，抑或“留得枯荷听雨声”的秋之清寂。

李商隐的一生，是困顿而失意的，也是朦胧而幽深的。

他是一只晚唐的蝴蝶，一只雨中的蝴蝶。只有在庄生的梦里，他才会醒来。一生郁郁不得志，所有的锦瑟流年，所有的情怀抱负，皆被坎坷仕途所消磨殆尽了。当一个人的梦想，被命运改写得面目全非，当一个人的才华，被现实世界莫名辜负，幸好还有诗歌与爱情，来排遣种种郁闷和不安。诗歌是一种搭救，爱情是一种成全，让我们看到一个多愁善感的李商隐，一个深情缠绵的李商隐。

盛唐锦天绣地，晚唐风雨飘摇。那繁华末世的浮华表象下，是一场即将谢幕的忧伤，一场几近虚空的寂寥。唯有这只雨中的蝴蝶，忧郁而多情地飞着，越飞越疲倦，越爱越孤独。

他英俊儒雅，文采斐然，天生一颗浪漫绵密的诗心。他的一生，是充满悬念的一生，也是摇曳多姿的一生。尤其他的爱情，扑朔迷离，唯美动人，隐藏着许多不为人知的故事，呈现出几分绮丽的色调，几缕旖旎的情致，让人一旦爱上，便欲罢不能。

他是一个千年的情圣，最美的情话叫《无题》。有时轰轰烈烈："直道相思了无益，未妨惆怅是清狂"，有时情意绵绵："相见时难别亦难，东风无力百花残"，有时惊心动魄，一波三折："刘郎已恨蓬山远，更隔蓬山一万重"，有时荡气回肠，讳莫如深："曾是寂寥金烬暗，断无消息石榴红"。

其诗无题，似画留白，这就是东方人的古典含蓄之处。无题之无，以一无藏纳所有情意，裹束一切深埋于心的秘密。其妙处不足为外人道也，只有懂得的人，方能心领神会。是此时无声胜有声，无为有处有还无，是心有灵犀一点通，不着一字，尽得风流。因为他根本不是在写诗叙事，而是一个人的自言自语，一个人的身世之叹，一种内心情感的寄托。所有的忧郁、寂寥与哀伤，所有的美好、孤独与苍凉，都是自己的，与他人无关。

他是一个失意的儒生，一生成也爱情，败也爱情。俗话说男怕入错行，女怕嫁错郎。可一个男人如娶错了妻，又入错了行，那更是挺麻烦的。可以说，是一场爱情与婚姻，彻底毁灭了他，使他不可避免地卷入“牛李党争”的政治旋涡而备受排挤。

熟悉李商隐生平的人都知道，早年的他，因文才而深得牛党要员令狐楚的赏识，后李党的王梦元爱其才将女儿嫁给他，夫妻感情倒是琴瑟和谐，可他却因这桩婚姻而遭到牛党的排斥。牛李党争是压垮大唐帝国的最后一根稻草，而李商隐的婚姻，一下子就将他置身于两大政治势力的夹缝里头，陷入三面不讨好的尴尬境地。

在牛党这头，他被指责为“放利偷合”的叛徒；在李党这头，他终究不是自己人；在吃瓜群众看来，他太投机，不道德，是宵小。从此，他便在“牛李党争”的夹缝中求生存，辗转于各藩镇当幕僚，终究备受倾轧，郁郁不得志，潦倒终身，以致辜负了“欲回天地入扁舟”的壮志。

还能说什么呢，他不仅是官场不得志，而且是仕途上被判处了死刑，没有任何转机的灰心绝望了。真是虚负凌云万丈才，一生襟抱未曾开。他眼中看到的尽是盛唐的背影，不禁千古一叹：“向晚意不适，驱车登古原。夕阳无限好，只是近黄昏。”眼前一片迟暮之色，既是命运的不可逆转，也暗喻了江河日下、气势衰微的晚唐之景。

从此他成了忧郁且多情的诗人，晚唐时期最杰出的诗人。有人说，他的灵感总是在东风无力之时，不期而至；他耗尽一生为万物寻找对仗，却无从给自己一个完美的下联，只用两三个典故，潦草地写意着人生；他是孤独无匹的存在，他的残缺抑或完美，是让我们彻夜难眠的病根。

且看他借《锦瑟》来追忆逝水年华："锦瑟无端五十弦，一弦一柱思华年。庄生晓梦迷蝴蝶，望帝春心托杜鹃。沧海月明珠有泪，蓝田日暖玉生烟。此情可待成追忆，只是当时已惘然。"

且看他用《春雨》来排遣满腹相思："怅卧新春白袷衣，白门寥落意多违。红楼隔雨相望冷，珠箔飘灯独自归。远路应悲春晼晚，残宵犹得梦依稀。玉珰缄札何由达，万里云罗一雁飞。"

且看他以《碧城三首》构筑一个爱情自由国，既神秘莫测，也扑朔迷离，看似朦胧不可解，却又婉转且精致。这是一种隐幻的美，繁复的美，幽深的美，读来有一种新鲜的愉快。从"星沉海底当窗见，雨过河源隔座看"，到"对影闻声已可怜，玉池荷叶正田田"，再到"七夕来时先有期，洞房帘箔至今垂"，俨然一部爱的编年史，抑或爱的三部曲，直以诗歌的形式，写出了一部长篇言情小说来：

碧城十二曲阑干，犀辟尘埃玉辟寒。
阆苑有书多附鹤，女床无树不栖鸾。
星沉海底当窗见，雨过河源隔座看。
若是晓珠明又定，一生长对水晶盘。

对影闻声已可怜，玉池荷叶正田田。
不逢萧史休回首，莫见洪崖又拍肩。
紫凤放娇衔楚佩，赤鳞狂舞拨湘弦。
鄂君怅望舟中夜，绣被焚香独自眠。

七夕来时先有期，洞房帘箔至今垂。
玉轮顾兔初生魄，铁网珊瑚未有枝。
检与神方教驻景，收将凤纸写相思。
武皇内传分明在，莫道人间总不知。

也许一首诗真正的魅力，就在于它的幽深无尽之美。所谓“诗无达诂”，正因为它没有唯一的真相，所以形成无限的可能。李商隐的诗歌，在晚唐独树一帜，开创了诗歌的新风格和新境界。其诗以含蓄隐晦、痴情缠绵、风格秾丽，却又多伤感哀苦为主要特征，故而有“诗家总爱西昆好，独恨无人作郑笺”之说。其悲怆哀怨的情思、香草美人的寄寓手法，源于屈原；其意旨遥深、归趣难求的风格，与阮籍有相通之处；杜甫诗歌忧国忧民的精神、沉郁顿挫的风格，齐梁诗歌的精工艳丽，以及李贺诗歌的玄幻奇峭风格，都影响了李商隐。有学者评价：“于李杜后，能别开生路，自成一家者，唯李义山一人。”

也许一千个人心中，便有一千个李商隐。每一个李商隐，都可以抵达我们的灵魂深处。

李商隐的爱情故事，是缠绵悱恻且神秘朦胧的。相传他一生不同阶段，分别有不同的异性对象，是个多情种子。至于个中隐秘玄奥，我们大可不必费尽疑猜，或者缘木求鱼了。只是从他的诗篇中，我们不难看出，他又是一个深情且忧患的男子。一辈子，注定活在命运的夹缝里，注定没有完整的爱情。一管古典的羊毫，一提起来就悬了千年，一旦他开始追忆，时间便陷入一片惘然。

殊不知，生命本就是一场多情的流浪，任何美妙的深情，到最后都是无尽的忧郁和苍凉。何况一只晚唐的蝴蝶，一只雨中的蝴蝶呢？

第六卷　典衣沽酒，同销万古愁

红尘中所有的纷纷扰扰，
人世间任何的霸业雄图，
无不在三杯两盏淡酒里谈过。
千年来永远的阴晴圆缺，
一生中经历的悲欢离合，
无不在一壶清茶里慢慢消磨。

李白：绣口一吐就半个盛唐

南怀瑾先生说："人生最高境界是：佛为心，道为骨，儒为表，大度看世界；技在手，能在身，思在脑，从容过生活。三千年读史，不外功名利禄；九万里悟道，终归诗酒田园。"

从某个角度来看，李白、杜甫和王维，这三位最为著名的唐朝诗坛巨擘，无不深受儒佛道的熏陶，活出了别样的人生境界。

诗圣杜甫崇尚儒家，号少陵野老，出身于世代奉儒守官、家学渊博的家庭。"致君尧舜上，再使风俗淳"，是他毕生的心志抱负和理想追求。先祖乃晋代大学者、名将杜预，祖父杜审言是初唐著名诗人。

诗佛王维崇尚佛学，号摩诘居士，生于人人称羡的名门望族。自幼浸染翰墨书香，精通诗书画印，是少有的全才。喜欢参禅悟道，醉心山水田园，“一悟寂为乐，此生闲有余”，一直过着半仕半隐的生活。

而诗仙李白崇尚道教，号青莲居士，又号谪仙人。从少年时起就潜心研习道经，深受黄老列庄思想影响。曾言：“我本楚狂人，凤歌笑孔丘。手持绿玉杖，朝别黄鹤楼。五岳寻仙不辞远，一生好入名山游。”

李白既是诗仙，又是酒仙，一生潇洒奔放，一世倜傥不群，笔落惊风雨，诗成泣鬼神。在他现存的近千首诗作中，与酒相关的就占四分之一，而且饮酒的场景，也是天南地北，包罗万象。杜甫曾言：“李白斗酒诗百篇，长安市上酒家眠。天子呼来不上船，自称臣是酒中仙。”

林清玄先生在《温一壶月光下酒》中说：“喝淡酒时，宜读李清照；喝甜酒时，宜读柳永；喝烈酒时，则大歌东坡词；其他如辛弃疾，应饮高粱小口；读放翁，应大口喝大曲；读李后主，要用马祖老酒煮姜汁到出怨苦味时最好；至于陶渊明、李太白则浓淡皆宜，狂饮细品皆可。”

不由得问一声青莲居士，樽中月影，或许那才是你故乡，常得你一生痴痴地仰望？

这是一杯盛满山水田园之美的酒，一杯情景交融、色彩鲜明的酒，一杯自然优美、醇厚质朴的酒。当年李白隐居终南山时，徜徉于山月翠微之间，路遇一位复姓斛斯的隐士，友人留宿置酒款待，那种相携欢言、长歌松风的情景，可谓赏心乐事，陶然忘机。于是他挥毫写下这首《下终南山过斛斯山人宿置酒》：

暮从碧山下，山月随人归。却顾所来径，苍苍横翠微。
相携及田家，童稚开荆扉。绿竹入幽径，青萝拂行衣。
欢言得所憩，美酒聊共挥。长歌吟松风，曲尽河星稀。
我醉君复乐，陶然共忘机。

这是一杯盛满江南风物之美的酒，一杯春色宜人、其乐融融的酒，一杯依依惜别、情韵悠长的酒。彼时李白出蜀往游金陵，大约逗留了半年有余，于开元十四年（726）春再赴扬州临行之际，朋友在酒肆为他饯行，李白就着浓浓的花香和酒香，一首《金陵酒肆留别》援笔诗成：

风吹柳花满店香，吴姬压酒劝客尝。
金陵子弟来相送，欲行不行各尽觞。
请君试问东流水，别意与之谁短长？

这是一杯盛满寂寞孤独滋味的酒，一杯怀才不遇、抑郁苦楚的酒，一杯忧愁无端、傲然不群的酒。天宝三载（744），身在长安的李白，正处于官场失意之时。无人亲近的冷落，理想不能实现的愤懑，使他心情格外孤寂愁闷。但他又是狂放乐观、桀骜不驯的个性，追求自由卓越，向往旷达光明，遂以月为友，对酒当歌，及时行乐，吟出《月下独酌》四首，此乃其一：

花间一壶酒，独酌无相亲。举杯邀明月，对影成三人。
月既不解饮，影徒随我身。暂伴月将影，行乐须及春。
我歌月徘徊，我舞影零乱。醒时同交欢，醉后各分散。
永结无情游，相期邈云汉。

这是一杯盛满种种人生感怀的酒，一杯起伏跌宕、心绪茫然的酒，一杯才高志大、气象非凡的酒，一杯昂扬奋进、豪放雄奇的酒。天宝年间李白奉诏入京，他很想干出一番惊天动地的大事业，但没被唐玄宗重用，只担任了翰林供奉。不久又受到权臣谗毁排挤，两年后被“赐金放还”，变相撵出长安。仕途受挫、功名无成的李白，壮志难酬、雄心万丈的李白，遂写下《行路难》三首，其一如下：

金樽清酒斗十千，玉盘珍羞直万钱。
停杯投箸不能食，拔剑四顾心茫然。
欲渡黄河冰塞川，将登太行雪满山。
闲来垂钓碧溪上，忽复乘舟梦日边。
行路难！行路难！多歧路，今安在？
长风破浪会有时，直挂云帆济沧海。

至于七言歌行《将进酒》，绝对是饮酒的巅峰之作，经典的绝世名篇，堪称最惬意的畅饮，最狂放的劝酒辞，如同大河奔流，一泻千里，有一种高风绝尘的境界。那是李白被“赐金放还”八年之后，长期漫游山水的李白，多次与友人岑勋、元丹丘登高宴饮，纵情放歌，仰天一笑，快意平生。尽管此时李白已年过半百，两鬓斑白，少年子弟江湖老，但一壶美酒，足可让他精神焕发，抛开俗世的纷扰悲苦，重回往日的年少轻狂。人生乐事，莫若酒逢知己，于是他借酒兴寄诗情，抒发满腔豪侠之气，表达心中万千感慨：

君不见，黄河之水天上来，奔流到海不复回。
君不见，高堂明镜悲白发，朝如青丝暮成雪！
人生得意须尽欢，莫使金樽空对月。
天生我材必有用，千金散尽还复来。
烹羊宰牛且为乐，会须一饮三百杯。
岑夫子，丹丘生，将进酒，杯莫停！
与君歌一曲，请君为我倾耳听：
钟鼓馔玉不足贵，但愿长醉不复醒。
古来圣贤皆寂寞，唯有饮者留其名。
陈王昔时宴平乐，斗酒十千恣欢谑。
主人何为言少钱，径须沽取对君酌。
五花马，千金裘，呼儿将出换美酒，与尔同销万古愁！

痛饮狂歌空度日，飞扬跋扈为谁雄？为侠为仙、游历交友和饮酒作诗，可以说是李白生命里最精彩的部分，所有的爱恨情愁、喜怒哀乐，尽付诸琴剑诗酒之中。他的人生洋洋洒洒，蔚然壮观，无不辉映出盛唐的锦绣山水，散发着盛唐的诗香酒香。

还是诗人余光中说得好：“酒入豪肠，七分酿成了月光，余下的三分啸成剑气，绣口一吐就半个盛唐。从开元到天宝，从洛阳到咸阳，冠盖满途车骑的嚣闹，不及千年后，你的一首水晶绝句轻叩我额头，当地一弹挑起的回音。”

李白的一生，是剑侠纵横的一生，既有“大鹏一日同风起，扶摇直上九万里”的凌云壮志，也有“人生在世不称意，明朝散发弄扁舟”的遗世高蹈。

李白的一生，是慷慨激昂的一生，既有“仰天大笑出门去，我辈岂是蓬蒿人”的豪放不羁，也有“安能摧眉折腰事权贵，使我不得开心颜”的铮铮铁骨。

李白的一生，是诗酒风流的一生，既有“两人对酌山花开，一杯一杯复一杯”的浪漫悠闲，也有“唯愿当歌对酒时，月光长照金樽里”的飘逸旷达……

杜甫：他从来就不曾醉过

中国民间传说中，“八仙过海，各显神通”的神话，可谓家喻户晓。相传一次八仙在蓬莱阁上聚会，酒至酣时，铁拐李提议乘兴到海上一游。众仙齐声附和，并言定各凭道法渡海，不得乘舟。汉钟离率先把芭蕉扇往海里一扔，袒胸露腹仰躺在扇子上，向远处漂去。何仙姑接着将荷花往水中一抛，顿时红光万道，仙姑伫立荷花之上，凌波而行。随后吕洞宾、张果老、曹国舅、铁拐李、韩湘子、蓝采和，也纷纷将各自宝物抛入水中，借助宝物大显神通，游向东海。蓬莱也因八仙过海，而扬名中外。

且说天宝五载（746），三十五岁的杜甫来到长安，开始了十年客居长安的生活。当时长安真是少长咸集，风云际会，城中有八人俱善饮，号称“酒中八仙人”。他们是：

贺知章、李琎、李适之、崔宗之、苏晋、李白、张旭、焦遂。杜甫曾与他们结识，遂将他们写进一首《饮中八仙歌》中，以追叙的方式、洗练的语言和人物速写的笔法，构成一幅栩栩如生的群像图，真是“八仙饮酒，各显醉态”：

知章骑马似乘船，眼花落井水底眠。
汝阳三斗始朝天，道逢麹车口流涎，恨不移封向酒泉。
左相日兴费万钱，饮如长鲸吸百川，衔杯乐圣称避贤。
宗之潇洒美少年，举觞白眼望青天，皎如玉树临风前。
苏晋长斋绣佛前，醉中往往爱逃禅。
李白一斗诗百篇，长安市上酒家眠。
天子呼来不上船，自称臣是酒中仙。
张旭三杯草圣传，脱帽露顶王公前，挥毫落纸如云烟。
焦遂五斗方卓然，高谈雄辩惊四筵。

这“饮中八仙”里，首先出现的是贺知章，他是资格最老、年事最高的一位。杜甫用幽默夸张的手法，描摹贺知章酒后醉态，滑稽谐谑，情调欢快，将贺知章旷达纵逸的个性，表现得惟妙惟肖，直让人想起倒骑毛驴的张果老。

唐代孟棨《本事诗》录有许多唐朝诗人逸事，其中有则“金龟换酒”即是关于贺知章与李白的轶闻：“李太白初自蜀至京师，舍于逆旅。贺监知章闻其名，首访之，既奇其姿，复请所为文，出《蜀道难》以示之。读未竟，称叹者数四，号为‘谪仙’。解金龟换酒，与倾尽醉，期不间日，由是称誉光赫。”

后来贺知章去世，李白忆及当年吃酒作诗的往事，曾写下《对酒忆贺监二首》，表达对前辈知交的深切怀念，以及物是人非的怅然感叹：“四明有狂客，风流贺季真。长安一相见，呼我谪仙人。昔好杯中物，今为松下尘。金龟换酒处，却忆泪沾巾。”

八位酒仙是同时代的人，又都在长安生活，有王公宰相，也有布衣百姓，但全是嗜酒如命、豪放不羁的性格。《饮中八仙歌》纯用漫画素描的手法，写出了他们的平生醉趣，可谓一首颇富特色的“八仙肖像诗”，生动呈现了盛唐文人士大夫乐观旷达的精神风貌。前人评曰：八人中唯太白有谪仙之号，余七人皆未尝仙也，然因其自号“酒中八仙”，少陵遂从而仙之。至今读其诗，不但飘飘有仙气，亦且拂拂有酒气。

此时杜甫正值人生壮年，又初至大唐都城，自是踌躇满志、热情奔放的，从而写下如此酒气盎然、妙趣横生的诗歌。随着应试落选、科考无门、仕途失意、生活困顿等现实磨难接踵而至，特别是“安史之乱”爆发后，杜甫一直处在流离之中，那漫长的岁月和凄楚的漂泊，无异于一杯杯时事与命运所酿的苦酒。比如七律《曲江二首》，就是一杯苦涩的酒，浸透了无尽的人生况味：

一片花飞减却春，风飘万点正愁人。
且看欲尽花经眼，莫厌伤多酒入唇。

江上小堂巢翡翠，苑边高冢卧麒麟。
细推物理须行乐，何用浮荣绊此身？

朝回日日典春衣，每日江头尽醉归。
酒债寻常行处有，人生七十古来稀。
穿花蛱蝶深深见，点水蜻蜓款款飞。
传语风光共流转，暂时相赏莫相违。

这是乾元元年（758）暮春，安史之乱仍在继续，其时京城虽然收复，但兵革未息，时任左拾遗的杜甫，眼见山河满目疮痍，心境十分杂乱。曲江又名曲江池，位于长安城南朱雀桥之东，是唐代著名的游览胜地。而曲江的盛衰，就是大唐盛衰的缩影。

杜甫在曲江看花吃酒，即便良辰美景，也无赏心乐事，一片花瓣轻轻飞落，让人感到春色已减，风飘万点飞花，怎不令人发愁？从春光易逝到触景生情，从典衣沽酒到江头醉归，从遍身酒债到人生苦短，无不是托物言志，借酒消愁，以哀时感事，极见伤春之情。

再如这首《赠卫八处士》，亦是一杯沧桑的酒，读来令人动容。那种世事渺茫、悲欣交集的感慨，俯拾皆是，无所不在：

人生不相见，动如参与商。今夕复何夕，共此灯烛光。
少壮能几时，鬓发各已苍。访旧半为鬼，惊呼热中肠。

焉知二十载，重上君子堂。昔别君未婚，儿女忽成行。
怡然敬父执，问我来何方。问答未及已，驱儿罗酒浆。
夜雨剪春韭，新炊间黄粱。主称会面难，一举累十觞。
十觞亦不醉，感子故意长。明日隔山岳，世事两茫茫。

卫八处士，是杜甫少年时代好友，名字和生平事迹已不可考。处士，指隐居不仕的人；八，是处士的排行。那是乾元二年（759）春天，因上疏救房琯，被贬为华州司功参军的杜甫，自洛阳经潼关回华州时经过奉先。卫八的家就在奉先，于是杜甫前去拜访住在乡间的旧友，写下这首动情之作相赠。

一别匆匆二十载，人生聚少离多，别时容易见时难，就像天上的参星和商星，一出一没，此起彼伏，难得相遇一回。今夕复何夕，可以共此灯烛叙谈，倏忽青春都不再，你我两鬓皆如霜。昔日往来的朋友，一半已去世，实在令人心惊，让人哀叹。

当年分别时，你还没有结婚成家，如今你的子女已成帮成行。他们彬彬有礼地笑迎父亲老友，亲切询问我来自何方？还来不及讲述完所有往事，你就催促儿女快把酒菜摆上。冒着夜雨剪来新鲜的韭菜，呈上新煮的黄米饭让我品尝。你感慨见面机会太难得，和我开怀畅饮，一连喝干十几杯还没有醉意。你对老友的情深意长，着实教人感动。明日别后，又相隔重重山岳，世事茫茫，真令人愁绪难断啊！

杜甫的一生，是生不逢时、颠沛流离的一生，是心系苍生、胸怀国事的一生。诗圣杜甫的酒，不似诗仙李白的金樽清酒，满怀沉醉的浪漫豪放，而大都是旧醅浊酒，是内心愁苦的郁结。他从来就不曾醉过，一生自始至终，一直痛苦且深刻地清醒着。

从“嗜酒爱风竹，卜居必林泉”的向往，到“此身醒复醉，乘兴即为家”的张扬，从“宽心应为酒，遣兴莫过诗”的情怀，到“明日隔山岳，世事两茫茫”的惆怅……我们可以看到诗圣辗转起伏的心路历程，深情慈悲的灵魂世界。

从“春酒杯浓琥珀薄，冰浆碗碧玛瑙寒”的奢华，到“酒债寻常行处有，人生七十古来稀”的感慨，从“盘餐市远无兼味，樽酒家贫只旧醅”的清苦，到“艰难苦恨繁霜鬓，潦倒新停浊酒杯”的孤独……我们可以看到诗圣忧国忧民的高尚情操，沉郁怆然的风骨精神。

王维：一壶浊酒尽余欢

“长亭外，古道边，芳草碧连天。晚风拂柳笛声残，夕阳山外山。天之涯，地之角，知交半零落。一壶浊酒尽余欢，今宵别梦寒……”李叔同作词的这首歌曲《送别》，在中国堪称骊歌的不二经典。

当年李叔同留日期间，日本词作家采用美国歌曲《梦见家和母亲》的旋律，填写了一首歌曲《旅愁》，在日本传唱不衰。李叔同根据此曲调，于1915年创作了《送别》，以长亭、古道、芳草、晚风、杨柳、笛声、夕阳、远山等古典诗词中的传统意象，构成一幅情思空灵、意蕴悠长的送别图。淡淡的笛音吹出离愁，清绝的歌声唱响别绪，音乐起伏平缓，扣人心弦，听之让人百感交集，有种契入灵魂的美。

在一千多年前的唐朝，王维的这首《渭城曲》，亦堪称盛唐骊歌的经典之作。此诗又名《送元二使安西》，是王维送朋友元二去西北边疆时所写：

渭城朝雨浥轻尘，客舍青青柳色新。
劝君更尽一杯酒，西出阳关无故人。

彼时，元二奉朝廷之命出使安西都护府。王维到渭城为之饯行，写下这首情景交融、动人心怀的佳作，道出深挚的惜别之情。在唐代便被谱成《阳关三叠》，后又被编入乐府，成为饯别名曲，千古流传。

白居易《对酒五首》中便有“百岁无多时壮健，一春能几日晴明。相逢且莫推辞醉，听唱阳关第四声”之句，且注明：“第四声：劝君更尽一杯酒，西出阳关无故人。”可见《阳关三叠》咏唱时，应是首句不叠，其他三句重叠。否则“劝君”一句，不可能成为第四声。

有道是：“几条杨柳，沾来多少啼痕；三叠阳关，唱彻古今离恨。”前人评曰：“唐人别诗，《渭城曲》为绝唱。首句藏行尘，次句藏折柳，更万首绝句，亦无复近，古今第一矣。”明代胡应麟《诗薮》亦言：“郑谷‘数声风笛离亭晚，君向潇湘我向秦’许浑‘日暮酒醒人已远，满天风雨下西楼’，岂不一唱三叹，而气韵衰飒殊甚。‘渭城朝雨浥轻尘，客舍青青柳色新’自是口语，而千载如新。此论盛唐、晚唐三昧。”

“数声风笛离亭晚，君向潇湘我向秦”，出自晚唐郑谷《淮上与友人别》：“扬子江头杨柳春，杨花愁杀渡江人。数声风笛离亭晚，君向潇湘我向秦。”以江头春色、杨花柳丝、离亭宴饯、风笛暮霭等物象情景，对离情进行反复渲染，充分展现临歧握别的黯然伤魂，各向天涯的无限愁绪，南北异途的深长思念，乃至漫长旅程中的无边寂寞。

“日暮酒醒人已远，满天风雨下西楼”，则出自晚唐许浑《谢亭送别》：“劳歌一曲解行舟，红叶青山水急流。日暮酒醒人已远，满天风雨下西楼。”这是许浑在宣城谢亭送别友人时所写。谢亭，又叫谢公亭，南齐诗人谢朓任宣城太守时所建。他曾在这里送别朋友范云，后来谢亭就成为宣城著名的送别之地。李白《谢公亭》诗言：“谢亭离别处，风景每生愁。客散青天月，山空碧水流。”

古人重视离别，常折柳相赠。所谓“有心栽花花不发，无心插柳柳成荫”，柳树的特点是“随地可活”，这正可以用来祝愿远行的亲友，无论离别后去往何方，都能随遇而安，一切顺遂。希望他到达新的地方，能像柳树一样很快地生根发芽。柳枝飘拂，有如别情依依，“柳”又谐音“留”，赠柳表示留念，一为不忍分别，二为永不忘怀。

李白《忆秦娥》词中，有“箫声咽，秦娥梦断秦楼月。秦楼月，年年柳色，灞陵伤别”之句，形象生动地写到唐朝“灞桥折柳赠别”的习俗。长安灞桥两岸，十里长堤，一步一柳。凡送别亲人好友东去，大都送到灞桥后才分手，并折下柳枝相赠。

从《诗经·采薇》的“昔我往矣，杨柳依依。今我来思，雨雪霏霏”，到汉乐府《折杨柳歌辞》的“上马不捉鞭，反折杨柳枝”，从李白《春夜洛城闻笛》的“此夜曲中闻折柳，何人不起故园情”，到王之涣《凉州词》的“羌笛何须怨杨柳，春风不度玉门关”……从“纤纤折杨柳，持此寄情人”，到“无令长相思，折断杨柳枝”，从“攀条折春色，远寄龙庭前”，到“客亭门外柳，折尽向南枝”，真是“杨柳东风树，青青夹御河，近来攀折苦，应为离别多”啊！

一寸光阴一壶酒，一纸诗书一年华。一生平仄终成诗，一世悲欢皆入诗。惜长亭送别，看山水如画，任四季往来，悟万物有灵。原来一生的山重水复，可以如诗般抑扬，如诗般沉淀。原来一个人的气质里，藏着走过的路，看过的风景，爱过的人，读过的书，写过的诗。

李白的酒，是一杯盛满潇洒豪放的酒。杜甫的酒，是一杯盛满人生百味的酒。王维的酒，则是一杯盛满送别情怀的酒，譬如这首《送别》：

下马饮君酒，问君何所之？
君言不得意，归卧南山陲。
但去莫复问，白云无尽时。

请下马来饮杯酒，敢问朋友你要去何方？你说因为生活不得意，回乡隐居在终南山旁。只管去吧，我何须再问，看那朵朵白云，在天际闲散地飘荡。尘世的功名利禄，总是有尽头的，只有山中的白云，永无穷尽之时。

这首《送别》淡泊如画，看似平淡无奇，却是意蕴万千。王维以设问引答，以禅法入诗，富于禅家的机锋，让有心人自己去参悟，从而达到“拈花一笑，不言而喻”的妙境。再如这首《送綦毋潜落第还乡》：

圣代无隐者，英灵尽来归。遂令东山客，不得顾采薇。
既至金门远，孰云吾道非？江淮度寒食，京洛缝春衣。
置酒长安道，同心与我违。行当浮桂棹，未几拂荆扉。
远树带行客，孤城当落晖。吾谋适不用，勿谓知音稀。

綦毋潜，王维的好友。綦毋为复姓，潜为名，当时綦毋潜科考落第，王维于城外置酒送别，为友人落第而惋惜，对友人遭遇深表同情。殷殷鼓励他不要灰心，反复慰勉他落第只是暂时的失意，要相信世上还会有知音。如今政治清明，有才能的人终究不会被埋没的。

后来綦毋潜于开元十四年（726）进士及第，唐朝科考三年一届，可见綦毋潜这次落第，至少应在三年之前，那么王维当是在开元十一年（723）送綦毋潜还乡时，写下此诗的。

落第还乡之人，心情自然懊丧，而綦毋潜得挚友如此，何其幸运。相信他深受鼓舞后，心情自是振奋不少，有了一种如酒的温暖，一种深浓的感动。可以说，这是天之涯，地之角，知交不相忘，是一壶浊酒尽余欢，今宵别梦暖。

杜牧：有一种风雅叫清明

我喜欢循着节气过生活，感觉二十四节气古典而诗意，有种让人安心的美好意蕴。尤其“清明”，既是自然节气，又是传统节日，此时春和景明，万物生长，天地清洁明净，悠悠有远意，恰似一幅灵动的水墨画卷，铺展在山河岁月之间。那种撩人的美，是风雅的，更是永恒的。

花开花落，云卷云舒，清明总是如此旖旎动人。只要一打开，依旧杏花春雨江南，半是花红柳绿，半是雨水连绵。杜牧有诗《清明》，一借问，即是千年的风流；一遥指，就有如诗的酒香：

清明时节雨纷纷，路上行人欲断魂。
借问酒家何处有，牧童遥指杏花村。

那年那月那日，正是唐朝的清明。雨在下，雨一直在下，路上羁旅行人衣裳尽湿，个个都有点失魂落魄了。纷纷飘落的细雨，裹着袭人的春寒，打湿了唐朝的千山万水，更打湿了诗人杜牧的青衫。那山那水那风景，俨然一片如烟的愁绪，教人无端的忧伤惆怅了。

春雨如织，春寒彻骨，借问酒家何处有，可以炒几个小菜，来一壶暖酒呢?

——小牧童的声音最是清脆，他将手遥遥一指，原来前面有个杏花村，就在烟雨蒙蒙的深处。行人不由得喜上眉梢，仿佛已经望见随风轻拂的酒幌。在那里，行人可以打尖歇脚，诗人可以喝酒作诗，而屋外的杏花，像梦一样兀自开落在水边，那么美，那么凉。

千百年来，这首《清明》广为流传，一直为人们所喜爱。文人墨客吟之诵之，摩之画之，甚至对其进行改编，形成五花八门的版本，可谓一道绚丽多彩的风景线，令人眼花缭乱，让人称奇叫绝。

比如有人为给孩子启蒙，将其改为三字经形式，朗朗上口，简单易记:"清明节，雨纷纷，路上人，欲断魂。问酒家，何处有? 牧童指，杏花村。"有人将每句开头两字去掉，精简为五绝，倒也简洁有味:"清明雨纷纷，行人欲断魂。酒家何处有，遥指杏花村。"

有人改诗成词，呈现一份抑扬顿挫之美:"清明时节雨，纷纷路上行人。欲断魂。借问酒家何处? 有牧童，遥指杏花村。”有人谱度成曲，平添一份浅吟轻唱之韵：“清明时节雨纷纷，欲问行人去哪边？绿杨柳下，流水呜咽；杏帘高挂处，袅袅茅舍炊烟。十里酒香，惹人梦绕魂牵。且劳牧童哥哥指路，暂事流连。”

有人另作断句，改成优美隽永的小品文：“清明时节，雨纷纷。路上，行人欲断魂。借问酒家：‘何处有牧童?’遥指杏花村。”甚至有人改编为微剧本，更见一番生动情趣：“时间：清明时节。布景：雨纷纷。地点：路上。（幕启）行人（欲断魂）：借问，酒家何处有？牧童（遥指）：杏花村!”

相传清代有人开了一家酒店，请一位秀才写对联，以招徕顾客。秀才灵机一动，拈来《清明》诗意，拟写一副对联：“此即牧童遥指处，何须再问杏花村。”对联贴出后，客人慕名而来，酒店生意也日益兴隆。

还有顺治年间，有年暮春因战祸临近，城里百姓纷纷逃往乡下避难，私塾先生闲得没事可做，有人就模仿《清明》作打油诗一首：“清明时节乱纷纷，城里先生欲断魂。借问主人何处去，馆童遥指在乡村。”

《红楼梦》大观园的稻香村里，有处景致颇有山野田园气息，被宝玉题为“杏帘在望”，而他所提及的旧诗“红杏梢头挂酒旗”，想必也是化用“遥指杏花村”的意象吧。黛玉还曾代他作过一首五律《杏帘在望》，诗云：

杏帘招客饮，在望有山庄。菱荇鹅儿水，桑榆燕子梁。

一畦春韭绿，十里稻花香。盛世无饥馁，何须耕织忙。

我也曾在《清明帖》里这样写道：“清明时节，雨意纷纷。多少年过去，行人还在最初的路上。那通往杏花村的方向，无须借问与遥指，已是一片诗的泥泞。多少年过去，只有雨水还如此洁净，而道路依旧水复山重。在春天，只要遇见一个牧童，就会遇见一个村庄的柳暗花明。”

这一刻不说河流清澈，山空人静，不说离别与生俱来，也不说思念如影随形，宛若野花幽蓝一片。这一辈子，这一路上，这茫茫人海中，我们只凭借雨水，来寻找或相认，那些曾经失散但永远美好的灵魂。

清明是一枝沾雨的杏花，一壶陈年的老酒，一纸柔软的时光。从草长莺飞到花开花落，从山长水远到海角天涯，有一种美好叫清明，有一种风雅叫清明。

我相信人间三月的村庄，是永远的春日游，杏花吹满头。我相信阡陌之上，男耕女织、喂马、劈柴、关心粮食和蔬菜，原都是幸福最古老的细节，也是这一路上，寸寸沁着花香的记忆。

我相信前世今生的人间，面朝大海，春暖花开，是一种清明；万物美好，我在其中，也是一种清明；春花秋月，夏风冬雪，是一种清明；慈悲喜舍，随缘自在，也是一种清明。

在春天，杜牧的酒是落满杏花的。在杏花春雨的清明，可以沿着唐诗的韵脚，去江南的池州，去春天的杏花村，寻访那些久远的诗酒情怀。

杜牧说江南的春天，是千里莺啼绿映红，水村山郭酒旗风。南朝四百八十寺，多少楼台烟雨中；杜牧说自己的青春，是落魄江湖载酒行，楚腰纤细掌中轻。十年一觉扬州梦，赢得青楼薄幸名。

在秋天，杜牧的酒是落满月光的。在月色如水的秋夜，一样可以沿着唐诗的指引，去扬州的瘦西湖，去梦里的二十四桥，邂逅那些动人的诗情画意。

杜牧说江南的秋天，是青山隐隐水迢迢，秋尽江南草未凋；杜牧说青春的回忆，是二十四桥明月夜，玉人何处教吹箫？间或月色迷蒙，那就夜泊秦淮水岸，看烟笼寒水月笼沙，在一杯恍如隔世的浊酒里，在一曲《玉树后庭花》里，打开六朝的过往繁华，遥想江山王朝的兴衰更替，或沉默以对，或感慨万千……

如果说“天下三分明月夜，二分无赖是扬州”，那么还有一分，会是在古都金陵吧？那月色是古意盎然的，那诗意是清明无边的——杜牧携一壶唐朝的酒，行走在江南的山水间，陶醉着扬州的月色，打捞过秦淮的故事，芬芳了池州的杏花。

元结：漫叟之意不在酒

所谓“万丈红尘三杯酒，千秋大业一壶茶”，红尘中所有的纷纷扰扰，人世间任何的霸业雄图，无不在三杯两盏淡酒里谈过；千年来永远的阴晴圆缺，一生中经历的悲欢离合，无不在一壶清茶里慢慢消磨。

从古至今人们的生活里，酒是不可或缺的，也是浓墨重彩的。酒是一个个传奇故事，酒是一种种动人情怀。无酒不成宴，无酒不成诗。诗人以酒为媒，以酒助兴，把喜怒哀乐融入酒中，把人生百味写进诗里，或豪气冲天，或柔情缠绵，或壮怀激烈，或风雅韵致。

曹操对酒当歌，感叹人生几何，譬如朝露，去日苦多。直道“慨当以慷，忧思难忘。何以解忧？唯有杜康”，以一种豪迈气势表明心迹，抒发渴望招纳贤才、建功立业的宏图大愿。

刘伶嗜酒如命，被称为“醉侯”，可谓“兀然而醉，豁尔而醒。静听不闻雷霆之声，熟视不睹泰山之形”。常常坐着鹿车，带一壶酒，使人扛锹跟随，大呼“死便埋我”。

陶渊明不为五斗米折腰，一心归隐田园，常以葛巾漉酒，每逢饮酒聚会，抚弄无弦琴而吟诗，若先于客人喝醉，就对客人说“我醉欲眠卿可去”。

“浊酒一杯家万里，燕然未勒归无计。羌管悠悠霜满地，人不寐，将军白发征夫泪。”这是范仲淹的忧国忧民之心。

“醉里挑灯看剑，梦回吹角连营。八百里分麾下炙，五十弦翻塞外声，沙场秋点兵。”这是辛弃疾的杀敌报国之志。

“明月几时有，把酒问青天。不知天上宫阙，今夕是何年。我欲乘风归去，又恐琼楼玉宇，高处不胜寒。”这是苏轼俯仰天地的旷达气度。

“昨夜雨疏风骤，浓睡不消残酒。试问卷帘人，却道海棠依旧。知否，知否，应是绿肥红瘦。”这是李清照诗情画意的生活日常。

“酒醒只在花前坐，酒醉还来花下眠。半醒半醉日复日，花落花开年复年。但愿老死花酒间，不愿鞠躬车马前。”这是唐寅避世闲居的隐逸人生。

大唐诗人如繁星璀璨，除了李白、杜甫、王维、白居易等大诗人，留下千载的诗酒风流，还有许许多多的诗人，行走在唐朝的山水间，写出无数动人的饮酒诗篇，比如孟浩然、温庭筠、元结等等。

石鱼湖，似洞庭，夏水欲满君山青。
山为樽，水为沼，酒徒历历坐洲岛。
长风连日作大浪，不能废人运酒舫。
我持长瓢坐巴丘，酌饮四座以散愁。

元结的这首《石鱼湖上醉歌》，活泼明快、朴素清新，读来朗朗上口、意蕴深长，颇具民歌风味。诗歌描写了一种寄情山水、悠闲自在的生活方式，反映了文人士大夫以酒为戏、借饮取乐的生活情趣。

诗前有序云："漫叟以公田米酿酒，因休暇则载酒于湖上，时取一醉。欢醉中，据湖岸引臂向鱼取酒，使舫载之，遍饮坐者。意疑倚巴丘，酌于君山之上，诸子环洞庭而坐，酒舫泛泛然触波涛而往来者，乃作歌以长之。"

漫叟是元结的号。他小时候浪荡不羁，至十七岁方发奋读书，后天宝十二载（753）进士及第。曾任山南东道节度使史翙幕参谋，招募义兵，抗击"安史"叛军，保全十五座城池免遭涂炭，立下赫赫战功。

元结在任道州刺史时，清正廉洁，政绩颇丰，该为民请命就为民请命，该抗击贼寇就抗击贼寇，是位慈厚的父母官。其时"安史之乱"刚刚平息，道州残破，民生凋敝，原来全州四万多户，战乱后只剩不到四千户，可谓十不存一。即使如此，朝廷还连连催征赋税，并给元结下令，如果交不上赋税就贬官处理。一边是个人仕途，一边是百姓安危，元结慨然抗命，宁可自己被贬，也不忍欺压百姓，还写下一首《春陵行》明志。

同时元结又是位有趣的达人，于公务繁杂之余，也不忘饮酒作乐，陶醉在青山绿水之间，《石鱼湖上醉歌》就是他在道州为官时所写。石鱼湖，本是一个很普通的湖，是元结自己发掘的一处小景。“泉南上有独石在水中，状如游鱼。鱼凹处，修之可以贮酒。水涯四匝，多欹石相连，石上堪人坐，水能浮小舫载酒，又能绕石鱼洄流，乃命湖曰石鱼湖，镌铭于湖上，显示来者，又作诗以歌之。”

他说湖南道州的石鱼湖，真像洞庭湖，夏天水涨满了，君山翠绿苍苍。他用公田产出的粮食来酿酒，常借休假之闲，载酒到石鱼湖上，暂且博取一醉。且把山谷作酒杯，湖水作酒池，酒徒济济，围坐在洲岛中央。管他连日狂风大作，掀起大浪，也阻遏不了运酒的小舫。他呢，则手持长瓢稳坐巴丘，来来往往为四座斟酒，让大家有忧的解忧、有愁的散愁，在觥筹交错、酒酣欢快之中，好好放松心情，人人满意而归。

元结的酒，是寻常平淡的酒，也是闲散快乐的酒。没有“五花马，千金裘，呼儿将出换美酒”的豪情，也没有“金樽清酒斗十千，玉盘珍羞直万钱”的奢华，没有“劝君更尽一杯酒，西出阳关无故人”的深挚，也没有“琉璃盅，琥珀浓，小槽滴酒真珠红”的精致。

元结的酒，是“山为樽，水为沼，酒徒历历坐洲岛”的天然逸趣，是“我持长瓢坐巴丘，酌饮四座以散愁”的豁达心胸。好一个可爱的漫叟，好一个热情的主人，直让人想起《醉翁亭记》里的欧阳修，醉翁之意不在酒，在乎山水之间也，山水之乐，得之心而寓之酒也。

醉翁如此，漫叟亦然。是的，漫叟之意不在酒，一样在乎山水之间也。好一片迷人的夏日湖山，好一首逍遥的《石鱼湖上醉歌》。

韦应物：我有一瓢酒，可以慰众生

记得前些年，曾有人于微博贴出一联诗："我有一壶酒，足以慰风尘。"征集网友续出下句，结果引得众人诗兴大发，各种版本的续诗不胜枚举，层出不穷，可谓佳作频频，风靡一时。

有续"尽倾江海里，赠饮天下人"的，有续"脚踏星汉履，漫步上昆仑"的，有续"愿与君把盏，共看白云深"的……还有四大名著版，读来更是让人会心。

比如三国版："我有一壶酒，足以慰风尘。兵戈九州乱，江山三鼎分。桃园存知己，茅庐隐故人。兴亡无限恨，来祭英雄魂。"水浒版："我有一壶酒，足以慰风尘。青山聚忠义，水泊藏乾坤。冷眼除恶霸，怒目对奸臣。来去江湖客，快意天下闻。"

比如西游版："我有一壶酒，足以慰风尘。自在莲花座，须弥菩提根。心猿开圣道，意马渡禅心。万里不辞远，抬眼到佛门。"红楼版："我有一壶酒，足以慰风尘。前盟何处聚，相思此意真。梨花隔月影，杏帘掩梦痕。为酬公子意，泪赠一枝春。"

是的，"我有一壶酒，足以慰风尘"，着实击中了我们内心，令人莫名感动。此诗原版为"我有一瓢酒，可以慰风尘"，出自韦应物《简卢陟》：

可怜白雪曲，未遇知音人。恓惶戎旅下，蹉跎淮海滨。
涧树含朝雨，山鸟弄余春。我有一瓢酒，可以慰风尘。

卢陟，韦应物的外甥。简者，书信也。也就是说，此乃一封舅舅写给外甥的书信。不承想韦应物的一瓢酒，穿过唐宋明清，走遍岁月山河，一千多年过去了，愈加散发出诗意的光芒，温暖着当下的尘世，熨帖着我们的心灵。真是"我有一瓢酒，可以慰众生"啊！

是谁说过，不饮酒的诗人，写不出千古流芳的好诗。翻开中国诗歌史，无处不是氤氲的酒香。从曹操"对酒当歌，人生几何"，到陶渊明"忽与一樽酒，日夕欢相持"；从李白"花间一壶酒，独酌无相亲"，到苏东坡"明月几时有，把酒问青天"——那一首首精美诗词，无不散发着永恒的魅力，交汇成美妙动人的篇章。

唐朝更是一个无酒不欢、诗酒风流的朝代。诗人洛夫说："要是把唐诗拿去压榨，至少会淌出半斤酒来。"提到李白，就想起"金樽清酒斗十千，玉盘珍馐直万钱"；提到杜甫，就想起"肯与邻翁相对饮，隔篱呼取尽余杯"；提到白居易，就想起"绿蚁新醅酒，红泥小火炉"；提到韦应物，就想起"我有一瓢酒，可以慰风尘"。

我发现韦应物的酒，多是一瓢酒。酒水三千，他独取一瓢饮。这一瓢酒里，有阳春白雪，戎旅蹉跎；也有涧树朝雨，山鸟余春；有郡斋寒冷，束薪煮石；也有空山落叶，风雨故人。比如这首《寄全椒山中道士》，诗人因天气寒冷，尤为牵挂山居友人，故而写道：

今朝郡斋冷，忽念山中客。涧底束荆薪，归来煮白石。
欲持一瓢酒，远慰风雨夕。落叶满空山，何处寻行迹？

今天我的郡斋里很冷，忽然想起山中隐居的你，自然更寒冷。你一定在涧底打柴，回来以后煮些清苦的饭菜。我想带一瓢酒去看你，让你在风雨夜得到些许安慰。可是秋叶落满空山，何处才能找到你的行迹？

白石，道家修炼时服用的一种石英。道家有"煮五石英法"，在斋戒后的农历九月九日，将薤白、黑芝麻、白蜜、山泉水和白石放进锅里煮。这里喻指全椒道士生活清苦。

苏轼颇为欣赏韦应物的诗，如果他也来续诗，是否会续成"我有一瓢酒，可以慰风尘。人生如逆旅，我亦是行人”呢？只是当年他不曾续诗，而是次韵和诗。

且看他在《寄邓道士并引》中所言：罗浮山有野人，相传葛稚川之隶也。邓道士守安，山中有道者也，尝于庵前见其足迹，长二尺许。绍圣二年正月十日，予偶读韦苏州《寄全椒山中道士》诗云……乃以酒一壶，仍依苏州韵，作诗寄之云：

一杯罗浮春，远饷采薇客。遥知独酌罢，醉卧松下石。
幽人不可见，清啸闻月夕。聊戏庵中人，空飞本无迹。

罗浮山，雄峙于岭南中南部，毗邻惠州西湖，为道教南宗发祥地，素有“百粤群山之祖”“蓬莱仙境”的美称。罗浮春，乃苏轼自酿糯米黄酒，色泽如玉，芬芳醇厚，入口绵甜，令人陶醉，遂名“罗浮春”。

宋绍圣元年（1094），年近六旬的苏轼被贬惠州，日夜奔波，千里迢迢远赴贬所。尽管岭南偏僻蛮荒，但风物多情，民风淳朴，一座罗浮山、一杯罗浮春、一个采薇客，让他愈发明白“此心安处是吾乡”的生命哲理。岭南还盛产荔枝，足以慰藉一路的风尘仆仆，半生的宦海沉浮，于是他又吟出“罗浮山下四时春，卢橘杨梅次第新。日啖荔枝三百颗，不辞长作岭南人”的诗句。

宋代禅宗曾以诗入禅，将修行分为三个境界：第一境：“落叶满空山，何处寻行迹？”第二境：“空山无人，水流花开。”第三境：“万古长空，一朝风月。”

三个境界中都有“空”字，却是不同的含义。第一境之句，即引自韦应物《寄全椒山中道士》，落叶满空山，何处寻行迹？是谓“寻”，乃追问也，不知道禅为何物，即使就在身边，也无从下手；第二境之句，引自苏轼《十八大阿罗汉颂》，空山无人，水流花开，是谓“无”，乃通过观照自然万物，破除我执，正觉有无，以平常心修行；第三境之句，引自禅宗典籍《五灯会元》，万古长空，一朝风月，是谓“悟”，乃是对有限时空的超越，明心见性，回归本真，达到天人合一之境。

一花一世界，一叶一如来。青青翠竹无非般若，郁郁黄花皆是法身。我来问道无余说，云在青天水在瓶。在这个娑婆世界，愿我们可以诗意地生活，自在地生活，觅得一处精神桃源，修得一份云水禅心。

白居易：酒逢知己千杯少

有一种人生叫诗酒人生，有一种风流叫诗酒风流。

唐朝诗人大都喜好一边饮酒，一边吟诗。李白是豪饮，要么“金樽清酒斗十千，玉盘珍馐值万钱”，要么“五花马，千金裘，呼儿将出换美酒”；杜甫是苦饮，不是“酒债寻常行处有，人生七十古来稀”，就是“艰难苦恨繁霜鬓，潦倒新停浊酒杯”。

而白居易是闲饮，琴匣拂开后，酒瓶添满时，他说“耳根得听琴初畅，心地忘机酒半酣”，又说“不如来饮酒，相伴醉悠悠”，还说“百事尽除去，尚余酒与诗”。记得在昔时寒冷的冬天，我极喜欢读白居易《问刘十九》：

绿蚁新醅酒，红泥小火炉。
晚来天欲雪，能饮一杯无？

一千多年前的那个冬日，暮色苍苍，天寒欲雪，诗人酿好米酒，还没来得及过滤，只见酒沫微绿，细小如蚁，散发出醇厚的香味。屋里炉火正旺，呼呼生风。火炉小巧朴素，鲜艳的火光，跳跃不止地打在墙上。想起与老友刘十九多日未聚，甚是想念，于是用心写好手帖，吩咐家童送去，诚邀能否一顾寒舍，共饮一杯暖酒？

新醅酒是绿的，小火炉是红的，晚来的天是黑的，雪从来都是白的。彼时，尽管那场唐朝的雪还没有下，但想象中的雪更白更厚，更精彩。漫漫长冬，万籁俱寂，唯有绿酒红炉，最是入诗入画。那明媚动人的色彩，直给人春意融融的暖，让人眼前一亮，心头一热。

这样的生活情趣，透着家常的美好，朴素的风雅。想来当刘十九如约而至，两人围着火炉煮酒畅谈的情景，多么温馨愉快，又多么熨帖人心。那新酿的米酒，别是一番好滋味，两人一杯接着一杯，直到微醺也意犹未尽。红红的炉火，相映着两张酡红的脸，室内欢声笑语不断，屋外已经大雪纷飞。

刘十九，乃嵩阳处士，排行十九，是白居易的朋友，两人经常一起饮酒下棋。白居易还有首《刘十九同宿》，写的就是与刘十九通宵饮酒下棋之事：

红旗破贼非吾事，黄纸除书无我名。
唯共嵩阳刘处士，围棋赌酒到天明。

原来白居易言在酒，意在棋，是以饮酒作引，邀好友前来对弈呢，多闲适的生活，多悠然的情调啊！

常言道："酒逢知己千杯少。"饮酒作诗，自然是和知心友人一起方能尽兴。白居易一生中，最好的朋友当属元稹，"唯有元夫子，闲来同一酌。把手或酣歌，展眉时笑谑。"只是两人四处为官，经常天各一方，后来元稹又去世得早，晚年时仍能常相聚首、诗酒相酬的故友，可能就只有刘禹锡了。

白居易有多首《赠梦得》，记录了他们一起把酒言欢的深情。比如两人曾对酒感叹时光流逝："渐觉咏诗犹老丑，岂宜凭酒更粗狂"；又因诗酒而声名大噪："闻道洛城人尽怪，呼为刘白二狂翁"；还曾一起饮酒守岁跨年："小酌酒巡销永夜，大开口笑送残年"；尤其下面这首更见故友情深，更见普世情怀：

前日君家饮，昨日王家宴。今日过我庐，三日三会面。
当歌聊自放，对酒交相劝。为我尽一杯，与君发三愿。
一愿世清平，二愿身强健。三愿临老头，数与君相见。

白居易生在中唐，其时"安史之乱"已经平息，唐朝已经走过盛世，所以他不像潇洒的李白，总是一腔"天生我材必有用，千金散尽还复来"的豪情，也不似沉郁的杜甫，总是满腹"安得广厦千万间，大庇天下寒士俱欢颜"的宏愿。他更钟情于平静自然的现实生活，同时"达则兼济天下，穷则独善其身”的儒家思想，是他终生遵循的信条，提出“文章合为时而著，歌诗合为事而作”的文学主张。

我们从《不如来饮酒七首》《对酒五首》等诗中，皆能看到白居易的思想轨迹和闲适性情。比如：“蜗牛角上争何事，石火光中寄此身。随富随贫且欢喜，不开口笑是痴人。”再如：“昨日低眉问疾来，今朝收泪吊人回。眼前流例君看取，且遣琵琶送一杯。”

白居易就是这样一位很平实的人，安于世俗生活的闲情逸致。喜欢与朋友一块喝喝酒，聊聊天，弹弹琴，下下棋，写写诗。在平常的岁月里，寻觅一种诗酒人生，畅享一种诗酒风流。无论顺遂，还是失意，总是在一局棋盘上，谈论人生三昧，用一张琴，一杯酒，一首诗，送走人生的恩怨情仇，回归心灵的淡泊自在。

不过心性再淡泊的人，也有抑郁怅然的时候。想来那个秋夜，白居易送客浔阳江头，邂逅一位漂泊沉沦、形容憔悴的琵琶女，写下经典名篇《琵琶行》相赠，发出“同是天涯沦落人，相逢何必曾相识”的感叹，又该是怎样一种同病相怜、同声相应的情愫？

话说元和十年（815），宰相武元衡因主张削藩遇刺身亡。这次暗杀政治背景复杂，朝廷官僚谁也不敢开口。只有白居易挺身而出，上表主张严缉凶手，以肃法纪。可那些掌权者谴责他是东宫官，抢在谏官之前议论朝政，是种僭越行为。于是罗织罪名，恶意诽谤污蔑，说他母亲看花坠井而亡，而他却写有赏花和新井诗，有伤名教，结果他被贬为江州司马。

翌年秋天的夜晚，白居易在浔阳江头置酒送客，只见枫叶荻花秋瑟瑟，他与客人坐在船头饮酒，正是“醉不成欢惨将别，别时茫茫江浸月”。忽闻船上有人弹琵琶，铮铮铿铿之声，分明京都长安流行的音韵。原来这名琵琶女正是来自长安，年少时因技艺超群，曾红遍京都，名属教坊第一部，后来嫁作商人妇，在江湖之间辗转流浪。商人重利轻别离，如今青春已逝年老色衰的她，总是江口独守空船，过着寂寞冷落的生活。

那个秋夜，琵琶女所诉说的身世遭遇，让白居易心生深切同情，同时想起自己无辜被贬的经历，更是感触万端，从而酝酿出一首脍炙人口的杰作《琵琶行》，可谓与其另一首经典名篇《长恨歌》齐名，堪称唐朝叙事长诗双璧，千古流传，影响深远。

好一曲琵琶语，未成曲调先有情；好一首《琵琶行》，说尽心中无限事。白居易感觉他和琵琶女一样，都是从繁华京城沦落到这偏僻之地，从命运的角度来看，他们有相似的经历，相似的悲怀。

那身世浮沉飘零之伤，那人生孤独寂寞之感，那“举酒欲饮无管弦”的秋月夜，那“似诉平生不得志”的琵琶声，尽是“同是天涯沦落人，相逢何必曾相识”的知音感慨，尽是“座中泣下谁最多，江州司马青衫湿”的天涯深情。

孟浩然：菊花、古剑和酒

中国的酒文化博大精深，源远流长。从某个角度来说，华夏的文明史，几乎是蘸着酒写成的。相传杜康为酿酒始祖，后世将杜康尊为酒神。同时，杜康也成为酒的代名词。那些与酒有关的历史典故，比比皆是。

譬如鲁酒薄而邯郸围、楚汉相争的鸿门宴、才女卓文君当垆卖酒、关羽温酒斩华雄、张飞醉酒失徐州、兰亭修禊曲水流觞、贵妃醉酒国色天香、驸马郭暧醉打金枝、宋太祖杯酒释兵权、康乾盛世千叟宴等等，可以说只要有了酒，便有了风起云涌的传奇，有了活色生香的故事。

《三国演义》里，曹操刘备青梅煮酒论英雄，二人对坐，举杯畅饮。酒至半酣，忽阴云漠漠，骤雨将至。从人遥指天外龙挂，操与玄德凭栏观之……操曰：“夫英雄者，胸怀大志，腹有良谋，有包藏宇宙之机，吞吐天地之志者也。”玄德曰：“谁能当之?”操以手指玄德，后自指，曰：“今天下英雄，唯使君与操耳!”

《水浒传》里，梁山好汉天天聚在一起，替天行道，杀富济贫，大块吃肉，大碗喝酒，武艺高强，豪气冲天。武松、鲁智深、林冲、李逵……他们惩恶扬善，打抱不平。酒壮英雄胆，酒助英雄兴。一部《水浒传》，俨然一曲酒的咏叹调，一曲绿林英雄的赞歌。酒已经融入他们的血液里，成为侠肝义胆的一部分。

《西游记》里，孙悟空大闹天宫，妇孺皆知，精彩好看。话说孙悟空去东海龙宫抢得金箍棒，又去地府强销生死簿，惹得龙王、阎君同去天庭告状。玉帝遂将孙悟空召入天庭，可只封他做了个弼马温。因官职卑微，天庭开蟠桃盛会未被邀请，孙悟空怒而大闹天宫，偷吃仙桃，偷喝仙酒，醉得昏天黑地，直毁了王母娘娘的蟠桃宴。

《红楼梦》里，贾宝玉神游太虚幻境，在警幻仙曲演红楼梦的盛筵上，闻到一种香，名曰“群芳髓”；品到一种茶，名曰“千红一窟”；饮到一种酒，名曰“万艳同杯”。此酒异乎寻常，可谓世外仙醪，乃以百花之蕊、万木之汁，加以麟髓之醅、凤乳之曲酿成，真是说不出的清香甘洌，道不尽的缠绵韵致。

有道是“高山流水琴三弄，明月清风酒一樽”，人生的风雅之美，在于琴棋书画，在于诗酒茶花。自古以来，善琴者通达从容，善棋者筹谋睿智，善书者至情至性，善画者至善至美，善诗者韵至心声，善酒者情逢知己，善花者品性怡然，善茶者淡定幽远。

记得歌曲《梦回唐朝》如此唱道："菊花、古剑和酒，被咖啡泡入喧嚣的庭院。异族在日坛膜拜古人月亮，开元盛世令人神往。风，吹不散长恨；花，染不透乡愁；雪，映不出山河；月，圆不了古梦。沿着掌纹烙着宿命，今宵酒醒无梦；沿着宿命走入迷思，梦里回到唐朝。"

歌声高亢激扬，犹如烈酒长风一般，让人热血沸腾。是啊，只要梦回唐朝，便是诗酒人生。秋高气爽，菊花盛开，恰逢重阳佳节，想来唐朝的诗人，正是这样醉心于世俗生活，你佩一把古剑，我抱一张瑶琴，他携一壶菊花酒，与三五知己结伴登高。如此饮酒，赏菊，插茱萸，吟诗作赋，咏赏不绝。如此挥洒一腔豪情，抒发满怀秋兴，把似水流年，过成了琴剑生涯。

正所谓"一点浩然气，千里快哉风"，一个人只要具备一点浩然之气，就能得失泰然，顺逆安然，即使在平淡的世俗日常里，一样也能享受到无穷快意的千里雄风。

比如孟浩然《秋登兰山寄张五》，诗云：

北山白云里，隐者自怡悦。相望试登高，心飞逐鸟灭。
愁因薄暮起，兴是清秋发。时见归村人，沙行渡头歇。
天边树若荠，江畔洲如月。何当载酒来，共醉重阳节。

诗人怀故友而登高，望飞雁而孤寂，临薄暮而惆怅，处清秋而兴发，希望挚友张五早日到来，一起把酒言欢，共度佳节。

再如孟浩然名篇《过故人庄》：

故人具鸡黍，邀我至田家。绿树村边合，青山郭外斜。
开轩面场圃，把酒话桑麻。待到重阳日，还来就菊花。

这种淳朴自然的农家生活，把酒闲谈的亲切氛围，真挚深厚的朋友情谊，以及对重阳佳节登高赏菊的期待，无不充满田园生活的情趣。

杜牧《九日齐山登高》，一样也是秋日登高抒怀之作："江涵秋影雁初飞，与客携壶上翠微。尘世难逢开口笑，菊花须插满头归。但将酩酊酬佳节，不用登临恨落晖。古往今来只如此，牛山何必独沾衣。"

齐山，位于安徽池州城南。会昌四年（844），杜牧由黄州改刺池州，次年诗人张祜前来拜望。因二人都怀才不遇，同病相怜，故九日登齐山共度重阳。登高则可望远，望远而致思深，从而感慨万千，遂作此诗。

许浑《秋日赴阙题潼关驿楼》，直勾勒出一幅雄浑苍茫的秋日行旅图："红叶晚萧萧，长亭酒一瓢。残云归太华，疏雨过中条。树色随关迥，河声入海遥。帝乡明日到，犹自梦渔樵。"

那深秋晚风迎面吹来；红叶如花，秋浓似酒，诗人坐在十里长亭，举杯畅饮，只见片片残云随风飘远，点点疏雨洒落山前。山势绵延千里，黄河奔腾不息，直流向遥远的大海。明天就要抵达长安了，可他仍然向往渔樵生活的逍遥自在呀！

还有温庭筠《送人东游》，亦营造出一份山高水长、孤帆远影的辽阔意境："荒戍落黄叶，浩然离故关。高风汉阳渡，初日郢门山。江上几人在，天涯孤棹还。何当重相见，樽酒慰离颜。"

友人此行心怀壮志，情思浩然，因而诗人在秋风中送别友人，那离愁别绪也自有一份慷慨动人，一份昂扬意气。何时才能再相见，开怀畅饮慰离愁——这种依依惜别的情怀，让匆匆忙忙的人生，活出了一份高山流水的韵致，让深深浅浅的日子，总带着一种思念牵挂的余温。

可以说，行走在大唐的版图上，诗人只要有了菊花、古剑和酒，就有了不一样的精气神，成了江湖中那群永远的少年。那是一颗颗有趣的灵魂，活出了一个个不老的神话，书写了一页页动人的华章。

梦回唐朝，菊花是诗，古剑是歌，诗人分明就在眼前。我们怎能不如此感叹："今宵杯中映着明月，男耕女织丝路繁忙；今宵杯中映着明月，物华天宝人杰地灵；今宵杯中映着明月，纸香墨飞词赋满江；今宵杯中映着明月，豪杰英气大千锦亮……"

梦回唐朝，相聚离别是酒，酒是天地人间。无论梦里梦外，你听那歌声一直在唱："忆昔开元全盛日，天下朋友皆胶漆。眼界无穷世界宽，安得广厦千万间……沿着掌纹烙着宿命，今宵酒醒无梦；沿着宿命走入迷思，仿佛回到梦里唐朝。"

第七卷　锦上添花，酒醒一瓯茶

如果可以，
我愿意和你，
以这一生一世的光阴，
做一回晴耕雨读的子民。
左手七件事，
柴米油盐酱醋茶，
右手七件事，
琴棋书画诗酒花。

李商隐：从一朵梅花出发

在水远山长的时光里，在前世今生的旧梦里，我愿意从一朵梅花出发。

无论从小寒到大寒，还是从故乡到异乡，不必疏影横斜，不必暗香浮动，有一朵梅花便好。我喜欢这一朵梅花的清瘦，时光一旦清瘦了，便是往日重现，抑或旧梦如诗；思念一旦清瘦了，便是一种风雅，抑或一种风骨。

“折花逢驿使，寄与陇头人。江南无所有，聊赠一枝春。”晋朝的陆凯，率兵南征经过梅岭，立马于梅花丛中，回首北望，想起好友范晔。正好遇见驿使北去，于是折梅一枝，并赋诗一首，托他带给远在陇头的友人。远隔千里，难得一聚，唯有寄梅问候，让思念从一朵梅花出发。那份诚挚情怀，那份殷殷牵挂，全凝聚在小小一枝梅花上——

捎带着一朵江南未融的雪，洁白而晶莹，抵达至远方友人的内心，芬芳而温暖。

“君自故乡来，应知故乡事。来日绮窗前，寒梅著花未?”盛唐的王维，独在异乡为异客，他的思念，自是从一朵梅花出发的。你从故乡来到京洛，故乡之事应了然于心。你来时我家窗前那树寒梅，开花没有？一个“问梅”的细节，看似一般的寒暄，寻常的询问，却是一个游子对故园无尽的思念。在王维的心灵深处，故乡的梅花是最温馨的记忆，是故乡最诗化的象征。那种魂牵梦绕，是好雪片片，不落别处，是一剪寒梅，一片乡愁。

不知晚唐的李商隐，是在何种心境之下，访梅看梅，写梅忆梅，只知他的一生，是忧郁而落寞的，不如意事常八九，可与言者无二三。不过定有一树寒梅，盛开于他的眼前心底，慰藉着水瘦山寒的岁月：

定定住天涯，依依向物华。
寒梅最堪恨，常作去年花。

寒梅先春而开，望春而凋，义山少年早慧，文名早著，然而生不逢时，岂不堪恨？那一朵异乡的去年花，从急景凋年，一直开到天涯路远，正是诗人落寞心境的写照。知访寒梅过野塘，久留金勒为回肠，且让所有的爱恨情思，从一朵梅花出发，是对美好事物的无限依恋，也是对似水流年的万般心怀。

在唐朝的江南，下过一场薄薄的雪，梅花也就早早开了。“一树寒梅白玉条，迥临村路傍溪桥。不知近水花先发，疑是经冬雪未销。”这是张谓眼里的早梅；“万木冻欲折，孤根暖独回。前村深雪里，昨夜一枝开。风递幽香出，禽窥素艳来。明年如应律，先发望春台。”这是齐己眼里的早梅；“数萼初含雪，孤标画本难。香中别有韵，清极不知寒。横笛和愁听，斜枝倚病看。朔风如解意，容易莫摧残。”这位名叫崔道融的诗人，内心又是何其细腻柔软，写出如此风流别致的诗句。

在宋朝的冬天，雪花是随风而至，梅花也是如期而开的。“梅雪争春未肯降，骚人阁笔费评章。梅须逊雪三分白，雪却输梅一段香。”这是卢梅坡的诗意生活；“寒夜客来茶当酒，竹炉汤沸火初红。寻常一样窗前月，才有梅花便不同。”这是杜耒的温暖日常；“十年无梦得还家，独立青峰野水涯。天地寂寥山雨歇，几生修得到梅花?”这位名叫谢枋得的诗人，一声直抵灵魂的叩问，每每读来，让人不胜感慨。

是的，偶然间心似缱，梅树边，似这般花花草草由人恋，生生死死随人愿，便酸酸楚楚无人怨。

是的，从一朵梅花出发，自会遇见唐宋明清的风骨，遇见前世今生的风雅。遇见林逋的“疏影横斜水清浅，暗香浮动月黄昏”；遇见陆游的“零落成泥碾作尘，只有香如故”；遇见李清照的“笛里三弄，梅心惊破，多少春情意”；遇见王冕的“吾家洗砚池头树，朵朵花开淡墨痕”；遇见高启的“雪满山中高士卧，月明林下美人来”；遇见李方膺的“触目横斜千万朵，赏心只有两三枝”；遇见彭玉麟的“一生知己是梅花，魂梦相依萼绿华”……

如斯风骨，如斯风雅，梅花都是当得起的。古人清供，犹爱一枝梅。一个人素手把梅，插向陶瓶里，那个优美的瞬间，那种朴素的情怀，最是入诗入画。这样的诗画情境，《牡丹亭》里少不了，《红楼梦》里少不了，唐诗宋词里少不了，世俗生活里，一样少不了。

汪曾祺在《岁朝清供》中写道：“曾见一幅旧画：一间茅屋，一个老者手捧一个瓦罐，内插梅花一枝，正要放到案上，题目：‘山家除夕无他事，插了梅花便过年。’”

我特别喜欢这段话和这联诗。每年我回老家过年，只见园子里那株素心蜡梅，在清寒的风里，总是开得如蜡似玉，暗香盈盈，微微一呼吸，便是思念的味道。于是折得一枝，插入梅瓶，房间里便有了芬芳气息。年近了，时光瘦了，以一枝梅花辞旧迎新，岁月三分平淡，七分祥和，十分静好。

写梅未必合时宜，莫怪花前落墨迟。因为每一朵梅花的开放，都是缓慢孤独的，也是古典诗意的。因为每一朵梅花的疏影，自有一种冰雪品格，天生一种清雅精神。

在二十四番花信风中，从小寒到谷雨，共四月八气二十四候，每候应一种花卉，梅花是第一番花信，楝花是最后一番花信。每次诵读，感觉古人既睿智又风雅，时光既诗意又动人：

小寒：一候梅花，二候山茶，三候水仙；
大寒：一候瑞香，二候兰花，三候山矾；
立春：一候迎春，二候樱桃，三候望春；
雨水：一候菜花，二候杏花，三候李花；
惊蛰：一候桃花，二候棣棠，三候蔷薇；
春分：一候海棠，二候梨花，三候木兰；
清明：一候桐花，二候麦花，三候柳花；
谷雨：一候牡丹，二候荼蘼，三候楝花。

鸿雁传书，鱼传尺素，驿寄梅花，而风则寄花信。原来在千年的光阴里，在不老的尘世里，有一种寂寞的美好，有一种诗意的等待，总是从小寒之日开始，总是从一朵梅花出发的。

风有信，花不误，岁岁如此，永不相负。原来从遥远的前世，到今生的流年，不管盛开，还是凋谢，无论初见，抑或重逢，梅花总是花信第一番，亦是思念第一番啊！

张九龄：走向内心的幽兰

我感觉，“空谷幽兰”是个美好的成语。天然、灵动、静谧，透着一种优雅的从容。

兰生幽谷，不以无人而不芳。一株清新朴素的兰花，静静生长在空谷中，清芳自足，纯洁无瑕，永远那么葳蕤动人，从骨子里，绽放出一种纤尘不染的美。

“空谷幽兰”这四个字，无论读之听之，还是写之画之，皆有一种清香。空山无人，水流花开，在一株幽兰的世界中，月是白的，风是清的，云是淡的，水是静的。兰之猗猗，扬扬其香，那香是遗世独立、孤芳自赏的香，亦是与生俱来、本色本真的香。

古琴曲《幽兰操》，又名《猗兰操》，尤其典雅动人，相传为孔子所作。是精擅琴艺的孔子，自感生未逢时的绝世作品。一千多年后，唐代韩愈曾作同名诗作，以唱和孔子。只短短数行，却韵味十足，汲取传说的浩渺气质，吟诵兰花的王者之香，但又体现出人生的变动和永恒：

兰之猗猗，扬扬其香。不采而佩，于兰何伤。
今天之旋，其曷为然。我行四方，以日以年。
雪霜贸贸，荠麦之茂。子如不伤，我不尔觏。
荠麦之茂，荠麦之有。君子之伤，君子之守。

人生哪能事事如意，生活哪能样样顺心。在寒来暑往的尘世，在水远山长的人间，半是阴晴冷暖，半是风雨兼程，想来君子如玉，君子亦如兰，自是有颗岁寒之心，不随波逐流，只安之若素，可以担得了风雨，也享得了彩虹。在时间的空谷里，经冬不凋，四季常青，枝繁叶茂地生长，吐露内心温润的香气。

张潮《幽梦影》有言：“梅令人高，兰令人幽，菊令人野，莲令人淡，春海棠令人艳，牡丹令人豪，蕉与竹令人韵，秋海棠令人媚，松令人逸，桐令人清，柳令人感。”

自古以来，梅兰竹菊号称“花中四君子”，其品质分别是：傲、幽、坚、淡，从而引申为人格的象征隐喻。正如张九龄《感遇》所写：

兰叶春葳蕤，桂华秋皎洁。欣欣此生意，自尔为佳节。
谁知林栖者，闻风坐相悦。草木有本心，何求美人折？

春天里的幽兰翠叶纷披，秋天里的桂花清芬皎洁。世间草木生机勃勃，春秋自成佳节良辰。谁能领悟山中隐士，闻香心生仰慕之情？草木散发香气源于天性，何求观赏者采撷而扬名呢？

作为开元盛世名相，张九龄贤良有才，耿直温雅，风度不凡，有胆识，有远见，深为时人所敬仰。开元后期玄宗沉溺声色，奸佞专权，朝政日趋黑暗，他曾撰《千秋金鉴录》一部，专门论述前朝治乱兴亡的历史教训，并将之作为生日贺仪进献给玄宗，劝谏玄宗励精图治。玄宗心中不悦，加之李林甫的谗谤排挤，张九龄被贬为荆州长史。

张九龄遭贬后曾作《感遇十二首》，借物起兴，自比兰桂丹橘，抒发坚贞高洁的心志，可谓含蓄蕴藉，寄托遥深。其中名句“草木有本心，何求美人折”出自其一，“岂伊地气暖，自有岁寒心”出自其七：

江南有丹橘，经冬犹绿林。岂伊地气暖，自有岁寒心。
可以荐嘉客，奈何阻重深。运命唯所遇，循环不可寻。
徒言树桃李，此木岂无阴。

张九龄就是这样与众不同，一生如兰似桂，有君子之风。他不仅从容大度，而且温润平和，既有高瞻远瞩的一面，又有虚怀若谷的一面。无论处于顺境，还是逆境，总秉持一份高洁典雅之气，怀揣一颗光明慎独之心。

我深信，在张九龄的生命山水中，自有一轮皎洁明月，也自有一株芬芳幽兰。他望月怀远，直道“海上生明月，天涯共此时”，那是满满的盛唐气象；他送别友人，吟诵“相知无远近，万里尚为邻”，那是宽阔的生命气度；他感遇人生，写下“草木有本心，何求美人折”，那是坦荡的君子胸怀。

从古至今，人们一直喜欢以“空谷幽兰”的意象，来比喻品行高雅的人。兰花虽深隐空谷，但其芳幽幽，也是一种积极的寻求，一种美好的修为。孔子主张如遇“王者采而佩之”，就要无私奉献自己的“奕奕清芳”。

因而空谷幽兰，清芳自足，正是象征着一个人不管做学问，还是成就事业，都要能够甘于寂寞，安于淡泊，用达观平和的心境，去面对风雨人生。这并非孤芳自赏的清高，而是因为学习君子之道的过程，本身就是快乐充实的。

也许每个人的生命，都是一处空旷的山谷，那里住着一个本真纯粹的自己。一个人的心，若似空谷幽兰，即使独自盛开，抑或无人欣赏，那也是一个人的风清月朗，一个人的寂静芬芳。

山谷的美，在于它的空与静；人生的美，在于它的清淡与自然。那就在时间的空谷里，种植一株安静的幽兰，低低生长，默默盛开，散发出幽幽的芬芳。

雪小禅说，我们穷尽一生，只为走向内心的幽兰。走到了，推门进去，看到自己内心里，那浩瀚的，温暖的故乡。

因为一个人活到极致，一定是素与简。内心愈是丰盈美好，生活愈是质朴素简。人间最有味的，就是这清美的欢愉，皎皎似明月，淡淡如幽兰。

于良史：却有一片幽香

周梦蝶有诗云："行到水穷处，不见穷，不见水——却有一片幽香，冷冷在目，在耳，在衣。你是源泉，我是泉上的涟漪；我们在冷冷之初，冷冷之终相遇。像风与风眼之乍醒。惊喜相窥，看你在我，我在你；看你在上，在后在前在左右：回眸一笑便足成千古。你心里有花开，开自第一瓣犹未涌起时；谁是那第一瓣？那初冷，那不凋的涟漪？"

每每读及，我的心便蓦然灵动起来，总有一种禅意的美，将人莫名击中。也总让人联想起两联唐诗，一联是"行到水穷处，坐看云起时"，一联是"掬水月在手，弄花香满衣"。

遇见一首好诗的感觉，该如何形容呢？想来余光中那句“月色与雪色之间，你是第三种绝色”，会是一种高妙的比拟。

余光中说，周梦蝶写诗像炼石补天，补心中的遗憾。林清玄说，周梦蝶是以坐在高山上的姿势，坐在那里。那虽是万蚁奔驰的马路，他的定力有如在禅房打坐。有时候，我觉得他整个人是月光铸成的，在阳光下幽柔而清冷。

想来有一种绝色，是水是月，是花是云，是诗是画，是惊才绝艳，更是诗人本身。我们知道“行到水穷处，坐看云起时”，出自王维《终南别业》；而“掬水月在手，弄花香满衣”，则出自于良史《春山夜月》：

春山多胜事，赏玩夜忘归。掬水月在手，弄花香满衣。
兴来无远近，欲去惜芳菲。南望鸣钟处，楼台深翠微。

于良史，唐代诗人，籍贯与生卒年已无考，只知他天宝十五年（756）前后在世。其诗清丽超然，讲究对仗，十分工整。多写景，构思巧妙，形象逼真，同时寄寓思乡和隐逸之情。诗风与“大历十才子”相近，今仅存诗七首，都是佳作。

特别这首《春山夜月》，如石韫玉，似水怀珠，佳句连连，让人爱赏。他说春天的山中，有许多美好的事物，使人备感赏心悦目，以致“赏玩夜忘归”。是山皆好，得月更佳。既然是春天的夜晚，月与花是不可或缺的。风很淡，云很轻，掬起一捧清澈的泉水，看到水中映着月影，就好比捧起一轮明月；在烂漫的山花丛中，久久沉醉留连，连衣衫都沾满沁人的花香。

我感觉这样的诗句极美，美得生出一种禅意。只觉有一片幽香，冷冷在目，在耳，在衣。草木蔓发，春山可望，我们在春天里出发，走向一座春山，走进一片月光。在自然山水间，在缕缕花香里，与万物同在，与万物知音，感悟生命的美好，拥抱诗意的时光。我说那份出发心，是行到水穷处，坐看云起时；那份归来心，是掬水月在手，弄花香满衣。

春山如此，春江亦然。我发现在唐诗里漫步，在唐朝的春夜里漫步，这种美好的感觉，真是妙不可言的。一首诗与另一首诗，常常气息相通，经脉相连。像沿着一条淙淙溪流，一路遇见好山好水，遇见大江大海，遇见更多的良辰美景，更多的明月前身。

关于春天月景的诗句，还有戴叔伦《兰溪棹歌》也是我所喜欢的：

凉月如眉挂柳湾，越中山色镜中看。
兰溪三日桃花雨，半夜鲤鱼来上滩。

一弯眉月，高高挂在柳湾上空，月光清朗，凉爽宜人。越中山色，倒映在清澈溪水间，水平如镜，万籁俱寂。然而淅淅沥沥的春雨，下了三天三夜，溪水猛涨，兰溪里的鱼，就多起来了。鱼群争抢新水，夜半人静之时，纷纷涌上溪头浅滩。此诗浑然天成，动静相宜，美妙无比，有一种透亮入心的晶莹。不仅有自然的山水，有新生的凉月，还有清新的桃花雨，欢乐的鲤鱼。好一幅生动的春江月夜图，仿佛春夜里所有的美好，全都梦一般生长在画里。

想来有一片幽香，是水月禅心，亦是梦笔生花。想来在唐诗里漫步，在诗意的时空里漫步，遇见最美的那幅春江月夜图，当是张若虚的《春江花月夜》了。此乃旷世佳作，诗中逸品，令人叹为观止。

若于良史《春山夜月》，是一首优美动人的春天小夜曲，那么张若虚《春江花月夜》，则为一部变幻无穷的时空大乐章。若戴叔伦《兰溪棹歌》，是一帧清灵的春江花月夜小品，那么张若虚《春江花月夜》，堪称一幅恢宏的春江花月夜长卷。

从春山到春江，从春山花月夜，到春江花月夜，从春天小夜曲，到孤篇盖全唐，我们遇见了“第三种绝色”，遇见了“诗中的诗，顶峰上的顶峰”：

春江潮水连海平，海上明月共潮生。
滟滟随波千万里，何处春江无月明。
江流宛转绕芳甸，月照花林皆似霰。
空里流霜不觉飞，汀上白沙看不见。
江天一色无纤尘，皎皎空中孤月轮。
江畔何人初见月？江月何年初照人？
人生代代无穷已，江月年年只相似。

不知江月待何人，但见长江送流水。
白云一片去悠悠，青枫浦上不胜愁。
谁家今夜扁舟子？何处相思明月楼？
可怜楼上月徘徊，应照离人妆镜台。
玉户帘中卷不去，捣衣砧上拂还来。
此时相望不相闻，愿逐月华流照君。
鸿雁长飞光不度，鱼龙潜跃水成文。
昨夜闲潭梦落花，可怜春半不还家。
江水流春去欲尽，江潭落月复西斜。
斜月沉沉藏海雾，碣石潇湘无限路。
不知乘月几人归，落月摇情满江树。

正所谓："心美，一切皆美。境明，千里皆明。情深，万象皆深。"这是一条春天的月河，属于你，属于我，属于宇宙洪荒，属于万物众生。这是一条春天的诗河，是生活，是禅思，是悲欣交集；是华枝春满，天心月圆；是一朝风月，万古长空；是一片幽香，冷冷在目，在耳，在衣。

"傍着静静的恒河走，静静的恒河之月傍着我走。我是恒河的影子，静静的恒河之月，是我的影子。曾与河声吞吐而上下，亦偕月影婆娑而明灭；在无终亦无始的长流上，在旋转复旋转的虚空中。天上的月，何如水中的月？水中的月，何如梦中的月？月入千水，水含千月，那一月是你，那一月是我……"诗人周梦蝶如是说。

王维：一个人的辛夷坞

一直以来，我很喜爱辛夷花，它是春季开放较早的花朵之一。每年早春时节，在城市公园里，抑或山野林间，都有其秀美挺拔的身影。辛夷花开时，其形高贵典雅，其色艳而不妖，具有独特的风姿，一旦乍然遇见，便是春的消息。

那是一棵棵开花的树，静静伫立于徐徐春风中。硕大的紫色花朵，一簇簇擎在高高的枝头，浮云一样轻轻摇曳着，不时散发出馥郁而悠远的香气。所有的花瓣，都直直向上挺立着，显示出一种骨子里的骄傲和矜持。

记得有年早春，沿着崎岖山道去青山石屋寺，最让我难忘的，是寺院内一株开得正好的辛夷花。四周草木初萌，菜蔬生长，一方碧蓝的天空下，那一树紫色的花朵，不经意间映入我的眼帘。一枝枝携着云的舒卷，又带着风的孤清，其美如诗，其静若禅，让人见之忘俗，心生留连。

又一年春天，听说在距离合肥百余公里之遥的大山深处，新发现一处辛夷花谷，立春一过，便是花开成海，更是让我心生无尽遐想。只想早早驱车前往，做个赏花人，乘兴而往，亲临其境，一睹为快，尽兴而归。

我很喜爱辛夷花，还因为王维这首《辛夷坞》：

木末芙蓉花，山中发红萼。
涧户寂无人，纷纷开且落。

想来好诗就是这样的，笔墨简淡，意趣悠远，读之不觉有身世两忘、万念皆寂之妙境。不过短短四句，即成一幅诗画。由红萼花开，写到寂然花落，尽管画面上似乎不着痕迹，但细致入微，在描绘山水自然美景的同时，又写出一种静谧无言的落寞，一种舒缓清幽的境界。

一切都是寂静无为的，虚幻无常的。没有目的，没有意识，没有生的喜悦，没有死的悲哀。但一切又都是不朽的，永恒的，充满了空灵流动的禅意之美。

此诗是王维《辋川集》二十首之第十八首。这组诗全是五绝，犹如一幅幅精美的绘画小品，从多方面展现辋川一带的风物，首首锦绣，字字珠玑。“木末”二字，最早见于楚辞《九歌·湘君》：“采薜荔兮水中，搴芙蓉兮木末。”木末，意为植物的树梢。这里的芙蓉，不是木芙蓉，也不是水芙蓉，而是指辛夷花。

王维才学广博，多才多艺，精通诗、书、画、印、音律，世有“李白是天才，杜甫是地才，王维是人才”之说。他一生好静，爱美，通禅，自称“一悟寂为乐，此生闲有余”，中年后退隐辋川别业，寄情山水，写诗作画，参禅悟理，虔心向佛。

他很善于从平凡的事物中发现美，不仅以细致的笔墨，写出景物的鲜明形象，而且往往通过山水景物，烘托出一种诗意氛围和精神底蕴，营造出“诗中有画，画中有诗，诗中有禅”的独特意境，在诗坛树起了一面不倒的旗帜。

王维的辛夷坞，远在千里之外的陕西蓝田，远在千年之远的辋川别业，却又分明很近很近，不过一首诗的距离吧。只要读之念之，那幽静的辛夷坞，那美丽的辛夷花，仿佛已呈现于我们的脑海。

那朵朵辛夷花，在山中绽放出鲜红的花萼，深涧一片寂静，杳无人迹，只有它纷纷扬扬，独自开了又落。一朵花的前世今生，连同一座山的清幽深远，安静地落在诗里，落在我们的心底，散发着淡淡的香气。

我深深喜欢着辛夷花。一树辛夷花，开在喧闹的城市里，开在乡野的小路旁，也开在阒寂无人的山野间。它真是一种很有内蕴和灵性的花，不仅仅是花，是药，还是画，是诗。无论置身繁华市井之中，还是独处深山幽涧之内，它都是一棵开花的树，一味慈悲的药，一幅美丽的画，一首动人的诗。

只要春天如期而至，它总是应时而开，顺时而落，从不错过那随风而来的花信，从不辜负自己唯一的花季，只在阳光下安静地开满了花，那是生命里最美丽的时刻，慎重而从容。有一种慎重和从容，是不喧哗自有声，那从容开放着的美好，无须我们知道；那纷纷凋落时的空寂，也无须我们懂得。

想当年，王维幽居于辛夷坞，注目于枝头红萼也许只是一瞬，而那一瞬，却让人间多了一处美丽的桃源。想如今在那遥远的辋川之上，必定还有一条开满辛夷花的山谷。那一树美丽的辛夷花，依然在寂静无人的山涧里，悄悄开放，又纷纷落去。

千年之前，千年之后，只要辛夷花一朵朵盛开着，那么人世间，就总有一种美，永远都是洁净无尘、美好如初的模样，却又愈加澄明无碍，静水流深。

只是春天很短暂，远方花已开，我们生活的苟且里，有一缕辛夷花才知道的疲惫。

如果带着一首诗的小平仄，去看一个人的辛夷坞，去看那一棵棵开花的树，相信这一路的逶迤而行，这一路的风尘仆仆，也不过是一种自我的寻找，抑或自我的辗转。而这一路的山长水远，这一路的心之所向，却分明是禅的行囊，是缘的感悟了。

我渐渐懂得，有一种禅意是“空山无人，水流花开”，有一种感悟是“吾来看汝，汝自开落”。在万物生长的春天，在水流花开的空山，不管我是否来看你，你都只管自开自落。你的美总一如既往，只是为了美而存在。你只以一朵花的本来面目，独对天地自然，简单而纯粹。

相信我们每一个人，都能找到自己的辛夷坞。或者说，都能长成一株美丽的辛夷花。在寂静无人的深涧，在缘起同一的路上。

杜甫：春日宜看花

春日宜载阳，春雨宜读诗。当绵绵细雨，落入早春的夜晚和清晨，我发现眼底的远山近水，慢慢进入一种诗意的湿润。因为有雨，早春总是如此寂静。因为寂静，我感觉有一些美好的事情，即将发生。

其实如是绵绵细雨，早就在杜甫的诗里，寂静美好地发生了。想象一千多年前那个春夜，在成都浣花溪畔，卜居于草堂的杜甫，聆听着窗外温润的雨声，内心该是何等喜悦，从而展纸挥毫，写下如此深情动人的诗行：

好雨知时节，当春乃发生。随风潜入夜，润物细无声。
野径云俱黑，江船火独明。晓看红湿处，花重锦官城。

一个真正的诗人，总是胸中有丘壑，笔底生烟霞。透过《春夜喜雨》，我们可以感知到，杜甫在成都的安稳日常和隽永诗心。

那是上元二载（761）春天，五十岁的杜甫经过一番流离转徙，已在浣花草堂定居两年。他亲手建草堂，筑泥墙，下地劳作，种菜养花，与农夫交往。一年之计在于春，农夫对五谷的感情有多深，诗人对春雨的感情就有多深。

眼看冬去春来，万物复苏，又到了春耕时分，雨水是不可或缺的。所以他说这样的雨，是喜雨好雨，灵性十足，温情体贴，知时节一般应时而来，随风而至，润物细无声。一场春夜喜雨，自此让成都有了诗意美好的湿润，满城繁花的鲜妍。

可以说，自“安史之乱”爆发以来，杜甫在成都的五年时光，是他后半生最好的一段生活。几经战乱辗转，历尽尘世艰辛，好不容易来到蜀中成都，终于不用再四处漂泊，可以暂时安定下来，过上几年安稳日子，他的心情自是喜悦欣慰的。温煦的春阳，温润的春雨，让天地焕然一新，让他倍感幸福快乐。他眼里的风景，开始如诗如画，温暖生动起来。

这一切，无不体现在他的诗里。比如晨起坐在窗前，就即景落笔写下：“两个黄鹂鸣翠柳，一行白鹭上青天。窗含西岭千秋雪，门泊东吴万里船。”白日来到户外，诗句一样脱口而出：“迟日江山丽，春风花草香。泥融飞燕子，沙暖睡鸳鸯。”看到村居悠然，景色宜人，于是乘兴吟成：

“锦里烟尘外，江村八九家。圆荷浮小叶，细麦落轻花。”当朋友来访，每逢客至，好诗更是信手拈来：

舍南舍北皆春水，但见群鸥日日来。
花径不曾缘客扫，蓬门今始为君开。
盘飧市远无兼味，樽酒家贫只旧醅。
肯与邻翁相对饮，隔篱呼取尽余杯。

我实在喜欢这首《客至》，生动清新，诗情画意。每每读之，仿佛身临其境，感觉春水都要从纸间漫溢出来了。一派纯朴自然之中，处处洋溢着浓郁的生活气息，好似我从前的家园，梦里的家园。舍南舍北皆春水，春水渐宽，春意荡漾，有青青的水芹，有依依的杨柳，有金黄的油菜花，有大片的紫云英……

池塘边春草初生，日日鸥鹭飞翔，近处花影横斜，远处云水相映。一夜春雨潺潺，晨起花落知多少，杏花在落，桃花在落，梨花在落，落满了草堂的房前屋后，一地都是零落的花瓣，一片湿湿的粉红淡白，让人不忍践踏。

这长满花草的庭院，还不曾为客扫过花径，一向紧闭的蓬门，今天第一次为君打开。离街市太远，菜肴很简单，买不起美酒佳醪，只好用家酿的陈酒招待。就这样越喝兴致越高，不妨邀请邻翁共饮作陪，隔着篱笆唤来以尽余杯。

春日宜饮酒，春日宜看花。雨过天晴，阳光明媚，与来访客人惜别后，更多的时候，杜甫会一边欣赏大好春光，一边散步到锦江之畔。江上被花恼不彻，无处告诉只颠狂，于是他每走到一处，便写一处。看到美景，便写美景；看到蝶舞，便写蝶舞；看到花开，便写花开，于是便有了一组七绝《江畔独步寻花》，不妨来欣赏几首：

江深竹静两三家，多事红花映白花。
报答春光知有处，应须美酒送生涯。

黄师塔前江水东，春光懒困倚微风。
桃花一簇开无主，可爱深红爱浅红。

黄四娘家花满蹊，千朵万朵压枝低。
留连戏蝶时时舞，自在娇莺恰恰啼。

不是爱花即肯死，只恐花尽老相催。
繁枝容易纷纷落，嫩叶商量细细开。

真是春城无处不飞花，好一组杜氏飞花令，首首有花，朵朵是花，令人赏心悦目。江畔独步寻花，已是繁花照眼，何须寻寻觅觅，只见稠花乱蕊，满目皆醉人春色，如诗如画一般绵延，在杜甫眼前铺展开来。

尤其黄四娘家的花园，我想是唐朝民间最美丽的花园了吧。一个普通民间女子，将日常生活过得如此花团锦簇、芬芳美好，着实情趣盎然，让人心驰神往。

在春暖花开的时节，若沿着唐诗的指引，径自跟着杜甫的脚步，去往千年前的锦官城，顺着逶迤的锦江江畔，一路去黄四娘家看花，该是一种怎样的生动惬意？

想象那花开满蹊、花开成海的景象，那千朵万朵的繁花，那留连的戏蝶，那自在的娇莺，好一派旖旎生动的景致，无不历历如绘，如见如闻。

春日宜载阳，春日宜看花。如果时光可以重来，我愿意杜甫的一生，能够多一点平安喜乐，少一点辗转漂泊。一辈子生活在成都的草堂，再也没有那番乱世流离的悲苦，从此拥有一份寻花看花的闲情。

李白：那朵倾城的牡丹

倘如梅是山中高士晶莹雪，兰是世外仙姝寂寞林，那么最具倾国倾城之美的，则非牡丹莫属了。牡丹是花中之王，富丽端庄，芳香浓郁，素有“国色天香”的美誉，以其娇艳的花容、绚丽的色彩、丰富的品种，向来冠绝群芳。

在中国传统意识中，牡丹被视为繁荣昌盛、幸福和平的象征。在世人眼里，它美得雍容华贵，美得惊世骇俗。中国古代四大美女，西施有沉鱼之美，王昭君有落雁之容，貂蝉有闭月之姿，杨玉环有羞花之貌。可以想见这被羞的花，应该是指花王牡丹。因为只有牡丹之美，可以配得上杨贵妃的国色天香，回眸一笑百媚生，六宫粉黛无颜色。

唐人钟爱牡丹，每到暮春都要举行牡丹盛会。唯有牡丹真国色，花开时节动京城。花开花落二十日，一城之人皆若狂。当年唐玄宗在骊山专门开辟了牡丹园，与杨贵妃在牡丹花下欢宴，携手同赏《霓裳羽衣舞》，可谓："国色朝酣酒，天香夜染衣。丹景春醉容，明月问归期。"

那是天宝年间的一个春日，唐玄宗和杨贵妃，在沉香亭观赏名贵牡丹，李龟年带领梨园弟子们，正准备表演歌舞以助兴。玄宗却说："赏名花，对爱妃，此情此景，岂能再唱旧词？"于是让李龟年拿着金花笺，急召李白进宫写新词。

彼时李白被玄宗召为翰林供奉，是皇帝身边的御用文人。不料那日李白喝醉了酒，正在酒楼酣睡，李龟年忙用冷水激醒他，叫人架进宫来。半醉半醒的李白，对着玄宗和贵妃，当即饱蘸浓墨，赋诗《清平调》三首：

云想衣裳花想容，春风拂槛露华浓。
若非群玉山头见，会向瑶台月下逢。

一枝红艳露凝香，云雨巫山枉断肠。
借问汉宫谁得似，可怜飞燕倚新妆。

名花倾国两相欢，长得君王带笑看。
解释春风无限恨，沉香亭北倚阑干。

在锦绣盛唐，杨贵妃就是那朵最美的牡丹啊！三首《清平调》首首精彩，字字珠玑，写活了杨贵妃的闭月羞花之美，呈现出名花倾国两相欢的盛况。玄宗看后龙颜大悦，贵妃也甚是开心，于是赐美酒命李白继续写诗。喝得醺醺然的李白，一边吟诗作赋，一边要求杨贵妃捧砚，高力士脱靴，实在恣意潇洒。在李白一生当中，没有哪一天，比这一天更为纵情风光了。

正因为牡丹的华贵娇艳、雍容大气，所以它也成了国画的首选题材。在美术家的世界里，牡丹堪称一种永恒的创作元素。同梅兰竹菊一样，它也是自有性情和禀赋的，别有一番动人意蕴。作为一名书画家，要想用手中的笔墨，很好地来展现牡丹的韵致，首先要能够读懂牡丹。如果没有精神的投入和情感的融入，则无法完美地诠释牡丹的内涵。只有与牡丹心意相通，方可下笔如有神，从而纸上生烟霞。

每逢春日，牡丹开得如锦似缎，一片姹紫嫣红。只是那朵倾城的牡丹，何其惊艳照人，我却无法临摹它的美丽。

我只在春意婉转之时，一遍遍欣赏昆曲《牡丹亭》。我喜欢领略那戏里的古典情怀，品味那曲中的诗意人生。我喜欢于生死轮回间，看三生路上的阴晴圆缺，抑或于衣香鬓影间，听一个女子的美丽与哀愁。一切的悲欢离合，所有的一唱一叹，总是那么精致唯美，仿佛来自前世梦里的声音，直教人心生一种今夕何夕的恍惚。那柔曼动人的水磨腔，那千回百转的优雅，那天长地久的深情，水袖一般长长地在飞舞，在拖曳，足以颠倒众生，让人怦然心动。

只见杜丽娘携丫鬟游园，一路旖旎而来，真是步步娇，声声慢呀，且听她一句句缠绵悠扬地在吟唱："原来姹紫嫣红开遍，似这般都付与断井颓垣，良辰美景奈何天，赏心乐事谁家院。"杜丽娘天生一颗多愁善感、伤春悲秋的心，正当她这厢感叹韶光贱的时候，却闻得伶俐的丫鬟春香，那厢喜乍乍地念白道："是花都开了，那牡丹——还早呢！"

不得不说，这一声悠扬的"那牡丹还早"，实在悦耳动听，恰似生生燕语明如翦，呖呖莺歌溜的圆，直予人一种山重水复、柳暗花明的喜悦。原来春天还没有谢幕，春光还不曾老去，你看牡丹还没开呢！等到牡丹隆重盛开，满园姚黄魏紫，春色又是一番新天新地，人间又将开启一场更绚烂的花事，一段更浓墨重彩的华章。

从前的丫鬟与小姐，大多情似姊妹，是彼此的贴心人。尤其心灵手巧的丫鬟，最是懂得小姐的寸寸心思。所以在杜丽娘愁绪难遣之际，可爱的春香不禁灵机一动，于是喜上眉梢地提醒，只要牡丹还早，那么春天就还在呢。等到牡丹开时，春光将峰回路转，真正呈现出倾国倾城的一面，那将是怎样一番精彩绝伦的好景致啊，良辰美景、赏心乐事在那里，朝飞暮卷、云霞翠轩在那里，雨丝风片、烟波画船在那里……小姐你可以日日流连花丛，尽情欣赏春色如许。

在《红楼梦》中，黛玉的美，是清水出芙蓉，而宝钗的美，则堪比花王牡丹的。记得那日寿怡红群芳开夜宴，大家抽花名签，宝钗抽得一枝牡丹，题着"艳冠群芳"四字，且镌有一句唐诗："任是无情也动人。"众人都笑说，可巧得很，宝姑娘也原配牡丹。

真正难得“可巧”的，还有她服用的那道海上方“冷香丸”：要春天开的白牡丹花蕊、夏天开的白荷花蕊、秋天开的白芙蓉花蕊、冬天开的白梅花蕊各十二两，一齐于次年春分之日晒干研好，又要雨水这日的雨、白露这日的露、霜降这日的霜、小雪这日的雪各十二钱，一起调匀和成龙眼大的丸子，盛在旧磁坛里，埋在花根底下，待发病时取出，用十二分黄柏煎汤送下。

一弹戏牡丹，一挥万重山。一横长城长，一竖字铿锵。
一画蝶成双，一撇鹊桥上。一勾游江南，一点茉莉香。
洒下床前明月光，上下千年一梦长。
古今如一龙凤凰，黑眼黑发真善良。
宫商角徵羽，琴棋书画唱。孔雀东南飞，织女会牛郎。
深爱这土地，丝路到敦煌。先人是炎黄，子孙血一样。
读懂千年金钩银画样，习惯故乡白米面或汤。
一杯清茶道汉唐，妙笔丹青画平安。

记得有段时间，我很喜欢听歌曲《龙文》。歌词古色古香，曲调朗朗上口，纯粹的中国风，满满的诗情画意，呈现出一种古典风景，一种盛世风流。我们都是龙的传人，我们都是诗的子民，于方寸田园中，把酒话桑麻，在尺幅江山里，看千古繁华。以一种中国式风雅，吟唱古往今来，传承千年锦绣，打开前世今生的芬芳。

春满人间，是花都开了。是花都开了，那牡丹还早啊！千年之前，千年之后，那朵朵艳冠群芳的牡丹，那朵朵国色天香的牡丹，总是一直盛开在迟迟春风里，永远盛开在书画册页中，倾国又倾城，无情也动人。

云想衣裳花想容，春风拂槛露华浓。若非群玉山头见，会向瑶台月下逢——试问美人颜如玉，美人艳如花，牡丹年年开，美人归何处？

薛涛：锦绣大唐的女人花

“我有花一朵，种在我心中，含苞待放意幽幽。朝朝与暮暮，我切切地等候，有心的人来入梦。女人花摇曳在红尘中，女人花随风轻轻摆动……”这是经典歌曲《女人花》的唱词，每当听着梅艳芳温柔如水的演绎，总心生层层涟漪，有如每当读到唐代四大才女的故事，亦心生涟漪层层。

在锦绣大唐近三百年时光中，出现过两百多位女诗人，她们像花一样散发着独特的芬芳。其中有四朵最为美丽的女人花：薛涛、李冶、鱼玄机、刘采春。她们的才情可谓光芒四射，而她们的故事却是令人唏嘘。

素有“女校书”之称的薛涛，是一枝寂寞的芙蓉。薛涛与卓文君、花蕊夫人、黄娥并称“蜀中四大才女”，与李冶、鱼玄机同为“女冠三杰”。薛涛自幼敏慧，天分很高，容姿既丽，才调尤佳。后因家庭变故入乐籍，脱乐籍后，居于成都西郊浣花溪畔，终身未嫁。她用浣花溪的水、木芙蓉的皮、芙蓉花的汁，制成一种精致的浣花笺，亦称“薛涛笺”。

薛涛与诗人元稹有过一段恋情，但终因元稹移情别恋刘采春而告终。从此她脱下锦绣红裙，换上一袭道袍，像一朵深秋的芙蓉，淡然自守，风雨无惊。其诗《春望词四首》，正是她早年的相思之作：

花开不同赏，花落不同悲。欲问相思处，花开花落时。

揽草结同心，将以遗知音。春愁正断绝，春鸟复哀吟。

风花日将老，佳期犹渺渺。不结同心人，空结同心草。

那堪花满枝，翻作两相思。玉箸垂朝镜，春风知不知。

这样缠绵悱恻的诗句，恰似《女人花》中的深情吟唱：“我有花一朵，花香满枝头，谁来真心寻芳踪……爱过知情重，醉过知酒浓，花开花谢终是空。缘分不停留，像春风来又走，女人如花花似梦。”

享有“女中诗豪”之誉的李冶，是一架肆意的蔷薇。李冶，字季兰，生得容貌俊美，亦风流恣肆，同时天赋极高，从小就显露诗才。六岁时曾赋诗《咏蔷薇》：“经时未架却，心绪乱纵横。已看云鬓散，更念木枯荣。”其父认为此诗不祥，长大后恐为失行妇人，于是送她出家为道姑。

此后她结交了众多社会才俊、文人雅士，比如名士朱放、僧人皎然、茶圣陆羽、诗人刘长卿等。由于个性豪放不羁，从而行为无拘无束，毫无羞涩拘谨之态。因诗才出众，曾被唐玄宗召见。后因曾上诗叛将朱泚，被唐德宗下令乱棒扑杀。真是成也诗才，败也诗才，天堂有时，地狱有时。她有首《相思怨》如此写道：

人道海水深，不抵相思半。海水尚有涯，相思渺无畔。

携琴上高楼，楼虚月华满。弹著相思曲，弦肠一时断。

这位游戏人间、睥睨尘世的女诗人，也是终身未嫁，可她有首《八至》，却一语道破世间夫妻的微妙关系：“至近至远东西，至深至浅清溪。至高至明日月，至亲至疏夫妻。”她说东西最近也是最远，清溪最深也是最浅，日月最高也是最明，夫妻最亲也是最疏，如此般般，皆是一种极致。

生平不见正史的鱼玄机，是一朵凋残的牡丹。她有首《卖残牡丹》，风格清婉，寄寓深远，以牡丹自况，以物喻人，抒发无尽的身世之感与命运之叹：“临风兴叹落花频，芳意潜消又一春。应为价高人不问，却缘香甚蝶难亲。红英只称生宫里，翠叶那堪染路尘。及至移根上林苑，王孙方恨买无因。”

鱼玄机，初名鱼幼微，字蕙兰。生得活泼灵秀，早年即才名远播，后被江陵名门之后李亿纳为妾，然而为李妻所不容，被迫出家栖身于咸宜观。在鱼玄机短短一生中，有三个男子至关重要：一个是诗人温庭筠，一个是其夫李亿，一个是乐师陈韪。三个男子给了她三种际遇：一个和她诗词唱和，成就了她的诗才；一个使她看破红尘，因爱而走向堕落；还有一个，导致她成了杀人犯。

鱼玄机有位美婢绿翘，一次鱼玄机外出回到道观，发现情人陈韪与绿翘有染，一怒之下，竟将绿翘活活打死，从而犯下命案被判死刑，断送了年仅二十四岁的生命。鱼玄机一生都在追求真爱，卿本红颜佳人，奈何薄命如斯。一首《寄李亿员外》是其伤怀之作，流传甚广：

羞日遮罗袖，愁春懒起妆。易求无价宝，难得有心郎。
枕上潜垂泪，花间暗断肠。自能窥宋玉，何必恨王昌？

风靡一时的江南才女刘采春，是一树灼灼的桃花。她原是伶人周季崇之妻，相传她有夜莺般的歌喉，歌声响遏行云，余音绕梁不绝，是唐代极具影响力的女艺人。作为当时的流行歌手，刘采春有《曲》一百二十首，是抒发离愁的感伤之歌，有盼望远行人早日归来之意。

据说在吴越一带，只要刘采春的歌声唱响，“闺妇、行人莫不涟泣”，其治愈系的歌声颇具抚慰力量，尤其是独守空闺的商妇。故其《曲》又名《望夫歌》，《全唐诗》收录有六首。比如："不喜秦淮水，生憎江上船。载儿夫婿去，经岁又经年。"又如："莫作商人妇，金钗当卜钱。朝朝江口望，错认几人船。"

当年诗人元稹与薛涛热恋时，曾写诗寄赠薛涛：

锦江滑腻蛾眉秀，幻出文君与薛涛。
言语巧偷鹦鹉舌，文章分得凤凰毛。
纷纷辞客多停笔，个个公卿欲梦刀。
别后相思隔烟水，菖蒲花发五云高。

后来元稹与刘采春恋爱时，则又写诗相赠刘采春：

新妆巧样画双蛾，谩里常州透额罗。
正面偷匀光滑笏，缓行轻踏破纹波。
言辞雅措风流足，举止低回秀媚多。
更有恼人肠断处，选词能唱望夫歌。

为了纳刘采春为妾，元稹给周季崇一笔钱财作为补偿，接着与刘采春共同生活了七年。后来元稹另有新欢，将刘采春忘得一干二净，心灰意冷的刘采春投河自尽，像片片凋落的桃花，随水而逝。

原来姹紫嫣红开遍，似这般都付与断井颓垣。这就是唐代四大才女的悲情命运，这就是滚滚三千红尘的兰因絮果。故事的开始总是风情旖旎，如花灿烂，一片美丽好风景，而结局却又落红成阵，沉默如土，令人独自空惆怅。

有唐一代，还有更多声名卓著的才女，无不留下多彩多姿的传奇。比如题就“看朱成碧思纷纷，憔悴支离为忆君。不信比来长下泪，开箱验取石榴裙”的女皇武则天；比如咏出“叶下洞庭初，思君万里余。露浓香被冷，月落锦屏虚”的上官婉儿；比如写下“桂叶双眉久不描，残妆和泪污红绡。长门自是无梳洗，何必珍珠慰寂寥”的梅妃江采萍；比如吟唱“劝君莫惜金缕衣，劝君惜取少年时。花开堪折直须折，莫待无花空折枝”的杜秋娘……

她们都是锦绣大唐的女人花，一直摇曳在历史的红尘中，似梦一样随风轻轻摆动。或国色天香，或孤芳自赏，或鲜艳夺目，或洁白无瑕，或零落成泥，或暗香如故。

她们以出众的才情，以倾世的妩媚，绽放出无限动人的芳菲，呈现出最为靓丽的风华。从盛开到凋零，从刹那到永恒，惊艳了千年的岁月，温柔了古典的时光。

李郢：一瓯茶里的烟火日常

从梦回莺啭，乱煞年光遍，到袅晴丝吹来闲庭院，摇漾春如线；从不到园林，怎知春色如许，到遍青山啼红了杜鹃，那荼蘼外烟丝醉软，眼前这个春天，就这样俨然画卷一般展开。有朝飞暮卷、云霞翠轩的明媚，有雨丝风片、烟波画船的缠绵，有忽见陌头杨柳色的惆怅，有乱花渐欲迷人眼的纷繁。

《牡丹亭》里，有曲“懒画眉”这般唱道：“最撩人春色是今年，少甚么低就高来粉画垣，原来春心无处不飞悬。是睡荼蘼抓住裙钗线，恰便是花似人心向好处牵。”每逢春暖花开，总是无端想起这段唱词，仿佛一种记忆的苏醒，一种古典的牵挂。

春色如此撩人，所有的苏醒与牵挂，皆与花有关，与诗有关。每一朵花的盛开，都让我想起从前的光阴。想起每一个春天，都带着一段如诗的记忆，慢慢地从在河之洲，到汉水之畔，慢慢地采薇、采萍、采芹、采蘩……及至暮春，春服既成，一路看山看水，看一场花事烂漫。

旧时有个美好的节日，名曰“花朝节”，又称花神节、挑菜节，是为纪念百花生日而设。节日期间，人们张灯结彩喜迎花神，结伴到郊外踏青拾翠、赏花簪花、扑蝶挑菜、饮酒赋诗，尽情享受灿烂春光。

如是花朝节，何等的诗情画意，何等的锦上添花。古人真是浪漫到了骨子里，直把平淡的生活，过成了醉人的光阴。想想那样的日子，那样的画面，该是多美妙，又该有多生动。

唐朝以农历二月十五为花朝节，相传此日唐太宗曾于御花园主持过“挑菜御宴”。而嗜花成癖的武则天，每到此日便令宫女采集百花，和米一起捣碎，蒸制成花糕赏赐群臣。此糕既有花瓣的馥郁，又有谷物的芬芳，可谓世间一绝。

在中国民间素有“十二花神”的传说，百花各有其司花之神，且各有一则美丽故事。根据社会风俗和岁时花信，以传奇人物与历史人物，按十二个月令冠以花名而成。十二花神次第来，人间月月花儿开，直开到荼蘼花事了，小雨轻风落楝花。

比如《红楼梦》里，便有芒种送花神的情节。凡交芒种这日，都要设摆各色礼物祭饯花神，送其归位。故众姐妹齐在园中做饯花会，而多愁善感的林黛玉，却独怜一地落花，埋香冢泣残红，写下断肠之诗《葬花吟》。

关于赏花，古人云："寒花宜初雪，宜雪霁，宜新月，宜暖房；温花宜晴日，宜轻寒，宜华堂；暑花宜雨后，宜快风，宜佳木浓阴，宜竹下，宜水阁；凉花宜爽月，宜夕阳，宜空阶，宜苔径，宜古藤巉石边。"

这就是中国式雅致生活，这就是古典中国的四时日常。以花清供，以花作枕，以花为馔，以花制茶，以花写诗，以花填词，以花入画，以花寄怀，一生与花两缱绻，一世与花两相惜。

春风十里柔情，繁花年年依旧，最是一年春好处，最是赏心三两枝。晚唐李商隐有诗《花下醉》："寻芳不觉醉流霞，倚树沉眠日已斜。客散酒醒深夜后，更持红烛赏残花。"李郢亦有诗《酬友人春暮寄枳花茶》：

昨日东风吹枳花，酒醒春晚一瓯茶。
如云正护幽人堑，似雪才分野老家。
金饼拍成和雨露，玉尘煎出照烟霞。
相如病渴今全校，不羡生台白颈鸦。

花开，宛若一场如酒的沉醉；花落，仿佛一场如期的酒醒。在那暮春傍晚，诗人收到友人寄来的枳花茶，如获至宝一般。一边品尝着清美的茶香，一边感念着如茶的情谊。想这芬芳的枳花，该是昨日东风吹落的吧。风定尘香，酒醒煎茶，春日迟迟，时光荏苒，转眼便是春暮了呀！

喜欢这句“酒醒春晚一瓯茶”，酒是火做的水，茶是土做的水，光阴是时间做的水。于是这一瓯茶的清亮里，便有了天地人间，有了丘壑烟霞。

不由得想起茶道第一帖《苦笋帖》。虽然字幅很小，但墨气精彩，只寥寥十四字，却超妙入神：“苦笋及茗，异常佳，乃可径来，怀素上。”此帖，乃草圣怀素写给茶圣陆羽的便笺。怀素性情疏放，不拘细行，爱酒亦爱茶。那日他采得嫩笋，备好佳茗，在信中对挚友陆羽说：“我这里的苦笋和新茶，都非常佳美，还等什么呢，你快直接过来吧！”于是便有了这幅传世墨宝，是现存最早的与茶有关的书帖，是知己相酬，是茶界奇珍，也是茶禅一味。

世事如流水，茶中有真味。茶是人在草木间，是一朵素心花，是一种生活禅。

茶中浮沉多少事，只生欢喜不生愁。柴米油盐酱醋茶，一生一世一个家。一生与花两缠绵，一世与茶两相知。酒醒春晚一瓯茶，原来这一瓯茶的芬芳里，还有清欢滋味，还有动人情怀。

“言入黄花川，每逐青溪水。随山将万转，趣途无百里。声喧乱石中，色静深松里。漾漾泛菱荇，澄澄映葭苇。我心素已闲，清川澹如此。请留盘石上，垂钓将已矣。”这是王维的生活禅。

“春未老，风细柳斜斜。试上超然台上望，半壕春水一城花。烟雨暗千家。寒食后，酒醒却咨嗟。休对故人思故国，且将新火试新茶，诗酒趁年华。”这是苏轼的生活禅。

“茅屋一间，新篁数竿，雪白纸窗，微浸绿色。此时独坐其中，一盏雨前茶，一方端砚石，一张宣州纸，几笔折枝花。朋友来至，风声竹响，愈喧愈静。”这是郑板桥的生活禅。

琴棋书画诗酒花，当年件件不离它。而今般般皆交付，柴米油盐酱醋茶。是的，人人都梦想着琴棋书画诗酒花，可谁也逃不过柴米油盐酱醋茶。也许，这就是理想与现实，这就是生活与日常。

是谁如是说，你若爱琴棋书画诗酒花，我愿收拾行囊，同你仗剑天涯，四海为家。你若爱柴米油盐酱醋茶，我亦可敛起光华，同你庭前赏花，共叙桑麻。

如果可以，我愿意和你，带着一份美好的初心，去往从前的光阴，海棠花里寻往昔。而案上，还是那杯从前的谷雨茶，门前的落花，还是那么慢。因为我感觉，生活不止有柴米油盐酱醋茶，还有琴棋书画诗酒茶。第一个茶，是生活本身，是生活本质；第二个茶，是生活品质，是生活诗意。

如果可以，我愿意和你，以这一生一世的光阴，做一回晴耕雨读的子民。左手七件事，柴米油盐酱醋茶；右手七件事，琴棋书画诗酒花。因为我相信，在水远山长的人间，在烟火日常的尘世，这是我们内心最真的生活愿景，最美的人生梦想。

跋

盛世风雅入梦来

那时青荷

这是一个美丽的缘起，也是一场注定的相逢。还是青梅竹马的年纪，还是以梦为马的昔时，我们就以各自喜爱的方式，邂逅了唐朝的风雅，遇见了唐诗的动人。

唐朝是中国古典诗歌的繁荣盛世，一个诗意飞扬的辉煌时期，就像一条诗意的河流，总有一个诗意的源头，一个诗意的朝代，也总有一群诗意的人们。

在唐朝近三百年时光里，从庙堂之高到江湖之远，从宫廷贵族到民间百姓，从烟雨江南到大漠边关，那些才华斐然、风采各异的诗人纷纷登场，他们以诗果腹，以诗下酒，以诗会友，以诗送别，以诗明志，以诗抒怀……他们把每种情怀都化成了诗，把每种世俗都过成了诗，呈现出令人沉醉的生命意境，谱写出千姿百态的生活图景。

启功先生说："诗经是长出来的，唐诗是嚷出来的，宋诗是想出来的。"新丰美酒斗十千，咸阳游侠多少年；天生我材必有用，千金散尽还复来；丹青不知老将至，富贵于我如浮云；晴空一鹤排云上，便引诗情到碧霄。那是一个朝气蓬勃、俊采星驰的朝代，一个豪迈奔放、端然大气的朝代，一个雄心壮志、建功立业的朝代，一个豁达自信、潇洒磅礴的朝代。

蒋勋先生说，为什么我们特别喜欢唐朝，唐朝就像汉文化一个短暂的度假期，是一次露营。人不会永远露营，最后还是要回来安分地去遵循农业伦理，因为会觉得这一年回想起来，最美的那几天是去露营和度假的日子。唐朝就是一次短暂的出走，一次诗意的露营。

在锦绣大唐，每首诗歌都有生动的故事，每位诗人都有精彩的人生。所有的诗人皆倾其生命与激情，在各自的岁月年华里，在各色的人生境遇中，演绎出五彩斑斓的诗歌传奇。

那时的长安，少长咸集，风云际会，群星璀璨，鼎盛繁华。诗杰、诗骨、诗狂来了，诗仙、诗圣、诗佛来了，诗魔、诗豪、诗鬼来了，诗囚、诗奴、诗家天子来了……他们以诗歌为行囊，以天地为远方，以日月为梦想，以家国为情怀；他们以儒济世，以道修身，以佛治心；他们琴心剑胆，豪情满腔；他们悲悯苍生，胸怀天下；他们寄情山水，智慧通达；他们有爱，有梦，有情怀；他们有苦，有乐，有忧伤；他们有笑，有泪，有担当。一旦遇见他们，便是遇见盖世风华，遇见山河故人，遇见有情众生。

在光阴的画卷上，在历史的时空中，有一种繁华叫盛世繁华，有一种风流叫文采风流，有一种情怀叫赤子情怀，有一种人生叫诗意人生。那样的繁华，似百花争艳蝶自来，绽放出古典浪漫、迤逦别致的风景；那样的风流，不曾被雨打风吹去，反而在时间的长河里，写意出美轮美奂、历久弥新的墨香。

人生终要有一场触及灵魂的旅行，也终要有一种触及灵魂的诗情。诗者，天地之心也；诗人者，必有至真之性、至悯之情、至旷之怀也。诗是生活的温度，诗是灵魂的香气，诗是永恒的瑰宝，诗是尘世的烟霞。诗不在远方，诗就住在我们心头，一直绵延地生长，出落得鲜活的模样，散发着沁人的芬芳。每个人都是在最美的年华，遇见诗的风流蕴藉，遇见诗的碧海蓝天。

且向山水觅深情，不如诗意过生活。一个心中有诗意的人，永远都是春风少年。且枕书入梦，以诗为心，开始一程心灵的远行，邂逅一种最美的从前，相遇一个最好的自己。且仗剑天涯，梦回唐朝，走进长安的风清月朗，饱览大唐的锦绣繁华。一念起，便是春风十里；一出发，便是万水千山。

诗酒琴茶皆有味，盛世风雅入梦来。那时有种清新，叫“清水出芙蓉，天然去雕饰”；有种灵动，叫“曲终人不见，江上数峰青”；有种远阔，叫“海上生明月，天涯共此时”；有种浑雅，叫“大漠孤烟直，长河落日圆”；有种感怀，叫“谁言寸草心，报得三春晖”；有种才思，叫“读书破万卷，下笔如有神”。

那时有种生活，叫“舍南舍北皆春水，但见群鸥日日来”；有种爱情，叫“身无彩凤双飞翼，心有灵犀一点通”；有种气魄，叫“大鹏一日同风起，扶摇直上九万里”；有种心境，叫“曾经沧海难为水，除却巫山不是云”；有种绝色，叫“回眸一笑百媚生，六宫粉黛无颜色”；有种年华，叫“娉娉袅袅十三余，豆蔻梢头二月初”。

我们都曾年少轻狂，幻想一生琴棋书画诗酒花，可当繁华落尽时，发现生活只是柴米油盐酱醋茶。但只要心怀风景，有诗有梦，便可在中国式风雅里，归去来兮，明心见性，呼吸前世今生的烟水气，让平凡如斯的人生，活出高山流水的韵致。

人生不过一场绚烂花事，岁月总是这般水远山长。愿你不忘初心，美好成长。愿你心有明珠，自带光芒。愿你历尽千帆，依旧清澈如水。愿你从容生活，永远温润有情。愿你在纷繁平仄的世界，做个欢喜自在的人，保持一种柔软的通透，拥有一颗诗意的心灵。

己亥年榴月

读后感

唐朝诗歌唐朝人

姚文学

人类要诗意地栖居在大地上，除了柴米油盐酱醋茶的基本保障之外，当然离不开琴棋书画诗酒花的洗礼，否则诗意何来，趣味何在？一片精神家园的绿洲，像温暖的灯盏一样，点亮了人们平凡的生活。

唐诗与宋词，早已成为美学经典，历代研究者甚多。那时青荷女士不是理论家，她纯粹站在一位忠实读者的角度，匠心独运，选取“琴棋书画诗酒花”七个不同的侧面，以生花妙笔写出她对唐诗风貌的美好印象和独到感悟。那份痴迷的挚爱之情溢于字里行间，让人能够感受到熊熊烈火一般的炽热情怀。

用半个月的时间，断断续续读完那时青荷的书稿《我看唐诗多繁华》，再次唤醒我对唐诗的关注兴趣。相比之下，自己过去读唐诗真的纯粹是浅“读”，浮皮潦草的那种浅，浅尝辄止的那种浅。蜻蜓点水，走马观花，面对艺术圣殿里的大唐诗歌，我们应该感到羞耻！要深读唐诗，贴近唐朝的诗人，当如那时青荷女士。她不光是熟读唐朝的诗歌，同时读透了一大批唐朝的诗人。这些诗人中有人们熟知的李白、杜甫、白居易，也有人们陌生的李端、元结、秦韬玉。诗歌是诗人心声的流露，诗人在怎样的背景下流露出如此千古流传的心声呢？

那时青荷在书中抽丝剥茧，娓娓道来。她不仅让我们看到唐诗繁华的表面，还以诗一般的语言，汪洋恣肆的激情，带我们穿越时空，煽动想象的翅膀，走进大唐盛世，深深体味一番隐藏在唐朝诗人内心深处的酸甜苦辣、喜怒哀乐。

唐诗，不仅属于唐朝，不仅属于中国，它是人类共有的一座艺术宝库。那时青荷创作的《我看唐诗多繁华》，给我们奉献的正是一把打开这座宝库的金钥匙。这把钥匙，我是爱不释手的，我将借此重启拜读唐诗的新旅程。

作者简介

姚文学，中国鲁迅研究会会员，安徽省作家协会会员，合肥市民间文艺家协会理事，合肥市作家协会会员，合肥市摄影家协会会员。现任安徽省民俗学会监理会副会长兼《乡音》杂志主编。著有《淘书手记三部曲》。

编后记

繁华事散逐香尘

苏长兵

阳春三月，正是山花烂漫、鸟语花香之时，我收到疏利民老师寄来的那时青荷的又一力作《我看唐诗多繁华》的文稿，心情和去年收到《我见宋词多妩媚》的文稿完全一样，是特别欢喜的。当美好的事物呈现在我们眼前的时候，欢喜便从心头油然而生，这是人之常情。作品就如同人一样，是有生命和品格的，读作品就如同见人。就在一年前，我曾编校过她的作品《我见宋词多妩媚》，拜读过她的散文集《世界予我寂静欢喜》，对她和她的作品已经很熟悉了，看她的作品，顺眼，顺心。

唐朝始于 618 年，终于 907 年，历经 290 年，是中国历史上最为辉煌的朝代之一，经济、政治、文化、外交等各方面都取得了巨大的成就，被誉为中国文化的“金色时代”。唐诗的繁华更让唐朝的天空增加了几分鲜艳的亮色，出现了很多伟大的文化人物，可谓是浩瀚星空，群星闪烁，如李白、杜甫、白居易、王维、孟浩然、王勃、孟郊、王之涣、李商隐等等，这些人物的诗歌作品充分体现了唐朝的文化高度和社会发展水平。

一部《全唐诗》，“得诗四万八千九百余首，凡二千二百余人”，共计900卷，目录12卷。这部卷帙浩繁、浩如烟海的大书，几人能读呢？对于一个普通读者，即便是一般的唐诗爱好者而言，一本《唐诗三百首》已绰绰有余。入选的313首唐诗，首首皆是精品，但我们又读懂了多少呢？

诗者，歌以咏志。诗歌是诗人用来表达内心情绪与人生志向的一种文学体裁。早在先秦时期，勤劳智慧的先辈们就通过口头语言和歌舞场景的形式来倾诉内心复杂的情绪和情感，展示当时的风土人情、社会风俗和生活场面，后来经过漫长的发展演变，逐步形成了我们熟知的“诗歌”这种具有一定节奏和韵律的文学体裁，诗人用高度凝练的语言，生动形象地表达自己丰富的情感，集中反映社会生活和人的精神世界。

可以说，我们每个人都会背出几首唐诗，也有俗话说“熟读唐诗三百首，不会作诗也会吟”，我完全不认同。我觉得读得再熟，记得再牢，最多也只是会写出一些摹拟体的“唐诗”来。如何阅读和理解唐代诗人及其他们的作品，如何真正读懂唐诗，如何在唐诗中获得精神熏陶和审美境界，是一个非常现实而重要的问题。

我认为，真正要读懂一首唐诗，最好的办法是回到唐朝，而且要和诗人成为友人，成为知己，显然我们做不到这一点，那么今天我们如何才能读懂一首唐诗呢？我觉得不仅要了解诗人的生平、诗人的人格、作品的风格、诗歌的文化背景、诗歌创造时的历史背景、诗歌中的典故、诗歌中的意境等方面，还要不断地淬炼自己的品质，沉淀自己的心境，完善自己的人格。认真恭敬地编校完那时青荷的《我看唐诗多繁华》，我觉得她是做到了。她从唐诗精品中，又挑选出最具有代表性的诗人与作品，以琴棋书画诗酒花做引子，与自己的切肤经历、感受和心境有机结合，非常缜密巧妙地描绘出一个盛世大唐，几多锦绣文章。

她读李白也好，读杜甫也好，读白居易也好，读王维也好，读李商隐也好，都是用虔诚的心灵、简练的笔墨、优美的语言，将诗人的生平、作品的风格、诗歌背后的文化与历史背景以及诗歌中的典故条分缕析，娓娓道来，将不同时期、不同历史事件发生后诗人作品的变化和他们所处的那个时代特殊的历史烙印说得清清楚楚、明明白白。这既像是领着我们穿越回了那个繁华的时代，又像是在给我们讲述身边一位位熟识友人的故事一样，从而让我们非常轻松地理解这些伟大作品中深远的意境和艺术效果，进而达到审美境界中的心灵愉悦。

编校完那时青荷这一篇篇声情并茂的唐诗赏析作品后，我发现，那时青荷对唐朝诗人与唐代诗歌不单单是尊重，而是朝拜，是敬仰，是灵魂深处的仰望，是生命层面的交换。她是与诗人共鸣之后，再把诗歌背后蕴含的奇妙意境自然地呈现出来，那种不吐不快的感觉跃然纸上，呼之欲出。我觉得，没有对文字的挚爱与痴迷，没有对诗词的一见倾心，没有对书香的情根深种，是难以写出这样的赏析文章的。她与每一位诗人都是机缘巧合，都是朋友，都是知己，因此她才会如此这般虔诚恭敬，才会写成这般与众不同的赏析作品。她的作品，我们读或不读，都在那里；至于别的，对她来说，似乎不那么重要了。

锦绣大唐，诗人辈出，群星璀璨。每一位诗人，每一首诗歌，都给我们构造了一处精神桃源。《我看唐诗多繁华》不过是给我们铺设了一条干净清朗的小路，路上有鲜花，有风景，有伴侣，有故事，让我们走进唐诗里，漫步，徜徉，穿行，让我们看到那时不同阶层里的诗人们，从各自的生活出发，用不同的意象表达出来的内心情感，从而得以窥见唐朝时期留下来的那片如汪洋大海一般的精神桃源，虽然时光跨越了千百年，但依旧光芒璀璨，影响了一代又一代人，并将永远影响下去。

初唐，盛唐，中唐，晚唐，在历史的长河中，不过是区区三百年，从繁华到落寞，从挥洒自如到沉郁顿挫，这像极了一个人的人生轨迹。我也常常在目睹着陈物旧景时，像杜牧路过金谷园边一样地发出感叹：“繁华事散逐香尘，流水无情草自春。日暮东风怨啼鸟，落花犹似坠楼人。”只是在感慨之余，我并不感到那么的悲伤与凄凉。相反，我在这些诗词的意境里找到了自己富有的人生。繁华事散，香尘犹存，这便是唐诗、宋词以及所有文学作品的魅力所在。

编校完《我看唐诗多繁华》，真的，我突然有一种强烈的感觉：看唐诗，读唐诗，最终读的不就是自己吗？一定会有一天，我们在不经意间猛然发现，我们孜孜追寻的精神桃源不在唐朝那里，不在唐人那里，不在唐诗那里，而一直就在我们的心中；而打开桃源大门的人，不是别人，正是自己。

作者简介

苏长兵，安徽枞阳人，现居合肥。旅游管理硕士，高级讲师，安徽省“教坛之星”。曾任安徽华夏旅游学校副校长、合肥艺术中学校长、安徽莲邦安老基金会理事长，现就职于安徽省关心下一代教育基金会。著有语言文字研究专著《正说成语》、散文集《人间节气》等。